JN315615

庫

空白の天気図

柳田邦男

文藝春秋

空白の天気図

目次

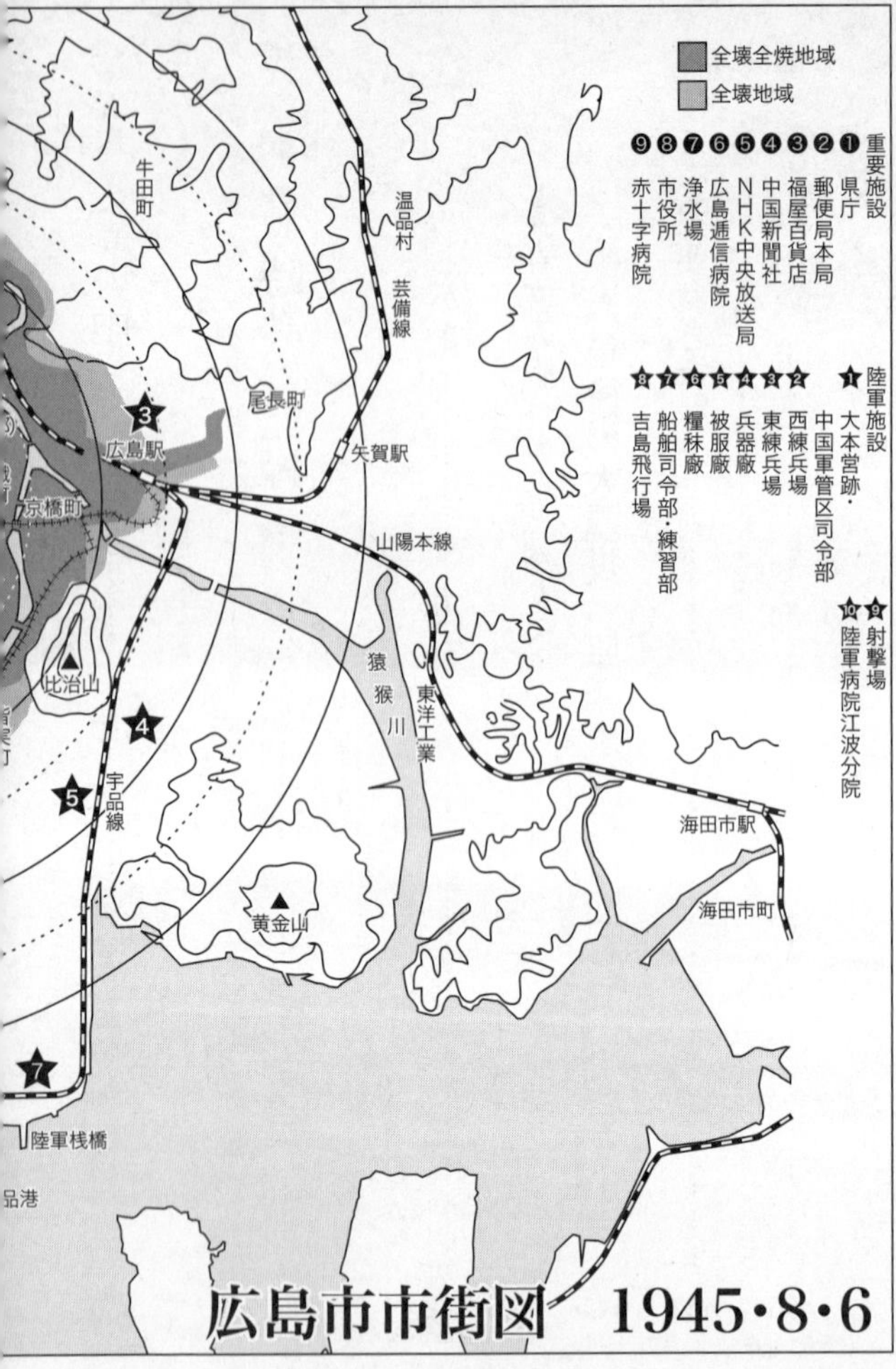
全壊全焼地域
全壊地域
重要施設
❶県庁
❷郵便局本局
❸福屋百貨店
❹中国新聞社
❺NHK中央放送局
❻広島逓信病院
❼浄水場
❽市役所
❾赤十字病院
陸軍施設
★1 大本営跡・中国軍管区司令部
★2 西練兵場
★3 東練兵場
★4 兵器廠
★5 被服廠
★6 糧秣廠
★7 船舶司令部・練習部
★8 吉島飛行場
★9 射撃場
★10 陸軍病院江波分院
牛田町
温品村
芸備線
尾長町
広島駅
矢賀駅
京橋町
山陽本線
比治山
猿猴川
東洋工業
宇品線
海田市駅
海田市町
黄金山
陸軍桟橋
品港

広島市市街図　1945・8・6

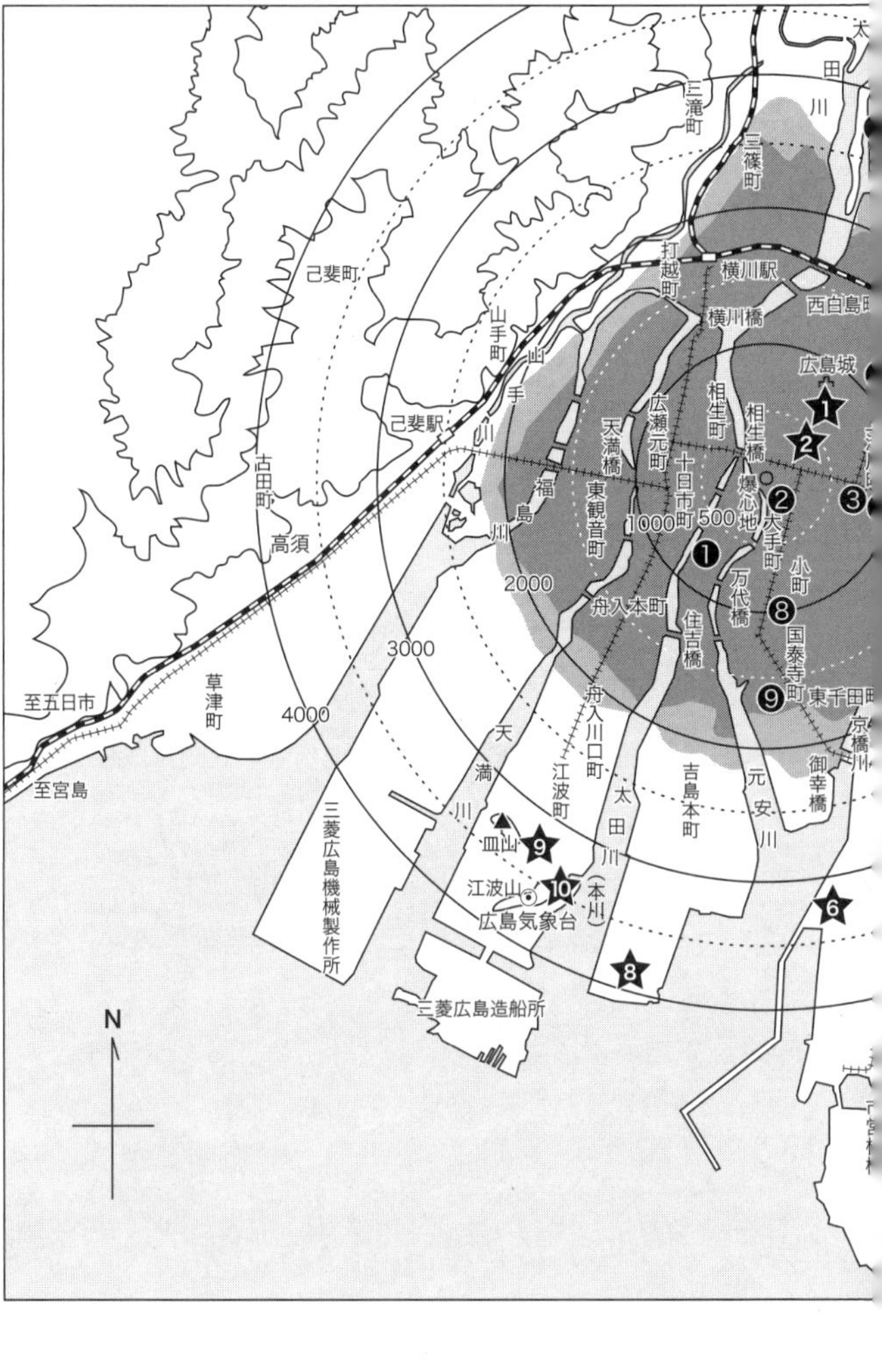

三滝町
三篠町
田川
打越町
横川駅
横川橋
西白島町
己斐町
山手町
山手川
広島城
己斐駅
広瀬元町
相生町
相生橋
天満橋
十日市町
爆心地
古田町
福島川
東観音町
大手町
1000
500
高須
2000
小町
舟入本町
万代橋
住吉橋
国泰寺町
3000
東千田町
至五日市
草津町
4000
舟入川口町
京橋川
天満川
江波町
吉島本町
元安川
御幸橋
至宮島
三菱広島機械製作所
太田川（本川）
皿山
江波山
広島気象台
三菱広島造船所
N

1945年当時の広島市付近図

空白の天気図

序　章　死者二千人の謎

1

海は哮《たけ》り狂っていた。

攻め寄せて来る波浪は、猛然と岸壁に襲いかかり、砕け散った波しぶきが退却する間もなく、もう次の怒濤《どとう》が急迫していた。波頭は、岸壁に激突しないうちに烈風によってちぎられ、ちぎれた波は白い泡沫《ほうまつ》となって飛び散り、暗澹《あんたん》たる世界の中に辛うじて光る斑点を作っていた。

風は唸《うな》りをあげ、雨は横に飛んでいた。

風は刻一刻と強まって行った。風向きが東南東からわずかに南東寄りに変化したとき、波浪の中に混乱が起こった。波と波がぶつかり始めたのだ。巨大なエネルギーを持った大波と大波が合体すると、それは全く姿を変え、不気味な三角波となった。烈風がさらにその三角波を研ぎ澄ます作用をしていた。

三角波は、海岸に到達すると恐るべき威力を発揮した。波は岸壁を破壊し、港の中に繫留《けいりゅう》された漁船を次々に呑みこんだ。

台風が至近距離を通過しつつあることは確実だった。

昭和二十年九月十七日、月曜日、午後二時を回ろうとしていた。

薩摩《さつま》半島南端の枕崎一帯は、いま数十年来経験したことのない暴風雨の真っただ中に置かれていた。三角波の発生は漁師たちを恐怖に陥れた。軍艦さえ沈没させる三角波の狂暴さについて、海に生きている漁師たちは知り過ぎるほど知っていたが、それが海岸にまで押し寄せてくることは尋常のことではなかった。

枕崎町の小高い丘の上にある枕崎測候所では、茶屋道久吉技手と今門宗夫嘱託の二人が嵐と闘っていた。枕崎一帯では、海からの風はもはや単なる暴風ではなくなっていた。風は無数の海水の飛沫を含み、一面濃霧が立ちこめたように視界を悪くしていた。土地の人たちはこの特異な現象を「潮煙《しおけむり》」と呼んでいた。潮煙が霧と根本的に違うのは、海水の粒子がたたきつけるようなスピードで飛んでいることだった。

潮煙は内陸深くまで容赦なく侵入して行った。観測のため屋外の露場《ろじよう》に出入りする二人は、塩辛い暴風雨と闘わなければならなかった。海水の粒子は目といわず鼻といわず遠慮なく飛び込んでくるし、そんなことに気をとられていると身体《からだ》が吹き飛ばされる危険があった。

茶屋道技手が午前中受信した中央気象台の無線放送によれば、台風の中心示度は水銀気圧計で七二〇粍《ミリ》以下（注・九六〇ミリバール以下）とのことだったが、枕崎測候所の水銀気圧計はすでに午後一時過ぎには七二〇粍を切り、その後もどんどん降下して、午後二時過ぎにはついに七〇〇粍を切ってしまった。まるで巨大な竜巻の中に入ったかと思われるような、急激な気圧の降下と暴風の荒れ狂いようであった。

午後二時十六分、風の息とも言える刻々の風速を記録するダインス式風圧計の自記紙の針は、最大瞬間風速六十二・七米《メートル》を記録した。これは、台風常襲地の枕崎でさえ、明治二十二年の台風以来五十六年ぶりという記録的な暴風だった。

午後二時三十分、茶屋道技手は露場にある雨量計や百葉箱の温度計の臨時観測をしようと外に出た。そのとたん、瞬間五十米を越える突風に襲われて、吹き飛ばされた。彼は露場入口の柱に激突して右手に打撲傷を負ったが、ずぶ濡れの身体を起こすと、這《は》うようにして庁舎に逃げ込んだ。

逃げこんだ瞬間、今度はバリバリという音とともに、庁舎の東半分の屋根が剝《は》ぎとられた。ほとんど同時に露場の百葉箱や雨量計室が倒壊するのが窓から見えた。雨と潮風が庁舎の中に怒濤のごとく入り込んで来、庁舎内の塗壁が無残にずり落ちて行った。屋根が飛んだ部分には、平均風速を観測する風速計の読み取り器があったが、読み取り器は壊され、最大風速をこれ以上実測することは不可能になった。

気圧計室は無事だった。

二時三十八分風が急に衰えて、それまで低くたれこめていた暗雲に切れ目ができ、全天に薄明りが射して来た。茶屋道技手は、枕崎付近が台風の眼に入ったことを、直感的に悟った。

二時四十分、気圧計はついに六八七・五粍（九一六・六ミリバール）を指して、降下をやめた。異常なまでに低い示度であった。六八七・五粍と言えば、観測史上最大の台風とされる昭和九年の室戸《むろと》台風のとき、室戸測候所で観測された世界的最低気圧六八四粍（九一二ミリバール）に匹敵する値である。

風はほとんどやみ、雨も小降りになっていたが、高山に登ったときのような息苦しさが続いた。気圧計の示度はほとんど動かなかった。

二時四十分　六八七・五粍
同　四十五分　六八七・七粍
同　五十分　六八七・九粍
三時〇〇分　六八八・五粍

観測野帳にメモされたこれらの記録は、二十分間の気圧の変化がわずかに一粍しかなかったことをはっきりと示していた。

茶屋道技手は、この重要なデータを何とかして中央気象台に打電しなければならないと思った。戦争に敗れてから、南方洋上や島々の気象観測データの入電は激減し、中央気象台の天気図作成業務は支障を来たしていた。南方のデータが欠けることは、とくに台風予報にとって致命的であった。いまや枕崎測候所は、台風観測の最前線なのだ。この日午前までの中央気象台の台風情報は、すべて周辺のデータから勢力を推定したものであった。台風が上陸したとき、枕崎で実測された最低気圧と風速は、中央気象台の推定が台風の正体を全く見抜いていないことを暴露していた。台風がこのまま北上すれば、西日本一円に甚大な被害がもたらされることとは確実だった。中央気象台をはじめ各地の気象台は、暴風警報を更新し、住民に対し襲来しつつある台風が並大抵のものでないことを警告しなければならないのだ。だが、中央気象台にその必要性を気付かせるためには、台風がいかに凄《すさま》じいものであるかを示す枕崎のデータが伝えられなければならない。茶屋道技手はあせりを感じたが、どうしようもなかった。庁舎は倒壊寸前の危険な状態に置かれていたし、すべての通信線は途絶していたからだ。

台風の眼の大きさは約三十粁《キロ》もあり、その中心は枕崎のやや西を通った。眼の中心が通過した農村地帯では、風がにわかにやみ、暗澹たる雲が一転して、日も照り出した。人々は夢のような気持につつまれた。蒸し暑く、息苦しいため、人々が戸外に出ると、空にはかもめや赤とんぼが弱々しく飛んでいた。あの暴風雨の中で生き残ったのか、それとも台風の眼にとらえられて逃れられず、台風とともに移動しているのか、大自然の猛威にさらされた生き物のか弱さを象徴するような弱々しい姿だった。

こんな平穏もほんの三十分程しか持続しなかった。風向がゆっくりと南から西へと変り、台風の中心が過ぎたことを示すやいなや、再び猛烈な風の吹き返しが始まった。それまでは何とか耐えていた家屋も、全く逆方向から吹き返して来た暴風にさらされると、ひとたまりもなく倒壊した。

とくにひどかったのは、川辺《かわなべ》郡西南方《にしみなみかた》村茅野だった。茅野では、六十数戸の村落のほとんど全部が倒壊し、まるで竜巻の直撃を受けたような惨状を呈していた。

村人たちは、家の下敷になって死傷する者が続出し、

「イワオコシだ、イワオコシだ！」

と叫んで、恐れおののいた。

イワオコシとは、この地方の古老によって伝えられた言葉で、「岩起こし」つまり巨大な岩さえもひきはがすほどの風の意味であった。イワオコシは、この地方に数十年に一回吹く風として恐れられていた。確かに風は山々の樹木をことごとくなぎ倒し、山崩れをひき起こし、さらに山肌の岩をも吹き飛ばしかねない勢いで荒れ狂っていた。

枕崎町の被害も惨憺《さんたん》たるものであった。枕崎町は、空襲で市街地のほとんどを焼き尽されていたが、焼け残っていた周辺の住宅もこの暴風によって次々に破壊された。人間の棲《す》み家《か》は、黒い巨獣に弄《もてあそ》ばれる玩具のようであった。

枕崎測候所では、風速計が壊れたため、ダインス式風圧計から平均風速を推定せざるをえなくなっていた。茶屋道技手は、午後三時三十分、「最大平均風速、西の風五十米」と推定し、観測野帳に記入した。台風の眼の上陸前には、瞬間風速は六十二・七米を記録したものの、平均風速は最大で四十米だった。ところが、眼の通過後の平均風速は最大五十米に達している。吹き戻しの風の方がむしろ強いのだ。長年枕崎測候所に勤務し、数多くの台風に立ち向かって来た茶屋道技手は、いよいよもってこの台風は恐るべきものだと思った。しかし、中央気象台に打電する手段は、依然としてすべて断たれたままであった。彼の脳裏に、猛台風に翻弄《ほんろう》される町や村の姿がかすめた。彼は苛立《いらだ》ちを感じたが、なすすべを知らなかった。

2

同時刻——。

枕崎からはるか離れた東京の街には、台風の前ぶれの驟雨《しゅうう》が時折通り過ぎ、べとつくような生暖かい南風が吹き込んでいた。

終戦からひと月余りを経たこの日、昭和二十年九月十七日正午前、連合軍最高司令官ダグラス・マッカーサー元帥は、日比谷交差点の第一生命ビルに設けられたGHQ（連合軍総司令部）に乗り込み、いよいよ東京で占領政策の執務にとりかかった。宮城とお濠《ほり》をへだてて向かいあった第一生命ビルにGHQが設置されたのは、わずか二日前であった。

一方、日本政府の動きを見ると、ミズーリ号艦上での降伏調印に全権委員を務めた重光葵外相が辞任し、後任に、平和派外交官と言われていた吉田茂元駐英大使が起用されている。連合軍の占領政策と、それに対応する日本側の政治体制がようやく整えられつつあったのだが、空襲で焦土と化した首都東京は、いたるところ瓦礫《がれき》の山が放置されたままになっていて、復興の槌音《つちおと》はようやく細々と響き始めたばかりであった。

中央気象台は、神田寄りのお濠端の竹平町にあったが、戦災で庁舎の多くを焼かれたため、台長室や総務関係は、神田の学士会館の一角に間借りしていた。

台長藤原咲平が台長室の机に向かって書類の整理をしていると、来客があった。客と言っても、前月に広島管区気象台長に赴任したばかりの菅原《すがわら》芳生であった。菅原は「業務のため上京しましたので、ちょっとご挨拶に寄りました」と言って、頭を下げた。

　菅原は、赴任して知った広島の原爆の被災状況が想像を越えたものであることを語った後、広島管区気象台の現状について報告した。

「職員がみな頑張ってくれるので、観測は何とか続けています。病気で倒れたままの者もいるのですが、若い連中の頑張り様ときたら、頭が下がる思いです。食糧難も大変ですが、広島では住む家の方も大変な問題です。原子爆弾でほとんど焼かれてしまいましたから――。気象台の近くに空家になった陸軍の仮設病棟がありますので、とりあえずはそこに住まわせたいと考えているのですが、それとてバラック同然のひどい建物です、いつまでもそこに住まわせておくわけにはまいりません」

　菅原の報告は、控え目だったが、切々たるものがこめられていた。藤原咲平は、菅原の訥々《とつとつ》としたことばの背後にある廃墟の街の生活と仕事の苛酷さについて、十分に理解しているつもりだった。菅原を広島に派遣したのは、ほかでもない藤原自身だった。原子爆弾によって未曾《みぞ》有《う》の惨禍を受けた広島に乗り込んで、気象業務を立て直すことができるのは誰かと考えたとき、藤原の頭に浮んだのが菅原であった。

　もっとも菅原の広島派遣を考えたのは、原爆投下前の八月はじめだった。戦争も大詰めを迎えて、気象要員の軍への派遣など目まぐるしく変る要員配置の中で、広島の台長交代も考えられていたのだった。そこへ原爆投下という事態が起ったのである。廃墟の街で気象台の再建を担当できる人物は誰かと再考したが、やはり藤原の頭には菅原以外に適任者は思い浮べることができなかった。

菅原という男は、富士山頂観測所勤務を長年経験し、試煉に耐えることを身体で覚えている。菅原と富士山の結びつきの深さは、明治年間に厳冬の山頂における気象観測の壮挙を独力で成し遂げた野中至夫妻の娘を妻に迎えていることからも十分にうかがえる。がっしりとした長身、風貌《ふうぼう》は一見茫洋《ぼうよう》としたところもあるが、物事に動じない芯《しん》の強さと、何よりも実行力がある。

そう言えば、『富士山頂気象観測の歌』――

一万二千尺雲の上、うき世の風のいづこ吹く、千古の雪に禊《みそぎ》して、絶えざる観測《みとり》にいそしむは、気象の二字に打込める、霊峰の富士の観測者……

作詩は、富士山の主と言われている観測所長の藤村郁雄だったが、作曲は菅原芳生だった。

その歌に流れる〝観測精神〟の響きが、藤原は好きだった。富士山頂勤務の連中が歌うあの豪気な歌を思い出したとき、藤原の気持は決まった。

〈そうだ、広島の再建はやはり菅原にやらせよう〉

中央気象台長藤原咲平が、広島地方気象台を管区気象台に格上げすると共に、新台長に菅原芳生を発令したのは、昭和二十年八月十一日、原子爆弾が投下された八月六日から五日後のことであった。その頃、菅原は千葉県館山《たてやま》の海軍航空隊の地下壕《ちかごう》で軍の予報作業に従事していた。一カ月前から、本土決戦に備えて徴用されていたのである。ところが、発令されたものの、異動の転勤などすぐにできるような情勢ではなかった。一日一日が目まぐるしく過ぎ、八月十五日を迎えてしまった。終戦から数日経って東京へ帰り、中央気象台に挨拶に寄ったとき、菅原は、新たな任地である広島が、新型爆弾によって全滅していることをはじめて知らされた。新型爆弾は原子爆弾と呼ばれていた。

「原子爆弾がどんなものか、正確なところはいまだに伝えられていない。被害の実態すらつかめていないのだ。広島の気象台の再建を急ぐかたわら、原子爆弾の調査をしてほしい。気象学的な見地からだけでなく、あらゆる角度からよく調べてほしいのだ」

藤原台長からこのような命令を受けて、菅原が広島に向けて発《た》ったのは、八月も日を余すところ少なくなってからであった。その菅原が一カ月も経たないうちに上京し、藤原台長の前に現われたのである。

「バラック同然のひどい建物です、いつまでもそこに住まわせておくわけにはまいりません」

と、菅原が言ったとき、藤原は一枚の写真を思い浮べた。それは戦争が終ってはじめて新聞に掲載された広島の写真だった。その写真は、被爆後十日余り経った時点で小高い山から撮影されたものだった。遠望する広島の街は、黒々と広がる焼け野原と道路と川だけになっていた。その中に煙突が一本だけポツンと立っているのが、惨禍の印象を一段と強くしていた。関東大震災を体験した藤原は、その広島の新聞写真と大正十二年の東京の下町の光景とを重ね合わせることによって、広島の惨状を辛うじて実感に結びつけることができるような気がした。

〈空襲を受けた気象台や測候所は、どこも苦労している。中央気象台だって構内に細々と野菜畑を作っているのだ。だが広島だけは特別のようだ。いや長崎もそうかも知れん〉こう思いを

被爆した広島県産業奨励館（原爆ドーム）周辺。

めぐらせた藤原は、

「中央気象台としてもできるだけのことを考える。大変だろうが頑張ってくれ、見殺しにはしない」

と言って、菅原を励ました。

菅原は、藤原台長に陳情する意図を持って台長室に来たのではなかった。足りない予算や資材、住宅などの問題については、総務課や業務課と折衝すべき筋の事柄であったし、実際そうしていた。藤原台長に対しては、当面の報告としてありのままを語っただけで、決して何かの答えを引き出そうなどとは考えていなかった。それだけに、藤原が「見殺しにはしない」と言ってくれたことは、菅原の気持を明るくした。

「――広島の連中はみな頑張っています」

と、菅原は思わず繰り返した。

「大型の台風が九州に上陸しそうだが、このまま進むと四国、中国もかなりやられそうだな、広島は大丈夫かな――」

藤原咲平は、話題を変えつつもなお広島への思いやりを忘れなかった。

前日の予報では、台風の上陸は明十八日朝と見込まれていたが、この日（十七日）の朝になって、台風の速度が速まり上陸は今夜半頃と訂正され、さらに昼過ぎになると上陸はもう少し早まりそうだと、台長に報告されていた。台風の勢力は、中心示度が七二〇粍以下で大型と推定されていた。確かに台風が九州の南海上にある段階で、東京にまで驟雨をもたらすのだから、台風の勢力がかなり強大であることは間違いないようだった。実はこの頃すでに九州南端枕崎では記録的な暴風雨に見舞われつつあったのだが、通信線が途絶してしまったため、その実況は中央気象台では把握《はあく》しようがなかった。

菅原は、藤原台長に台風のことを言われて、思わず窓の外を見た。風にあおられた雨滴が、時々窓ガラスにさらさらと当たっていた。

「それはそうと、菅原君、原子爆弾の調査は進んでいるかね」

「それがどうも、気象台自体の片付けがやっと済んだ状態でして。もちろん調査の方も少しずつ手がけてはいますが、原爆の被害を受けた人たちから聞き取りをしようとしても、街ではまだそれどころではないという空気が強うございます。帰りましたら気象台あげて取り組むように致します」

「事情はよくわかるが、いろいろな資料が散逸したり、人々の記憶が薄れないうちに、調べて欲しいのだ。

学術研究会議もこの問題に真正面から取り組むことになった。原子爆弾による広島、長崎の被害を重視して、『原子爆弾災害調査研究特別委員会』というものを設けることになったのだ。広島、長崎の被害については、被爆直後から学界の権威者たちが、それぞれに現地に行って調査研究しているが、原子爆弾という誠に残念な経験を、今後の社会福祉のために役立てるには、やはり個々の学者の研究だけでは不十分だ。どうしても総合的な調査研究体制を作ることが必要だ。すでに委員の顔ぶれも決まっており、僕も一員に加えられた――」

文部省学術研究会議（通称「学研」）が、原子爆弾災害調査研究特別委員会を設けたのは、九月十二日であった。委員長には学研会長で東京帝国大学名誉教授の林春雄博士が任命され、委員会は九つの分科会で構成された。各科会長（○印）及び主な委員を記すと――

(1)物理学化学地学科会　○西川正治（東大）、仁科《にしな》芳雄（理研）、藤原咲平（中央気象台）、荒勝文策（京大）、菊池正士（阪大）、嵯峨根《さがね》遼吉（東大）、木村健二郎（同）、野口喜三雄（同）、渡辺武男（同）

(2)生物学科会　○岡田要（東大）、小倉謙（同）、江崎悌三（九大）

(3)機械金属学科会　○真島正市（東大）、野口尚一（同）

(4)電力通信学科会　○瀬藤象二（東大）、大橋幹一（電気試験所長）、米沢滋（逓信院工務局調査課長）

(5)土木建築学科会　○田中豊（東大）、武藤清（同）、広瀬孝太郎（同）

(6)医学科会　○都築正男（東大）、中泉正徳（同）、菊池武彦（京大）、真下俊一（同）、舟岡

省五（同）、大野章三（九大）

⑺農学水産学科会　○雨宮育作（東大）、浅見與七（同）、川村一水（九大）

⑻林学科会　○三浦伊八郎（東大）、中村賢太郎（同）

⑼獣医学畜産学科会　○増井清（東大）、佐々木清綱（同）

わが国の学界の権威者を総動員しての調査研究体制であった。これだけのメンバーを揃《そろ》えて一つの調査研究（一つと言うにはあまりにも巨大なテーマだが）に取り組むことは、日本の学術研究史上前例のないことだった。中央気象台長藤原咲平が真剣になるのも当然だった。

藤原は話を続けた。

「――僕の所属する『物理学化学地学科会』は、理研の仁科博士、京都の荒勝教授、帝大の嵯峨根教授と言った科学陣を網羅している。中央気象台としても、恥かしくない調査研究をしたい。こちらから広島、長崎に技師を派遣するつもりだが、やはり主力は現地の気象台にやってもらわなければならない。

とくに広島については、被害の規模も大きいので大変だと思うが、広島にいる宇田君に調査の中心になるよう伝えてあるから協力し合ってうまくやってくれ」

宇田とは、神戸海洋気象台長の宇田道隆技師のことであった。宇田は神戸の台長の身分のまま徴用され、広島の陸軍船舶司令部で将兵の気象教育に当たっていたが、終戦で除隊になった。藤原は、大学理学部卒の宇田の学識に目をつけて、そのまま宇田を広島管区気象台の客員として広島に残し、原子爆弾の調査を担当するよう命令したのだった。宇田は客員とはいえ気象台内部での格付けは、菅原より上だった。

菅原は、こつこつと仕事をする学者のような気質の宇田を知っていた。藤原咲平は、

「ともかくこの種の調査は時間が経ってしまったら駄目だ。基本的な資料は遅くともあと一、二カ月以内に収集しなければいかん。年内に報告をまとめて欲しい」

と、駄目押しをするように言った。

「承知しました。調査は技術主任の北技手に手伝わせるつもりですが、できるだけ多くの台員を調査に参加させるように致します」

「世界に前例のない研究だ。しっかりした報告を作ってくれ」

「はい」

と答えて、菅原は台長室を辞した。

菅原が去ると、藤原咲平は再び当面する台風のことが気になって来た。机の上にある新聞の朝刊天気予報欄には、「今日（十七日）の天気」として、

「発達した台風がラサ島の南西方百キロの海上を北々西に進行中で、次第に北より北々東に転向する模様です、西日本は明日より警戒を要す」

と掲載されていた。これは前日の夕刻に発表したものであるから止《や》むを得ないとは言え、台風の上陸を「明日」つまり十八日と予想しているのはまずいな、と藤原は思った。今朝藤原が予報課の現業室に寄ったときには、すでに様子が変っていたからだ。ラジオの昼の天気予報で

は大幅に上陸予想時刻を繰り上げて、「今夜」と放送したものの、朝の新聞を見ただけで勤めに出た人は、台風は「明日」のことだと思って油断しているかも知れない。

懐中時計を出して見ると、すでに午後三時近かった。そろそろ午後二時の各地の実況が入りつつある頃だと思った藤原は、席を立って学士会館の台長室を出た。

会館から中央気象台までは徒歩で十分もかからなかったから、藤原はいつもその距離を歩いた。

さきほどの驟雨は止んでいたが、南風が強かった。神田一帯の焼け跡にはいまだに壊れた瓦やコンクリートが散乱し、あちこちにバラックが建ち並んでいた。そうした中で、焼け残った中央気象台の「時計塔」とも言われる観測塔は、ひときわ目立つ存在だった。観測塔の西側にある防弾建築の二階に予報課は陣取っていた。

気象台の前まで歩くと、変らぬ濃い緑をたたえた宮城の松が、大手濠を越えて、藤原の目に映った。内濠通りを進駐軍のジープが往来していたが、そんな風景は一カ月余り前には想像もできない事柄であった。この日マッカーサー元帥が日比谷のGHQ入りしたことを、藤原は一官庁の長として知っていた。かつて熱烈な愛国者であった藤原の頭の中では、往来するジープを見て様々な感慨が渦巻いたに違いない。

藤原は、防弾建築に入ると、二階の予報課現業室に真直ぐ足を運んだ。現業室では、当番の技師平沢健造が、腰の高い椅子に坐って作業台に向かい、天気図の解析に取りかかろうとしていた。天気図は、プロッターから回されて来たところで、すでに午後二時の実況がプロットされていた。予報課長の高橋浩一郎も横に立って心配そうに天気図をのぞき込んでいた。

「台風はどうなったかね」

藤原台長の声に、平沢は顔を上げた。

「手ごわいです。中心示度は、これまで推定していたよりかなり深そうです。九州南部のデータがほとんど入っていませんのではっきりしませんが、周囲の気圧傾度から推定すると、七二〇粍よりかなり低くなっているかも知れません」

「――――」

藤原は声も出さずにまだ等圧線の引かれていない天気図を見つめ、プロットされた各地の実況データから自分なりに概況を読み取ろうとしていた。平沢は説明を続けた。

「速度も出ています。昨日は時速二十五粁だったのですが、今朝の六時と十時の位置の変化を見ますと少なくとも三十五粁は出ています。今から午後二時現在の中心位置を決めますが、どうも九州南岸に上陸寸前のところまで来てしまっているようです。となると時速はさらに出ていることになります。間もなく鹿児島県の南岸に上陸ということになります」

ニューギニア、ソロモン方面の気象隊に勤務したことのある平沢の説明には、軍の幕僚に報告するようなてきぱきとしたところがあった。

藤原は、完成された午前十時の天気図と午後二時の未完成の天気図とを見比べた。

午前十時の天気図を見ると、西日本一帯はすでに台風特有の蜘蛛《くも》の巣のように立て込んだ同心円の等圧線にすっぽりと覆われていた。そして、同心円の中心、つまり台風の中心は、九州の薩摩半島の南百数十粁の海上にあった。時速三十五粁以上出ているなら、確かに上陸は時間の問題だった。

天気図のプロットをよく見ると、九州の南半分から奄美《あまみ》諸島にかけての気象観測点からの入電は全くと言ってよいほどなく、各地とも白マルのまま何のデータも記入されていなかった。それは、台風の暴風により通信線が途絶した地域を示していた。データが空白の地域は台風の被害がすでに発生している地域なのであり、空白の地域が広ければ広いほど台風の勢力が大きいことを意味していた。

午前十時の天気図で、このデータのない〝白い〟範囲は、台風の中心から半径百五十粁から二百粁に及んでいたが、午後二時のプロットを見ると〝白い〟範囲は九州の中部から北部にかけて一段と広がっていた。それは台風の進行と鮮やかに一致していた。

中心付近の重要なデータが欠如する中で、台風の中心位置、中心気圧、進路を推定しなければならないのだから、当番技師の苦労は大変なものであった。中心付近のデータがない場合に、外縁の気圧傾度などから中心気圧や最大風速を推定する理論は、予報課長高橋浩一郎が考案したものだが、それとて実践の場においては、理論だけでは解決できない、いわば職人的技能が要求される作業であった。

「九州はほとんど入電なしか。天気図はずいぶん白くなっているな。だが、今度は大きいやつだから、先月のような豆台風と違って進路予想を間違うようなことはないだろうな」

藤原はそうつぶやきながら、台風襲来の度に天気図の最も肝心なところに空白ができ、その白い領域の移動によって台風の移動を知らされるという繰り返しを心で嘆いた。
「戦争に敗けたとはいえ、通信回線ははやいところ何とかしなければいかんな。通信回線は気象業務の生命線だからな――」

前台長の岡田武松時代から藤原咲平台長時代を通じて、中央気象台が一番腐心した事業はと言えば、それは通信回線の強化とスピード・アップであった。災害時にデータの入電が止まってしまったのでは、まさに敵機に闇討ちされるようなものである。災害の防止には気象学の学問的発達もさることながら、データの確実な入手の方が優先すべき課題であったのだ。通信回線の強化は、日華事変から太平洋戦争に至る過程で、軍事的な要請もあって積極的に進められたのだが、戦争の進行は通信回線の荒廃という逆の結果を残した。通信回線の無残な実態は、戦争が終ってわずか一カ月しか経たぬうちに迎えなければならない大型台風の来襲を前にして、天気図の上に無慈悲なまでに表現されていた。

藤原は、天気図の空白地域が物語るこの数年来の戦争の時代の重さについて思った。その思いは、必然的に自分が中央気象台長に任命されたあの国家的動揺の時期、昭和十六年夏へと繋《つな》がって行った――。

3

昭和十六年――。

時の中央気象台長岡田武松と予報主任藤原咲平が、突然軍令部に呼び出されたのは、この年七月の暑い日だった。大谷東平技師と奥山奥忠事務官の二人も同行した。

〈これは軍の重大な機密である〉

軍令部の参謀はこう前置きし、これから申し伝えることに関し、一切の口外を厳禁した。

〈帝国陸海軍はついに米英両国を相手に戦わざるを得なくなった。戦争遂行に当たり気象面で全面的な協力を要請したい〉

軍令部参謀の言葉は威圧的であったが、具体的な協力内容については言及しなかった。そうした詳しい事項については追って連絡する性質のものなのであろう。

岡田台長に問い返す余地は与えられていなかった。ただ畏《かしこ》まって承諾するだけだった。四人とも重苦しい気分で軍令部を退出したが、その帰り道、岡田は同行した藤原ら三人に対しはっきりと自分の考えを述べた。

「米国や英国となぜ戦争などをするのだろう。絶対に勝味などありはしない。日本もここまで来たら、いちど戦争に敗けなければ、とても目は覚めまい」

岡田は、気象台が軍の指揮下に入れられることに終始反対の立場を貫いて来た。中央気象台の組織を文部省から陸軍に移そうとする計画は、すでに二年前から中国大陸での戦局の拡大と並行して、陸軍によって着々と進められていた。これに対し、岡田や藤原は、気象事業というものは、文部、農林、内務、鉄道、逓信、陸海軍など各省に関連を持っているものであって、特定の省に所属すると弊害のみ大きくなる、気象学はまだ学問的にも未開発の部分が多いので文部省に所属するのが最善である、として、陸軍への移管に強く反対した。二人は、この趣旨を印刷物にして関係機関に配り、陸軍の計画を懸命に阻止して来た。岡田が軍への移管に強く反対した理由はほかにもあった。岡田は度々の外遊で欧洲の気象事業や気象学の現況に通じていた。そして気象事業が軍に統合された国においては、民のための気象事業も気象学も停滞気味であることをよく知っていたのである。国家百年の計を考えたとき、気象事業はあくまでも独立の組織と自由な学問的気風の下に置かなければならないというのが、岡田の思想だったのである。

しかし内外の情勢は、気象台という小さな組織の反抗をいつまでも許してはおかなかった。米英との国際関係は風雲急を告げていた。昭和十五年七月に成立した第二次近衛内閣は、外相松岡洋右、陸相東條英機、海相吉田善吾という陣容だった。同年九月には日本軍の北部仏領インドシナ進駐が行なわれ、それとほとんど時期を同じくして日独伊三国同盟が成立、十月には大政翼賛会が発足し、街には「一億一心」「バスに乗りおくれるな」の合言葉が浸透して行った。明けて昭和十六年を迎えると、外交ルートでは日米交渉が開始されたが、両国関係を打開する糸口もつかめぬまま、はや夏を迎えたのであった。

岡田と藤原が軍令部の呼び出しを受けたのは、こうした緊迫した内外情勢のさ中であった。岡田は、事態がここまで来てしまった以上、軍の要請に抗することは、国のためにならないと判断した。飛行機や艦船を駆使する近代戦において気象業務の占める比重は極めて大きい。万一開戦ということになれば、気象台が戦争遂行に全面的に協力しなければならないことは明らかだった。岡田は、この困難な局面を乗り切ることができるのは、藤原を措《お》いてほかにはないと考えた。自分がこれ以上気象台に止まることは、事態を一層悪くし、気象台に対する軍の直接介入さえ招きかねないと判断した。自分の任務はもはや終ったと判断したのである。

昭和十六年七月三十一日岡田は中央気象台長を辞め、藤原が後を継いだ。

藤原は、気象事業に対する熱意と哲学において岡田と変るところはなかったが、思想と性格の点で持味の違いがあった。二人ともすぐれた学者であり事業家であったが、強いて対比するならば、岡田が自由穏健な西欧的学問風土を好み、教育者的人格を備えていたのに対し、藤原は情熱的な志士であり、純粋な忠君愛国の士であった。藤原は決して軍国主義者ではなかったが、国のため、時局のためには協力を惜しまぬ愛国者であった。

岡田が辞めると、それを待っていたかのように、軍は中央気象台に訓令を出して来た。

昭和十六年八月十五日文部大臣、陸軍大臣、海軍大臣がそれぞれに中央気象台長藤原咲平に対して決定的な命令を下したのである。

文部大臣の訓令は次のような文面であった。

「文部省訓令

中央気象台長

戦時事変中ノ緊急措置トシテ左ノ通訓令ス

昭和十六年八月十五日

文部大臣　橋田邦彦

一、中央気象台長ハ朝鮮総督府気象台長、台湾総督府気象台長、関東（注・カントン）気象台長、樺太《からふと》庁観測所長及南洋庁気象台長ノ掌理スル気象通報及気象ノ研究ノ中軍事ニ関係アル事項ニ関シテハ戦時事変中ノ緊急ノ措置トシテ陸軍大臣、海軍大臣ノ命ヲ承《う》ケ当該気象台長及観測所長ヲ指揮監督スベシ

二、中央気象台長ハ現地陸海軍指揮官ヨリ所在地ノ気象機関ニ対シ作戦ニ必要ナル資料ノ提供ヲ求メラレタル時ハ当該気象機関ヲシテ直接之《これ》ニ応セシムベシ」

つまり中央気象台及び各気象官署の組織は現状のままとするが、業務面では陸海軍が中央気象台及び外地の中枢気象官署に対し直接命令を出すことができるよう、文部大臣がまず門戸を開放したのである。そして、陸海軍大臣の訓令はこれを受ける形で出されたもので、このうち陸軍大臣の訓令は次のような文面であった。

「陸訓第二八号

訓令

昭和十六年八月十五日

陸軍大臣　東條英機

中央気象台長　藤原咲平殿

一、貴官ハ朝鮮総督府気象台長、台湾総督府気象台長、関東気象台長、樺太庁観測所長及南洋庁気象台長ノ掌理スル気象通報及気象ノ研究ノ中軍事ニ関係アル事項ニ関シテハ戦時事変中ノ緊急措置トシテ当該気象台長及観測所長ヲ指揮監督スベシ

二、貴官ハ現地陸軍指揮官ヨリ所在地ノ気象機関ニ対シ作戦ニ必要ナル資料ノ提供ヲ求メラレタル時ハ当該気象機関ヲシテ直接之ニ応セシムベシ」

これは文部大臣の訓令を駄目押ししたかたちの命令文であった。海軍大臣の訓令も同文であった。

一方国内及び外地の末端気象官署については、同じ十五日付海軍兵備局長からの通牒《つうちょう》と八月十八日付の陸軍次官からの通牒で詳細な命令を受けた。二つの通牒はほぼ同趣旨なので、陸軍のものを次に記す。

「陸密第二五四五号

昭和十六年八月十八日

陸軍次官　木村兵太郎

中央気象台長　藤原咲平殿

軍事上必要ナル気象通報勤務ニ関スル件

首題ノ件左記ニ依リ至急必要ナル対策ヲ講ジ軍事上支障ナカラシムル如ク処理相成度依命通牒ス

左　記

一、中央気象台通報関係機構ハ昼夜連続業務ヲ永続シ得ルヲ目途トシ且特ニ予報作業ノ適正、気象通信ノ確保、暗号業務ノ整備並ニ予報ニ関係アル研究調査ニ重点ヲ置キ人員ノ充実ヲ図《はか》ルコト

二、中央気象台、陸軍気象部間ノ通信機構ヲ調整シ気象実況報ノ速達ヲ図ルコト
三、付表ノ気象官署ハ昼夜連続業務ヲ永続シ得ルヲ目途トシテ人員ノ充実ヲ図ルコト
四、従来実施中ノ気象無線通報甲類ノ放送ニ準ジ零時、三時及二十一時ノ観測ニ基ク気象無線通報ヲ実施スルコト」

要するに中央気象台と指定の地方気象台、測候所は、昼夜兼行で観測と予報業務を怠りなく実施し、気象無線放送の回数を増やすと共に、軍との間に専用通信回線を設定して観測データと予報のすみやかな伝達を行なう体制を組め、という命令である。そして気象通信はいつでも暗号に切り換えられるよう準備をせよという命令も含まれている。ここでいう指定の地方気象台、測候所として付表に列記された気象官署の位置とその数の多さは、開戦前の緊迫した空気を如実に伝えているので、次に引用しておこう。

「付表

軍事上特ニ重要ナル地方気象官署

（地方別）　（気象官署）

南西諸島　石垣島、那覇、沖大東、南大東、名瀬

九　州　鹿児島、宮崎、大分、長崎、福岡、富江、厳原

四　国　足摺、室戸、高松

本　州　下関、広島、米子、西郷、豊岡、大阪、潮岬、名古屋、御前崎、富崎、八丈島、父島、硫黄島、銚子、福井、松本、前橋、輪島、新潟、相川、小名浜、仙台、

北海道　宮古、八戸、秋田
　　　　函館、札幌、浦河、羽幌、稚内、網走、根室、紗那、幌莚
樺　太　大泊、敷香、恵須取
朝　鮮　釜山、済州、木浦、大邱、秋風嶺、中江鎮、江陵、元山、鬱陵島、清津、雄基、
　　　　平壌、新義州、仁川
台　湾　台北、澎湖、花蓮港、恒春
南　洋　サイパン、ヤップ、ポナペ、ヤルート、オレアイ、トコペイ、エニエタック、
　　　　モウク、ロタ、タツルー、エンダービー、ビンゲラップ、パラオ
備　考　本表ノ気象官署ハ若干変更スルコトヲ得」

こうして昭和十六年八月十五日は中央気象台にとって大転換の日となった。藤原は、岡田の意志を受け継いで気象台の組織と人事は守ったが、実際上の業務は完全に軍の意のままに動かされることになってしまったのである。

すでに七月末、米英両国は、日本の在外資産の凍結令を布告し、ＡＢＣＤ（米・英・中・蘭）包囲陣を敷いていた。続いて、八月一日には、米国が対日石油輸出停止の措置に出て来た。これに対し日本側は、参謀本部を中心に対米英戦の決意が固められ、九月三日には大本営政府連絡会議で「対米（英蘭）戦争ヲ辞セズ」という帝国国策遂行要領が決せられた。戦争を目指して急速に加速度を増す歯車の回転は、もはや誰の手にも止めようがないように見えた。

目まぐるしく秋が過ぎ、師走《しわす》を迎えた。

十二月一日御前会議で遂に対米英開戦が決定された。すでにこの頃には、中央気象台の構内に木造で軍の特別予報作業室が建てられていた。中央気象台の構内に軍の作業室を作ったのは、天気図作成のための気象データが、軍のものだけでは不十分だったため、中央気象台の豊富なデータをそっくり利用しようというねらいからであった。そしてこの特別予報作業室には、陸軍と海軍の気象班が詰めて、日本付近の天気図はもちろんのこと、アジア太平洋一円にわたる広大な地域の天気図を、中央気象台とは別に軍独自で作成していた。

十二月七日、深夜になってもこの特別予報作業室は、なぜか扉も窓もすべて内側から黒い遮《しゃ》蔽幕《へいまく》に閉ざされていた。もし外部から見たなら、かすかにもれる明りによって室内で何かの作業が行なわれていることはわかったであろうが、戸外には初冬の寒気が張りつめていて、気象台構内は人影もなく静まり返っていた。

このとき特別予報作業室内では、戸外とは全く対照的に電燈がこうこうと輝き、息づまるような熱気がただよっていたのである。額を集めていたのは、海軍の気象担当将校と気象班員、気象台からは藤原台長、大谷東平航空予報掛長、石丸雄吉技師、上松《あげまつ》清技師らの幹部であった。机の上には、海軍の気象班が作成した太平洋天気図が広げてあった。

海軍からの要請は、現地時間七日早暁（日本時間八日未明）のハワイ沖海面の海上天気予報を報告せよというものであった。海軍はすでに九月頃から中央気象台に対し、再三にわたり北太平洋の天候や海面の状態などの情報提供を要請して来たが、この夜求めて来た要請は従来とは全く雰囲気《ふんいき》が違っていた。それが単なる訓練のためではなく、現実の作戦展開につながるものであることは、気象台の幹部たちにも職業的直感ではっきりとわかった。現実の作戦展開とは、日米開戦以外の何ものでもなかった。

藤原は、机の中央に静かに席をとって、黙々と天気図をにらんでいた。海軍の気象班が作成した北太平洋天気図の一つ一つのデータを読み取り、等圧線の引き方に間違いはないかどうかを、目で確かめているようであった。藤原は、自分の学問的知識と経験の全力を尽して、はるか太平洋上の気象状況をつかもうとしていたのだった。

太平洋高気圧は広く北太平洋の中緯度一帯を覆い、ハワイ沖の作戦海面の天気はまずまず安定していた。

藤原は、海軍の気象担当将校に対して、

「高気圧が安定しているので、さし当たり海上の天気がくずれることはない。風の状況にも急激な変化は予想されない」

と、自分の考えを述べた。

藤原の発言で、特別予報作業室の張りつめた空気が幾分ゆるみ、出席者の間で細部について意見が交わされた。しかし、藤原の予報に対し基本的に反対する意見はなかった。

意見交換が終ると、室内にしばらく静寂が支配した。藤原は坐したまま、瞑想《めいそう》するかのように目を閉じた。自分の考えと協議の結果とを、もう一度胸の中で整理したのであろう。これから軍令部に出頭して報告することの重大性が、彼の脳裏にひしひしと迫ったに違いない。

藤原はやおら立ち上がって天気図を巻くと、海軍将校とともに軍令部に出かけた。すでに午前零時を過ぎていた。

藤原が、軍令部にハワイ沖海面の海上天気予報を説明したのは、十二月八日午前一時であった。藤原は、この時期大本営陸海軍部付にもなっていたので、予報説明の席で、参謀から今展開されようとしている作戦がハワイ奇襲作戦であることを知らされた。

藤原が報告したハワイ沖の海上天気予報が、どのような形で、ハワイのオアフ島北方約二百五十海里（約四百六十粁）海域に待機していた南雲《なぐも》機動部隊に打電されたかは不明であるが、日本時間八日午前一時三十分（現地時間七日午前六時）、南雲機動部隊の航空母艦から第一次攻撃隊百八十三機が真珠湾目指して発艦し、続いて日本時間午前二時四十五分には第二次攻撃隊百六十七機が発艦したのであった。

太平洋戦争の火蓋は切って落されたのである。

午前七時過ぎ、霜が真白に降りた東京の街に、遅い冬の朝日が昇った頃、ラジオはチャイムの音と共に臨時ニュースを伝えた。

「大本営陸海軍部発表、帝国陸海軍は本八日未明西太平洋において米英軍と戦闘状態に入れり」

軍令部への報告を終えた藤原は、気象台へ帰った後も一睡もしないで夜を明かしたが、一夜明けてこの臨時ニュースを聞いたとき、「真珠湾攻撃は背信的な不信行為ではなかったか」とひどく心を痛めたと言う。

開戦と同時に陸海軍大臣は中央気象台長に対し命令で気象管制を実施した。この命令は、「八日午前八時」を期して気象管制を行なうというものであったが、実際にはすでにこの日の早朝から天気予報の発表は中止され、午前六時二十九分に毎朝放送されていたラジオ天気予報も取りやめられていた。

こうして天気予報はもちろんのこと、日時や場所を特定した気温、気圧、風向風速、降水量、雲量雲高、視程などの観測データでさえ、一般への発表は禁止され、国民の前から気象情報は姿を消したのであった。この気象管制は台風襲来などの災害時でも緩和されることはなかった。

広大なアジア太平洋地域に戦場を広げた日本軍の進攻作戦は長続きしなかった。昭和十七年四月には米空軍による本土への初空襲があり、京浜、名古屋、神戸などの都市が爆撃を受けた。同年八月には米軍はガダルカナルで反撃を開始した。国内では本土防衛の声が徐々に高まりつつあった。

藤原は気象台の防空対策を真剣に考えた。たとえ首都東京が空襲を受けても、予報や通報の現業職員は、その業務の重要性から職場を離れることができない――となると、防空壕《ぼうくうごう》だけでは不十分である、庁舎を防弾建築にする必要がある、と藤原は考えたのだった。

藤原はこの年の夏も終ろうとする頃、部下に命じて、現業部門専用の鉄筋二階建ての防弾建築の見積りを作らせると、大蔵省と直接掛け合った。主計官は、予備費の支出に関してなかなか首をタテに振らなかった。藤原は遂に机の上に坐りこむと、熱気をこめて訴えた。

「戦線の前面に立つも同然の気象台職員の身の安全を保てないようでは、戦には勝てない。爆弾が雨と降ろうが、作業を続けられるようにしてほしい」

藤原は、この予算要求が通らぬ限り梃子《てこ》でも動かない、と頑張った。主計官もついに折れて、検討することを約束した。防弾建築の建設は間もなく承認され、秋になると工事が始まった。

完成した庁舎は、二階建ての屋根のコンクリートの厚さを一米にしたうえに、その中に部厚い鉄板を埋め込み、さらに屋根と天井の間には子供が立って歩ける程の空間を設けるという堅固な構造であった。焼夷弾《しょういだん》はもとより一瓲《トン》爆弾にも耐えられる、というのが藤原の要求した条件だった。昭和十七年暮れには、予報、通報、通信などの現業部門は、すべてこの防弾建築に移った。

戦局の推移に伴い、政府機関の様々な機構改革が行なわれ、中央気象台も昭和十八年に文部省から運輸通信省に移管された。これは、研究的側面より、交通通信機関と密接な関連を持つ実践的な側面を重視しての組織改正であった。中央気象台は、この時期においても直接大本営の組織に組みこまれることはなかったが、戦局が急速に悪化して来た昭和十九年には、十六年八月に次ぐ二度目の大転換が強制された。この年十月十二日に、陸海軍から「軍事上必要ナル気象放送其《そ》ノ他気象業務ノ陸海官合同勤務実施ニ関スル件通牒」なるものが発せられたのである。

通牒の内容は、日本、満洲（中国東北部）、支那（中国本土）、比島《フイリピン》、南方地域、ソ連、米国、濠洲、南太平洋、メキシコ、アフリカ、印度等々の約七百地点の気象実況と概況について、陸海軍気象班と中央気象台現業班が合同勤務を行なって、相互のデータ交換と解析を行ない、合理的かつ速やかに作業を進めようというものであった。

中央気象台には、開戦前から軍の特別予報作業室ができていたが、毎日の予報作業は軍と中央気象台とはあくまでも別々にやっていた。それを合体し、いよいよ陸海軍の気象班が防弾建築の現業室にのりこんで来ることになったのである。

すでにこの年の夏、サイパン、テニアン、グアムの各島守備隊は玉砕し、インド進攻を目指すインパール作戦も敗北していた。米空軍による本土空襲も激しくなりつつあった。「陸海官合同勤務」は、こうした緊迫した情勢の中でとられた措置であった。

防弾建築の現業室は、軍との合同勤務まで考えて建てられたわけではなかったから、合同勤務が始まると、現業室はすし詰めの状態になった。現業室に所属する要員は、陸軍、海軍の各気象班員と中央気象台の現業職員、それに手伝いの動員学徒を含めると七百人を越えた。勤務は一日三交代制であったが、それでも部屋に詰める人数は常時二百四十人に上ったのだから、いくら机の配置を工夫しても、部屋の収容能力の限界を越えていた。ちょっと用事があって奥の方へ行こうとしても、簡単には移動できなかった。おまけに換気が悪いため、一時間もいると頭が痛くなるほどであった。

気象業務の重要度が増し、業務量が膨大になったのと反比例して、気象台職員の生活は、大多数の国民生活がそうであったように、急速に逼迫《ひっぱく》していった。当時中央気象台の庶務課長だった上松《あげまつ》清は、昭和二十年を迎えた頃の食糧難の状況を次のように記している。

「一番いやなそして閉口した問題は、徹夜勤務のための職員の夜食の準備でした。陸軍は銀めしのにぎりめし、海軍は真白い渦巻パン、気象台はチョウネンテンと称するもの。チョウネンテン別名はネコマタ（注・ねこも食べないでまたいで通る意）とも言っていたのでありますが、ここで一応説明しておきましょう。気象台の総務の厚生の係の方の非常な努力で、一般主食配給の他に特別配給を交渉していただき、ようやく獲得した貴重な食料で、キビを主体とし、ドングリ粉、ワラの粉末等をまぜて、餅のようにのしたものであります。やわらかい時はそのまま食べられるし、かたくなると焼いて食べるのですが、口に入れて無理にのみ込むという処《ところ》でありましょう。職員に藤田君という人がいて、これを食べすぎた訳でもありませんが、勤務後帰宅しましたが、急に苦しみ出して、医者さわぎをしたのですが、翌早朝あっけなくなおってしまったのであります。その病名がチョウネンテンであったのです。

夜勤職員が三者並んで勤務し、各々の夜食を食べるときを見るときは、正に断腸の思いがいたしました」

中央気象台の予報当番の中には、栄養失調のため「目がかすんで天気図が書けない」と訴える者が出るほどであった。食糧難については、台長の藤原咲平も心を痛めていた。台長は、夜食は必ず当直の職員と同じ「チョウネンテン」を食べるという気の使いようであった。そして自ら「チョウネンテン」の料理法を研究し、焼いて食べるのがよいとか、汁の中に入れるのもよいとか、〝研究結果〟を職員たちに話していたのであった。

また、この時期になると、気象台の職員数は急激に増えたものの、ほとんどにわか養成の若い人たちばかりで、ベテランの技師や技手は、外地の気象台や陸海軍気象隊に派遣しなければならなかったから、中央では中堅の職員が不足し、結局残った者がオーバー・ワークになるという問題が起こっていた。

このような中で、中央気象台にも遂に空襲の洗礼を受ける日がやって来た。中央気象台がはじめて空襲を受けたのは、昭和二十年二月二十五日であった。朝から雪で、雲の垂れこめた暗い日曜日だった。午前七時四十分頃、まずB29十機による空襲があり、上野から御徒町《おかちまち》辺りの下谷区内に焼夷弾大小七千五百五十個が投下され、三千七百余棟が焼かれた。空襲警報はいったん解除されたが、午後三時前から、今度はB29百三十機の大編隊による空襲が開始された。敵機は数編隊に分れて波状的に爆弾や焼夷弾を投下した。神田、本郷、荒川の各区のほとんど全域をはじめ、日本橋区の半分、四谷、牛込、麴町、浅草、深川、本所など十六区の一部に及ぶ広い範囲がたちまち火に包まれた。

B29の機影は雲の中に隠れて全く見えず、爆音と爆弾の炸裂《さくれつ》音のみが都心一帯に響き渡った。気象台に近い神田一帯では焼夷弾が雨のように降りそそぎ、落下地点は神田錦町三丁目辺りからやがて大手町へと広がって来た。気象台の観測塔や防弾建築は竹平町側にあったが、道一つ隔てた大手町側（現在、気象庁がある場所）には台長室や総務関係の入っている木造二階建ての本館があった。この大手町側の気象台構内への焼夷弾の落下本数は、後日台員が調べたところ、多いところで一坪当たり十四本という〝超過密爆撃〟であった。本館は四、五分で全館火に包まれてしまった。藤原の指揮で当直の十数人が消火作業に当たったが、火の勢いは手の下しようもなかった。これだけの猛爆にもかかわらず、防弾建築のある竹平町側の構内には奇蹟《きせき》的に一発の焼夷弾も落ちなかった。

この空襲で、現業関係は温存されたが、本館が焼かれたため、台長室や総務関係は神田の学士会館に間借りすることになった。

十万人の犠牲者を出した三月十日の「東京大空襲」のときには、気象台は被災を免れたが、五月二十五日には気象台は二度目の焼夷弾爆撃にさらされた。この日の東京空襲は、三月十日に次ぐ大規模なもので、B29四百七十機が午後と深夜の二回にわたって、焼け残っていた地域に襲いかかったのだった。

気象台が被災したのは、深夜になってからであった。この日二度目の敵機編隊の襲来で、台員たちが防空壕《ぼうくうごう》に待避していると、「ザーッ」という焼夷弾の不気味な落下音が頭上を通り過ぎていった。焼夷弾は、今度は大手町側構内にも竹平町側構内にも降りそそいだ。台員たちが壕から飛び出すと、大手町側の焼け残っていた建物や、竹平町側の木造の観測部庁舎や倉庫などが燃え上がっていた。防弾建築の現業庁舎と鉄筋の観測塔は、焼夷弾をはね返したのか、全く無傷のまま、周辺の火災の明かりに照らし出されて堂々と立っているのが見えた。観測塔は関東大震災の烈震にもびくともせずに持ちこたえた建築であり、防弾建築はまさにこうした空襲に備えて藤原が建設した庁舎であった。気象台の木造庁舎の大半は、二度にわたる被災で焼失したが、現業室はびくともせずに残ったのである。

この夜の空襲は、これだけでは終らず、執拗《しつよう》に続けられた。木造庁舎の火災が下火になった頃、再びB29が戻って来て焼夷弾を投下したのである。今度は気象台西側の敷地にある官舎群の一角に火の手が上がった。この官舎群を焼かれると、主要な職員の生活の本拠が失われ、業務の遂行に重大な支障を来たすことは明らかであった。だが、全員すでに疲れ切って、誰ひとり消火にかけつけようとしなかった。

そのとき藤原台長は、「官舎を焼いてはいかん！」と怒鳴るように叫ぶと、バケツで防火用水を汲《く》み上げては、二杯、三杯と、防火頭巾の上からかぶり、火を目指して突進して行った。すでに六十を過ぎた老台長が自ら火の中に突っ込んだのだから、若い連中は傍観していられなくなった。次々にバケツで水をかぶると消火に当たったのである。

「この線でくい止めるのだ。焼けている壁を向う側へ押し倒せ！」

藤原の指揮で、官舎群全体への類焼は免れた。焦土と化した都心の中に残った官舎群は、終戦前後の気象台員の生活と仕事を支えるうえで、大きな役割を果たすことになったが、それも藤原に負うところが絶大であったのだ。陣頭に立つこと、そして率先垂範すること、それが藤原の精神であり信条であり行動であった。日本の気象業務を守り推進するのは自分であるという自負心と責任感がそこには潜んでいた。岡田武松もそうであったが、藤原はより情熱的であった。痩《や》せた老体のどこにそのような闘志が隠されているのか不思議なほどであった。

この頃になると、空襲は東京だけでなく中小都市にまで苛烈になり、中央気象台の業務に大きな影響を与えていた。地方の空襲は通信線の途絶をもたらし、各地の観測データの入電数を減少させた。しかも観測データの入電状況を悪くしたのは、通信線の途絶だけではなかった。連続する空襲と食糧難が、各地の逓信局出先機関の作業能力と労働意欲を低下させていたのである。この通信事情の悪化は、西日本でとくにひどくなっていた。例えば、福岡管区気象台の管内では、末端の測候所の観測データが管区気象台に電信線で届くまでに三十分もかかっているのである。これでは福岡を経由して中央気象台に届くまでに四十分はかかってしまう。当時中央気象台では、末端のデータが二十分以内に入ることを目標にしていた。

中央気象台は、運輸通信省に対し再三にわたり、気象電報の通信回線の確保を申し入れ、業務上気象通信の優位を改めて徹底するよう働きかけた。運輸通信省は昭和二十年五月に次のような措置をとった。

「極秘

通波統第一九四号　昭和二十年五月十四日

電波局長
業務局長
工務局長

災害時ニ於《お》ケル気象電報ノ送達ニ関スル件

戦局ノ苛烈化ニ伴ヒ気象業務ハ重要性愈々《いよいよ》加重セラレタルニ鑑《かんが》ミ気象業務上特ニ緊要ナル左記甲号気象官署発気象電報ハ有線連絡杜絶《とぜつ》ニ際シテモ其ノ迅速ナル送達ヲ確保スル如ク左記乙号ニ依リ之カ取扱ヲ為《な》スコトト相成候条諒知ノ上実施上遺憾《いかん》ナキ様可然《しかるべく》配意相成度

記

甲号

銚子　大島　長津呂　甲府　前橋　仙台　青森　秋田　山形　宮古　新潟　舳倉島　輪島
長野　福井　松本　相川　御前崎　小名浜　八戸　富崎　新島　三宅島　敦賀　名古屋
広島　岡山　下関　浜田　西郷　松山　徳島　米子　高知　亀山　潮岬　室戸　足摺　熊
本　大分　長崎　厳原　富江　女島　鹿児島　釣掛

乙号

一　甲号気象官署発気象電報ハ之ヲ伝送スベキ有線連絡杜絶シタル場合ハ其ノ不通区間別《ママ》
（筆者注・別表のことか）ニ依リ之ヲ送達スルコト
二　前号ニ依リ気象電報ヲ送達スル場合ハ速カニ関係官署（中継局ニ在リテハ最寄気象官
署トス）ニ其ノ旨ヲ告ゲ該気象電報ヲ暗号化セシメタル上之ヲ伝送スルコト
三　別表各無線電信ノ使用周波数ニ付テハ該当周波数中ヨリ適当ナルモノヲ予メ選定シ之
ヲ関係無線電信ニ通報シ置クコト

表　（次頁掲載）

備考（筆者注・これは次頁表の注である）
一、本表左ノ記号ハ各下記ノ意義ヲ有ス
（海）海岸局　（航）航空局　（固）固定局

（非）非常無線連絡　（燈）燈台無線施設
（漁）漁業無線施設　（気）気象無線施設
□　中継ノミ取扱フ局又ハ無線施設

二、災害状況及通信疎通状況等ニ鑑ミ気象電報速達上特ニ必要アリト認ムルトキハ本表通信系統ニ依ラザルコトヲ得」

以上のような運輸通信省の措置を受けて、中央気象台は地方の気象台長と測候所長に対し、「空襲其ノ他不時ノ災害発生セル場合最少限度ノ重要観測所ノ電報ヲ絶対確保スル為」該当する最寄りの無線局と「充分打合ス」よう命令を出した。

しかし、このような通信回線の確保対策も要は運用次第であった。末端無線局が日夜休みなく気象官署から発信される気象電報の要請を受けて作業するかどうかは、ひとえに局員の事態認識と作業意欲にかかっていた。そこで、中央気象台や陸軍気象班の幹部は手分けして各地に出張し、観測データ速達の督促に歩いた。この督促先は、前記の表にある無線局とそこにぶら下がっている気象官署だけでは不十分で、無線局のない気象官署が利用している郵便局にまで足を伸ばさなければならなかった。歩いて見るとひどい例もあった。

中央気象台の沢田龍吉技師が、房総半島をまわったときのことである。ある郵便局からの発信があまりに遅れるので訪ねてみると、郵便局長の答えには唖然《あぜん》とするばかりであった。

「毎回同じような数字だから、いちいち打つのは大変だし、たまったところでまとめて打っているのだ」

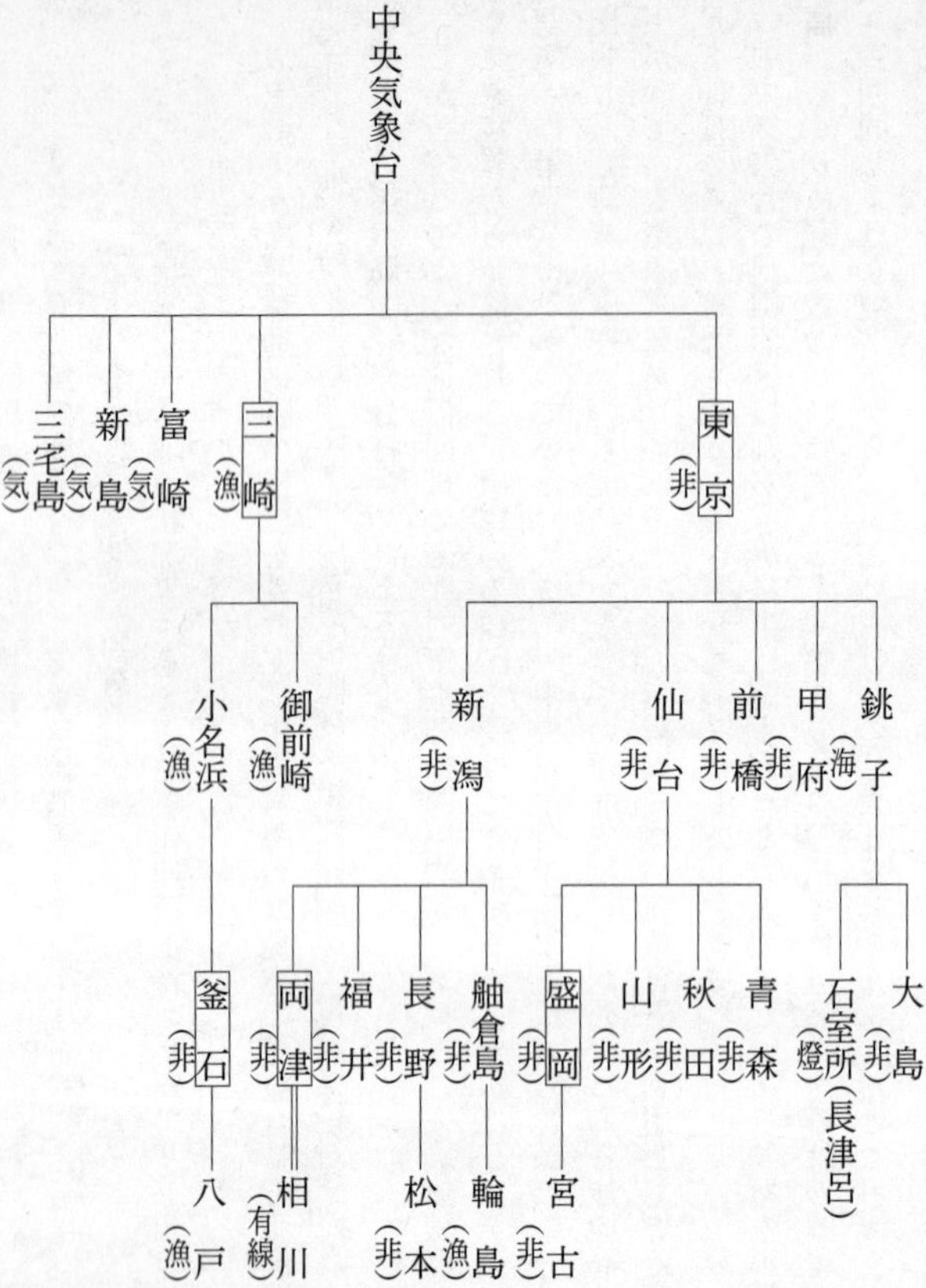
中央気象台
三宅島（気）
新島（気）
富崎（気）
三崎（漁）
東京（非）
小名浜（漁）
御前崎（漁）
新潟（非）
仙台（非）
前橋（非）
甲府（非）
銚子（海）
釜石（非）
両津（非）
福井（非）
長野（非）
舳倉島（非）
盛岡（非）
山形（非）
秋田（非）
青森（非）
石室所（長津呂）（燈）
大島（非）
八戸（漁）
相川（有線）
松本（非）
輪島（漁）
宮古（非）

大阪管区気象台

- 大阪（非）
  - 敦賀（非）
  - 名古屋（非）
  - 広島（非）
    - 岡山（非）
    - 下関（非）
    - 浜田（非）
    - 松江（非）
      - 西郷（非）
  - 松山（非）
    - 徳島（非）
  - 摂津（航）
    - 米子（航）
    - 高知（航）
    - 亀山（航）
- 潮岬（気）
  - 室戸（気）
    - 足摺（気）

福岡管区気象台

- 福岡（非）
  - 熊本（非）
    - 大分（非）
    - 長崎（非）
      - 厳原（無線放送）
  - 福岡（航）
    - 富江（航）
      - 女島（固）
- 鹿児島（気）
  - 手打（釣掛）（無線放送）

沢田技師はしばらく口もきけなかったが、やっと、

「気象のデータは、毎回同じなら同じでそこに意味があるのです。気象電報は軍の要請もあり、一刻も早く打ってもらわなければ困るのです。勝手に判断しないで下さい」

と言った。ところが郵便局長も負けてはいなかった。

「そんなこと言ったって、こちらは気象台の仕事だけをやっているのではない。ろくにメシも食えずみな疲れているのだ」

局長と沢田技師は、互いにそれぞれの主張を言い合い、喧嘩《けんか》口調になって行った。結局電報は毎回すみやかに発信してもらえることにはなったが、沢田の気持は重かった。「みな疲れているのだ」という局長の言葉が、決して他人事《ひとごと》ではなかったからであった。

戦争末期、観測データの伝達は、こういう実態の中で辛うじて維持されていたのであった。

そして八月を迎えた。すでに前月の末、中央気象台の組織を大本営の中に組み込んで、大本営気象部とする構想が、陸軍気象部から示され、八月一日付で発令される手筈になっていた。ところが八月になってもなぜか発令されなかった。中央気象台が大本営気象部となることは、中央気象台の組織が完全に軍に組み込まれ、台長の権限が骨抜きになることを意味した。藤原咲平はまわりの者に対して、「僕のすることはもうないんだね」と寂しそうにもらしていた。藤原大本営気象部が発令されれば、藤原は中央気象台長の肩書きはなくなり、大本営参謀として働くことになっていた。ところが、八月に入って二日経っても三日経っても発令がないのである。後日わかったことだが、大本営は、ポツダム宣言の諾否をめぐって、もはや気象業務体制の強

化などどうでもよい事態に直面していたのであった。

　そんな動揺が続いているさ中、八月六日のことであった。広島地方気象台からの気象電報が一日中届かないという事態が起こった。広島が空襲を受けたことは、午後になって合同勤務の軍からの情報でわかったが、どの程度の被害が生じたのかについては皆目不明であった。地方都市からの通信が途絶することは日常茶飯事になっていたから、中央気象台の予報現業室では、広島のデータが途絶えていることにはじめのうち注意を払う者はいなかった。広島電信局は中国地方の通信系統の中枢であり、そこに重要気象官署である広島地方気象台と岡山、松江、浜田などの測候所などが依存していた。そして広島電信局と大阪電信局とは非常無線でつながっていた。中央気象台では、そのうちに連絡がとれるだろうと楽観していた。

　ところが翌七日になると、情勢は一変した。ちょうどこの日は中央気象台で全国の管区気象台長会議が開かれていたが、午後になって会議の席に運輸通信省から、小日山運輸通信大臣が臨時の訓示をするので大臣室に参集するようにという通知があった。そこで藤原咲平以下各管区気象台長はそろって運輸通信省に行き、大臣室に入った。

　小日山大臣は、一同を迎えると、重苦しい表情で訓示をした。それは、広島が昨日敵機により原子爆弾と見られる強力な新型兵器の爆撃を受け、甚大な損害を受けた、というまだラジオや新聞では報道されてない重大な内容であった。そして大臣は最後に、

「原子爆弾の使用は国際条約で禁止されている毒ガスの使用をも凌《しの》ぐ極悪非道なものである。かかる非人道的な兵器を使用せる敵、既に敗れたり」

と結んだ。

藤原をはじめ各管区台長はいずれも物理学を学んだことのある科学者であった。原子爆弾が何たるかについては知識を持っていた。それだけに戦争がいよいよ恐るべき局面に突入したのだという実感が、各人の胸に深く染み渡った。

藤原らが訓示を受けていた同じ時刻、午後三時三十分大本営は、

「一、昨八月六日広島市は敵B29少数機の攻撃により相当の被害を生じたり

二、敵は右攻撃に新型爆弾を使用せるものの如きも詳細目下調査中なり」

との発表を行なっていた。一般国民に対してはまだ「原子爆弾」であるという発表は押えたのだが、大本営内部ではすでに現地の軍からの報告で、広島に投下されたのは原子爆弾の可能性が強いと判断していた。

中央気象台には、七日夜になっても広島地方気象台からの連絡は何もなかった。広島地方気象台がやられたのか、それとも無事なのかすら、中央気象台ではつかむことができなかった。

八月八日ソ連は対日宣戦を布告し、九日午前零時を期して満洲への総攻撃を開始した。九日には長崎にも原子爆弾が投下された。米軍機によって各地に宣伝ビラがまかれ、民心の動揺は大きくなって行った。

八月十二日米軍機は東京にビラをまき、午後東京に原子爆弾を落とすという情報を流した。それまで大本営はビラに惑わされるなという方針をとっていたが、広島、長崎の状況を知って

からは、東京への「原子爆弾投下」のビラを無視するわけには行かなくなった。大本営は、ラジオを通じて、繰り返し「新型爆弾攻撃のおそれがあるからとくに婦女子は早目に避難するように」と放送した。中央気象台でも午前十一時までに女子職員や動員学徒を退庁させ、現業当番以外は防護団として待機した。

午後零時半頃B29一機が現われ、空襲警報が発令されたが、何事も起こらず、敵機は姿を消した。この日は朝から真夏の太陽が照りつけていたが、午後一時頃からは雷雨となった。その雷雨の中を、午後二時半頃再びラジオでB29一機の侵入が告げられ、空襲警報が再度発令された。そのとき空がピカッと光ったため、台員たちは一斉に防空壕に逃げこんだ。原子爆弾はまずピカッと光ると、防空の心得として知らされていたのだった。台員たちは防空壕の中で息をひそめていたが、何事も起こらなかった。光ったのは、雷の閃光《せんこう》だったのだ。

原子爆弾に対しては鉄筋の建物でも駄目だと伝えられたため、空襲警報が発令されると、防弾建築の現業当番も速やかに防空壕に避難しなければならなくなった。予報や通報の作業は空襲警報の度に寸断された。各地からの観測データの入電は極度に少なくなっていた。

4

昭和二十年八月十五日正午、天皇陛下の玉音放送が全国に流れた。

「……惟《おも》フニ今後帝国ノ受クヘキ苦難ハ固《もと》ヨリ尋常ニアラス爾《なんじ》臣民ノ衷情モ朕善《よ》ク之ヲ知ル然

レトモ朕ハ時運ノ趨《おもむ》ク所堪ヘ難キヲ堪ヘ忍ヒ難キヲ忍ヒ以《もっ》テ萬世ノ為ニ太平ヲ開カムト欲ス……」

朝から重大放送の予告があったため、藤原台長は運輸通信省大臣室に出向き、一般職員は学士会館と大手町側の再建した木造庁舎に集まってラジオに耳を傾けた。放送が終っても、全員慟哭《どうこく》して、動こうともしなかった。女子動員学徒は声をあげて泣いた。

この日の藤原咲平の日記——

「正午の放送は、陛下御自らの由畏《かしこ》し彌《いよいよ》以て大事だ。早朝本台員の為、拝聴準備を命ずる。本省へ更に情報を聞きに行く。今日十一時五十分迄に参集せよとの事。自分と人事課長と太田技師とが本省へ、他は台内夫れ〲《そ》の建物内で謹聴する事にする。カッチカッチカッチーン最敬礼……最敬礼、嗚呼《ああ》、噫《ああ》、悲痛極まりなし、涙流れて止《や》まず、辛らうじて嗚咽《おえつ》をこらへる。大臣の訓示あり。飽く迄も堪へ難きを堪へ、忍び難きを忍びて、聖旨に副《そ》ひ奉らん。皇国の無窮なるを確信し、国体護持の道に邁進《まいしん》せむ。嗚呼、吾等臣民不忠不敏、皇国をして遂に茲《ここ》に至らしめ、聖慮を悩まし奉る事斯《かく》の如し、嗚呼、罪万死尚償ふなし。十五時全員を集め訓辞。堅く御詔勅を奉戴し、平和新日本の復興に邁進せむ事を期す」

玉音放送の後、陸海軍の気象班は全員仕事を投げ出し、動員学徒もこれにつられて仕事につかなくなったが、気象台の当番による観測、天気図作成、予報、気象無線放送「トヨハタ」の作業は何とか続けられていた。気象無線放送には、各地の気象機関向けに実況や概況を流すための「トヨハタ」、船舶のための「ウナバラ」、航空のための「ヒサカタ」、さらにはアジア全域向け、中国東北部向け、中国大陸向け、などの各種があり、いずれも「トン・ツー」のモールス信号で暗号化したものを無線電波で発信していた。そして「トヨハタ」以外はほとんど軍事目的のものであったから、終戦によって軍側が仕事を投げ出すと、「トヨハタ」以外の無線放送は、完全に止まってしまった。

もっとも、気象台側の作業は続けられたといっても、その内容は惨憺《さんたん》たるものであった。現在、国立公文書館と気象庁に保存されている昭和二十年八月十五日の天気図を見ると、実に感無量である。八月に入ってからというもの、本土内から入電する観測データは、多いときでさえ二十地点止まりという状態になっていたが、八月十五日になると、データの入電はさらに減り、午前二時の天気図はデータ不足のために辛うじて等圧線らしきものが二、三本引いてあるだけで、高気圧・低気圧の配置などは全く記載されていない。午前六時の天気図も、ようやく高気圧と低気圧の位置が大ざっぱに書き込まれているだけである。玉音放送の直後の午後二時の天気図になると、本土各地からの入電はほとんどなく、日本列島にはデータのプロットも等圧線も記入されていない。辛うじて朝鮮半島北部に低気圧を示す円形が記されているが、それとて中心示度は書かれていない。幼児がいたずらに線を二、三本引いたのではないかと思われるような天気図であった。このような天気図でさえ、中央気象台の業務が、敗戦という国の破局に直面しつつも続行されていたことを示す証跡として見るならば、また意味も違ってくる。中央気象台の当番は懸命に等圧線を引こうとしたのだが、データの入電がないため、如何《いかん》ともしようがなかったのだ――。

八月十五日の夕方になると、陸海軍気象班の隊員たちは、構内の空地で一斉に赤表紙の機密書類の焼却を始めた。機密書類の大半は暗号表だった。敵に最も知られたくないのは暗号である。戦に敗れたりといえども、いつまた暗号が必要になる時が来るかも知れない。暗号表を敵に渡すことは、日本の暗号のロジックを公開することになる。再度敵に知られぬロジックを組み立てることは大変なことである。こうしたことから陸海軍は、上部の命令によりあらゆる部隊で暗号表をはじめとする機密文書の焼却を図ったのであった。中央気象台でも空地という空地で山のような文書が燃やされ、煙は庁舎を包むほどであった。その炎の勢いとは対照的に、陸海軍気象部の隊員たちの動きは鈍く、すっかり活気を失っていた。

翌十六日も軍は朝から文書の焼却を続け、気象台側も軍からの要請で気象電報用暗号表などの機密文書を焼き始めた。暑いのでみな上半身はだかだった。

その中を藤原台長は業務に支障のない職員全員を整列させて、宮城前広場まで行進した。宮城前に着くと台長を先頭にして、みな地面に坐り込んで首《こうべ》を垂れた。藤原は号泣した。

かつてガダルカナルの戦に敗れれば台長室に「ガダルカナルを忘れるな」の大書を掲げ、アッツ島の玉砕が伝えられれば「アッツ島を忘れるな」と掲げた藤原であった。彼は、決して盲目的軍国主義者ではなかったが、愛国の情において熱烈なものを持っていた。昨日終戦詔書の放送を聞いた後も、職員を集めて訓示をし、「かかる事態となったのはひとえに我々の力が及ばなかったためである。死灰となって国の復興に尽せ」と、口をふるわせていた。そして今、玉砂利に伏して肩を波打たせる藤原の号泣は、たちまち全員の嗚咽となって広がった。

敗戦の衝撃の中でも、藤原は気象業務の重要性を忘れなかった。この日も当番勤務は続けさせる一方、陸海軍気象班の備品や施設をできるだけ引き継ぐ方針を決め、陸海軍側の了解もとりつけた。そして十七日には早速幹部を高円寺の陸軍気象部に派遣して、乾電池、真空管、トランス、電線、無線受信機など、物資不足の中で喉《のど》から手が出るほど欲しかった業務用備品が五、六部屋分もあるのを確認すると共に、その気象台への運搬計画を立てさせたのである。藤原のすばやい手の打ち方で確保されたこれらの物資は、終戦後数年間、深刻な物資不足の時代に気象台の業務を支えることになった。

このような中で業務に支障を来たしたのは、通信事情が非常に悪くなったことであった。十七日朝になると気象電報の入電がほとんど止まってしまったのである。十七日午前六時に入電したのは、わずかに関東地方の前橋と熊谷の二地点だけという状態であった。これでは天気図の解析などできるわけがない。しかも午前六時の天気図はその日の予報を決める上で重要なものである。夜間の観測データの入電が悪いのは、すでに戦争末期からの現象だったが、午前六時の観測データがわずか二地点という事態は異常であり、当番はさすがに解析作業を投げ出した。

この報告に驚いた藤原は、直ちに通信業務に詳しい庶務課長の上松清技師に調査を命じ、逓信院に派遣した。上松技師は逓信院の関係部をまわったが、いっこうに要領をえないので、日頃付き合いのある電務係長をつかまえて現場関係を調べて欲しいと頼んだ。その結果ようやくわかったのは、電信局では、気象電報は軍用のものであるからもはや不用であると判断し、気象台への専用回線の電源を勝手に切ってしまったというのであった。たしかに中央気象台に入る気象電報用の専用回線は、予報課と陸海軍気象班と共用になっており、それぞれの班に同じ電報が届くように仮名タイプが設定してあった。だがもともとこの専用回線は気象台のものであり、それを軍が合同勤務のために分岐して利用していただけのことであった。

「戦争が終っても気象業務は続けているのです。平和になったこれからこそ気象は大事なものになるのです」

上松はこう言って、至急専用回線を回復させて欲しいと申し入れた。電信局としても施設を破壊したわけではないので、回線を復旧させることは容易だった。

こうして気象電報は再び入電するようになったが、終戦に伴う混乱はこんなところにも起っていたのであった。

台長の威令にもかかわらず、終戦三日目の十七日ともなると、台員の間にはさすがに虚脱感が覆いかぶさっていた。中央気象台には、暗号で送られてくる膨大な量の気象電報を平常文に直す作業をするために共立女子高校と都立第五高女から二百人以上の女子学徒が動員されていたが、その動員学徒もすでに十六日から姿を見せなくなっていた。どの建物に入っても人いきれでむんむんするほどだった気象台が、いまや気が抜けたような状態になっていた。

予報課長高橋浩一郎は、終戦の日、家族の疎開に付き添って秋田の父の実家に行っていたが、玉音放送を聞くと、急遽《きゆうきよ》帰京した。東京に着いたのは十七日の朝であった。気象台に着いたときの印象を、高橋は後日次のように語っている。

「構内では台員や兵隊たちがはだかで黙々と書類を焼いていた。各部屋の人影は少なく、とりわけ二百人以上の動員学徒が乱数表と首っ引きで作業をしていた部屋はガランとして、虚《うつ》ろな空気が漂っていた。その情景を見て、ああやはり日本は敗けたのだなという感慨がこみ上げて来た」

このような虚脱状態を狙い撃ちされたような事件が起こった。八月二十二日のことだった。

その前日の八月二十一日、政府は二十二日午前零時から気象管制を解除することを決め、中央気象台に指令を出した。気象観測データや天気予報を一般に公表できるようになったのである。藤原の心は躍った。重要なことは何事も自分で事を進める癖のあった藤原は、気象管制解除の指令を受け取ると、すぐに内幸町のＮＨＫに足を運び、大橋八郎会長を訪ねた。

藤原は、大橋会長夫人と同郷の長野県上諏訪《かみすわ》の出身だったこともあって、かねて会長と親しい関係にあった。

「明日から気象管制が解除されることになりました。そこで気象台としましては、早速東京地方だけでも天気予報を発表することにしたいのですが、天気予報は一般国民に伝わらなければ意味をなさんものです。明日からラジオの天気予報の時間を復活していただけないものでしょうか」

藤原は自分で決意すると、相手が驚くようなことでも平気で言ってのける男だった。放送局に対し、日が暮れる時刻になって、「明日から天気予報の時間を復活してほしい」と申し入れたのだから唐突な話もいいところである。だが大橋会長は二つ返事で藤原の申し出を受け入れた。NHKは十五日以来一般娯楽放送を自粛していたが、ちょうど二十二日から慰安娯楽放送を再開することを決めたばかりだった。そこへ天気予報の申し入れであった。

警戒警報や空襲警報に代って天気予報が茶の間に流れ、街に流れる、これこそ平時への復帰を象徴するものであり、民心安定に役立つものである――大橋会長はそう判断したに違いない。

二人の話し合いによって、天気予報の放送は、二十二日正午のニュースに続いて行なうことになった。

気象台に帰った藤原は、予報課に行き、「明日から天気予報を発表する」と言った。驚いたのは高橋課長をはじめ予報官たちであった。依然として各地の観測データの入電は少ないし、だいいち一般向けの天気予報を発表するための体制など誰もまだ考えていなかったからである。

翌日当番に当たっていた沢田技師が、

「天気予報をやるとおっしゃっても、データが足りないので、とても自信が持てません」

と言うと、藤原はすかさず反論した。

「今の若い者は困る。部屋の中にいるからデータがないと予報ができないなどと考えるのだ。データ、データと言うが、外へ出て空を見なさい」

藤原の頭には、天を仰ぎ、空を望んで天気を予想するいわゆる〝観天望気〟の方法があった。それは漁師などの生活の知恵であったが、藤原が〝観天望気〟を口にするときには、空を観察することは予報の第一歩であるという意味がこめられていた。そのような言い方をする藤原には、大正昭和を通じて岡田武松と共に近代的な天気予報の道を切り開き、世間から〝お天気博士〟と愛称されるまでになった自負心があった。

この藤原の自信と決意には予報官たちも抵抗できなかった。ともかくやるだけやってみようということになった。

翌二十二日、当番の沢田技師は、午前六時の天気図をもとに戦後初の天気予報——東京地方だけではあったが——を出そうと、朝から意気込んで天気図の解析に取り組んだ。

午前六時の各地の観測データが中央気象台に集まり、それがプロッターによって天気図用白地図に記入されて予報当番のところへ回って来るのは午前七時頃であった。それから当番の予報官が解析をして等圧線を書き込み、概況を把握《はあく》すると共に予報文を作成し終えると、大体八時半から九時になる。

この日沢田技師の天気図によると、沖縄南方洋上にかなり大型の台風があって本土をうかがう気配を見せていたが、台風が本土に接近するかどうかはまだ不明だった。太平洋高気圧は本州のはるか東方海上に引っ込んでいて、房総半島南東沖には小さな気流の渦があった。この渦は、前日付近の船から打電されたデータから、中心示度七四〇粍《ミリ》（九八五ミリバール）程度の豆台風と推定されていた。沢田は、午前六時の天気図でこの豆台風を銚子の南東百数十粁《キロ》のところに書いたが、関東地方に直接大きな影響を与えることはあるまいと判断した。沢田としては、むしろ沖縄南方の台風の方が本命であり、その余波で日本付近の大気の状態が全般に不安定になっている、という見方をとった。

「東京地方、きょうは天気が変りやすく、午後から夜にかけて時々雨が降る見込み」

沢田はこのような予報を出した。この再開第一号の天気予報は、電話でＮＨＫに伝えられ、予定通り正午のニュースに続いて放送された。昭和十六年十二月八日以来、実に三年八カ月ぶりに天気予報が街に流れたのだった。

雲行きは予報通り午後から怪しくなって、驟雨《しゅうう》模様となり、風も少し出て来た。食糧難の折から、都内ではほとんどの家で軒先などに家庭菜園を作っていたから、この雨はまさに干天の慈雨であった。最初の天気予報としては、まずまずの成績だった。

沢田は、続いて午後二時の天気図をもとに夜から翌日にかけての予報をまとめる作業に取りかかった。午後二時の観測データは、関東、東北、北陸以外は入電状況が悪く、房総から伊豆諸島にかけてのデータもゼロだった。このため、房総沖の豆台風の動きがその後どうなったかは全くつかめなかった。沢田は、豆台風が関東地方に突っ掛けて来るような進み方をすることはまずないだろうと、朝と同じ判断をした。東京地方に午後から吹き出した風と驟雨は、不連続線があるためであろうと考えた。

そして午後五時、ＮＨＫや新聞社に「今夜は雨、明日は曇りがち」という新たな天気予報を通報すると、宿直当番の斎藤将一技師に業務を引き継いで帰宅した。和達業務部長、高橋予報課長も帰った。

帰り道、強まって来た風に雨があおられていたが、誰も不審に思わなかった。

当番を引き継いだ斎藤技師は、午後六時の天気図の解析を始めると、豆台風の動きがおかしいことに気付いた。房総から伊豆諸島にかけての観測データは、依然として入電してなかったが、それ以外の関東周辺のデータは今度は比較的豊富に入っていた。これらの気圧変化や風向風速のデータから解析すると、豆台風は午後六時には房総東岸にかなり接近し、上陸寸前であると考えざるを得なくなっていたのである。そして朝からの台風の動きから判断すると、豆台風は関東の東海上では異例の北西に向かって進んでおり、夜半頃東京直撃という事態も予想された。

すでに午後八時を過ぎ、暗くなった東京の街は、次第に暴風雨気味になっていた。中央気象台の気圧計もどんどん下がり、風雨はひどくなる一方だった。天気予報は再開したものの、まだ暴風警報の一般への臨時発表の仕方などは決めてなかったから、斎藤技師はとくに報道機関への通報まで気は回らなかった。気象管制の三年八カ月の空白を埋めることは、たやすいことではなかった。

嵐の中を官舎から藤原台長が血相を変えて駆けつけて来た。藤原は現業室に入るや、朝からの天気図をめくって、怒鳴った。

「何だこれは！」

「はいッ、沢田技師が書いたものを引き継いで、台風を追っております」

斎藤が答えると、藤原の声はさらに大きくなった。

「沢田が何だ！　この暴風雨はどういうことなんだと言っとるんだ」

「はッ、台風が……」

「天気予報を始めたばかりだと言うのに、台風のことは一言も言っとらんかっただろう。これ位のことがわからんかったのかと言っているのだ！」

藤原の怒りは、まさに怒髪天を衝く勢いであった。そこへ和達部長も現われ、台長に何度も頭を下げた。

台風は深夜横浜付近を通り、東京では最大風速二十二・八米《メートル》を記録した。被害は家屋の全半壊約一千戸、浸水約三千戸で、規模はそれほど大きくはなかったが、二十四万人に上る焼け跡の壕舎生活者やバラック生活者は屋根を飛ばされたり、浸水したりで、散々な目に会った。天気予報再開第一日にしては、あまりにも意地の悪い台風襲来だった。明くる朝になると、新聞記者たちが台長室に詰めかけて来た。

「気象管制解除早々の黒星ですな」

記者たちは、こう言って台長を責めた。

中央気象台では折から終戦以来の士気のたるみを引き締めようと、賞罰規定委員会を設けて、和達業務部長が委員長になり、その規定を決めた矢先だった。台風の襲来を予報できなかったことは、当然重大なミスとして、処罰の対象になる問題だった。賞罰規定を作った和達自身も業務部長として責任を免れそうになかった。

和達部長、高橋課長、沢田技師の三人は、それぞれに進退伺いを持って、学士会館の台長室に行った。藤原は険しい表情で三人に対した。説明を求められた沢田が口を開いた。

「洋上のデータは皆無ですし、銚子からも八丈島からも入電がなかったのです。もちろん房総来ようとは……」

沖に低圧部があることはわかっていたのですが、あんな勢いで、しかも北西に台風が上がって
「観天望気があるだろう」

藤原は遮《さえぎ》った。「――外へ出て空を見ろと、一昨日言ったではないか」

そう言われて、沢田は、昨日夕刻現業室から外へ出て空を仰いだとき、怪しい黒雲が南東方向から次々に流れて来ていたのを思い出した。気象というものは、後になってみると明白に説明のつく事柄でも、予報の実践の場ではなかなかうまく行かないものだが、沢田はその最悪の経験をしたのだった。

藤原は、

「この問題はやはり君たちに責任を感じてもらわないと困る」

と言うと、三人を直立させ賞罰規定の該当処罰条項を読み上げた。三人はどんな罰を受けるのかと、首をうな垂れていた。

「――ただし終戦以来の激務のため、職員は疲労困憊《こんぱい》しており、君たちも例外ではないことを考えると、情状酌量の余地はある」

藤原はこう結ぶと、三人に対し下がってよいと言った。客観的に見て、たとえ観天望気をしたにせよ、二十二日のデータの入電状況から考える限り、台風直撃を予想することは難かしかったであろう。予報のミスを沢田技師個人の責任問題とするには酷であった。もっと根本的な問題が背景にあった。それは台風予報には欠かせぬ海上の観測データが、敗戦によってほとん

ど入手できなくなったことであった。藤原もそのことは百も承知していた。

三人は学士会館を出ると竹平町の気象台まで黙々と歩いた。台風はすでに去り、晩夏の太陽がぎらぎらと輝いていた。お濠端の老松の緑が殺風景な気象台と鮮やかな対照をなしていた。

結局三人とも情状酌量されて、その後処罰の通知は何もなかったが、この豆台風事件は気象台の職員に活を入れ、虚脱状態をようやく吹き飛ばした。

戦争は終ったものの、気象業務は、洋上のデータの喪失と通信事情の悪化という苦しい条件の中で再出発の歩みを開始しなければならなかったのである。

5

藤原咲平が、広島管区気象台長菅原芳生の来訪を受けた後、九州に接近しつつある大型台風が気になって現業室に立ち寄ったのは、豆台風事件の翌月九月十七日午後のことだった。

九州南端の枕崎一帯は空前の暴風雨に襲われていたのだが、藤原がのぞきこんでいる天気図の九州一帯は、すでに通信線の途絶によって実況データの入電がなく、各観測点の白マルには何もプロットされていなかった。

藤原咲平は、天気図から顔を上げると、

「九州は入電なしで真白だな。この台風は手ごわそうだ。先月のようなへまはやるなよ」

と、もう一度言った。

「まわりのデータがはっきりしていますから、この位置決定はほとんど誤差がないでしょう」

高橋予報課長が当番の平沢健造技師を応援した。

平沢は、高橋課長の言う通り、この台風に関しては、中心位置の決め方や進路予想について十分な自信があった。実際秋の大型台風は迷走することが少なく、すでに転向点も過ぎているから、まわりのデータの変化さえしっかりと把握していれば、台風の動きに関して判断を誤ることはまずなさそうであった。

「ただ心配なのは、どうも中心示度がかなり深そうなのです。午後二時現在で上陸寸前とすると、もう今頃は九州南部は大荒れに荒れている最中でしょう。薩摩半島直撃の可能性が強いと思うのですが、枕崎からの入電はなしです。大きな被害が出なければよいのですが……」

平沢は災害のことを気遣った。すでに午後三時を過ぎていた。

「つい先程広島の菅原君が姿を見せたが、この分だと今夜あたり広島も危ないな。鉄道が不通にならなければよいが」

藤原台長は台長室に挨拶に来た広島管区気象台長菅原芳生のことを思い出していた。

台風はすでに午後二時半過ぎに枕崎付近に上陸し、まれに見る最低気圧と風速とを記録していたのだが、通信線は途絶していたから、中央気象台ではその実況を把握しようがなかった。ましてこの台風が昭和九年の室戸台風に匹敵する史上空前の猛台風であるなどとは、藤原をはじめ誰一人として想像もしなかった。

この台風の真の姿が明らかになったのは、数日後になってからである。それも極く断片的にわかっただけであって、全貌《ぜんぼう》が明らかになるまでには多くの歳月がかかった。

中央気象台は、後年この台風の『調査報告書』をまとめているが、その第一頁には「梗概《こうがい》」として次のように記している。

「昭和二十年九月十七日九州南端枕崎付近に上陸した台風は九州、中国を横断して日本海に出で更に奥羽を横断して太平洋に出た。此《こ》の台風は沖縄付近に在った頃既に中心示度七二〇粍《い》以下に推定されたが、九州に接近するに及び著しく強力なことが判った。然し当時終戦後の電信線の復旧不完全の為に確かな状況はわからなかった。

然るに其《そ》の後枕崎観測所からの暴風報告に接するに及んで同地の実測最低気圧は六八七・五粍（海面更正値）であることが知れ、更に其の他の暴風報告が続々と到着するに及び、台風は稀有《けう》の強さのものであったことが明かとなった。

此の枕崎の実測最低気圧の値は昭和九年の室戸岬で得られた世界的記録（海面更正値六八四・〇粍）に匹敵し、且台風の規模も此の室戸台風に劣らず、其の齎《もたら》した被害亦《また》広島県の死傷行方不明三〇六六名を初とし実に甚大なものであった。玆《ここ》に本台風を枕崎台風と呼び特記する次第である」

ここで疑問になるのは、なぜ被害が「広島県の死傷行方不明三〇六六名を初とし」なのであろうかということである。なぜ上陸地の鹿児島県の被害が筆頭にならず、広島県下の被害の方が大きかったのだろうか。なぜ広島県で「三〇六六名」もの死傷者が出たのだろうか（このうち死者行方不明は二〇一二名に上り、負傷者は一〇五四名であった）。台風が広島を通過する頃には、勢力は上陸時よりかなり弱まっていた筈である。それにもかかわらず広島県下で最も大きな被害が出たということは、何を意味するのだろうか。

思えば広島は、人類最初の原子爆弾の惨禍を受けた直後であった。廃墟の街で台風の直撃を受けた市民たちは、いったいどんな災害に巻きこまれたのだろうか。広島の気象台はいったい何をしていたのだろうか。

枕崎台風の『調査報告書』の活字の向う側にある生きた実相——この災害の中で生き、災害の中で死んでいった人々の姿は、今日に語り伝えるべき大きな悲劇、人間の記録なのだ。昭和二十年九月十七日の問題は、昭和二十年八月六日の問題と切っても切れない関係にあるのである。いよいよ本論に入らなければならない——。

第一章　閃光

1

広島は、三角洲《す》の街である。

もともとは白島《しろしま》と呼ばれたとも言われる。たしかに中国山地は花崗岩質《かこうがんしつ》の岩石が多く、太田川によって運ばれる砂は白っぽい。三角洲は、長い年月のうちに、流出土砂によって、次第にその面積を広げ、やがて入江近くにあった小さな島々を陸続きにする。これらの島々は、白い三角洲の街の中に、いくつかの小高い緑の山となって残る。

広島市の中心よりやや西寄りにある中洲、それは太田川の本流を意味する本川と支流の一つ天満川にはさまれた中洲なのだが、その南のはずれに、瀬戸内海に浮ぶ小島の面影を残す江波山がある。山といっても、標高わずか三十米《メートル》の、猫が寝そべったような形をした丘陵で、なだらかな山頂の東の端に広島地方気象台があった。

広島地方気象台は、もともとは県営の気象台だったが、昭和十四年、気象業務の一元化をはかる国策によって、他府県の気象台や測候所とともに、中央気象台の組織に併合された。それは、中国大陸での戦火が拡大し、対米英関係が悪化する情勢の中でとられた施策であった。

気象技手北勲が、広島地方気象台の技術主任として赴任したのは、昭和十七年十二月だった。太平洋戦争の開戦からすでに一年経ち、強引に戦線を拡大した日本軍は南太平洋などではやくも守勢に転じていたが、国内では戦局に対する危機感はまだそれほど高まってはいなかった。北が広島に着いた頃には、街には落ち着いた雰囲気《ふんいき》があり、江波山の長いだらだら坂を、すぐ下の海岸沿いにある造船所を見下ろしながら上って行く気象台通いは、台員たちにとってのどかな日課の一こまであった。

広島の街は、決して緑が多いとは言えなかったが、市内を七つの川が流れ、水の都の観があった。北は、江波山の上の気象台の前にある官舎に家族とともに住んだ。赴任したとき、北は三十一歳で、妻と三人の子供があった。官舎からは、街と川と海とを見下ろすことができた。北はすぐに広島の街が好きになった。広島勤務になったことは、やがて北の運命を大きく変えることになるのだが、北はそんなことは夢想だにしなかった。北は、ただ漠然とこの街には長く住むことになりそうだなという予感は抱いていた。

仕事の方も問題はなかった。広島地方気象台は、中国地方から四国の一部にかけての気象官署の中枢になっていたから、地方気象台としては人員も機材も整っていた。部課制はしかれておらず、台長の下に庶務主任と技術主任が直属する形になっていたが、職員数は三十名を越えていた。このうち北は技術主任の地位についたのだった。台長の気象技師平野烈介は、北が駆け出しの頃大阪勤務時代の上司だったから、何かにつけて仕事はやり易かった。北は、観測と予報の業務については、台長から大幅に仕事を任されていたので、若い台員たちを率いて観測業務に専念することができた。

しかし平穏な生活は長続きしなかった。その後の戦局の急速な悪化は、地方都市の気象台といえども、容赦なく巻き込んで行った。とりわけ江波山は、広島の市街地から広島湾一帯を三百六十度見通せる恰好の位置にあったため、アメリカ軍による本土空襲が始まるや、次々に高射砲陣地が構築され、強化された。昭和十九年が暮れる頃には、この小さな山に十二門の高射砲が配置され、高射砲隊一個中隊が常駐して、敵機の来襲に目を光らせていた。その中の一門は、気象台の建物のすぐ南側の五十米と離れていない所にあり、天気図の解析作業をする一階現業室の窓からもよく見えた。

広島が、空襲の最初の洗礼を受けたのは、昭和二十年三月十八日であった。首都東京の下町を火の海と化した三月十日の「東京大空襲」の八日後のことであった。この日の広島空襲は、艦載機編隊による小規模なものだったが、江波山の高射砲が初めて火を吹いた。

グラマン戦闘機は、身軽で巧妙だった。海側から低空で侵入し、三菱重工広島造船所などに機銃掃射をあびせ、応酬する高射砲陣地にも襲いかかった。江波山の高射砲隊は、超低空の敵機に手こずった。山の上から低空の敵機に発射すると、市街地に砲弾を射ちこむことになりかねない。しかも、敵機は、気象台の二階建ての建物を隠れ蓑《みの》にして接近し、高射砲陣地を脅かした。高射砲隊は、発射のタイミングを失い、一機も撃ち墜《おと》すことができなかった。

翌十九日にも、艦載機編隊による同じような小空襲があった。高射砲隊は、またも思うように射撃することができなかった。敵機が去った後、若い兵隊が気象台にやって来て、たまたま顔を合わせた北に対し、腹立ちまぎれに、

「気象台は邪魔だ。今度敵が来たときには、遠慮なくぶち壊すぞ」

と、怒鳴った。

高射砲弾をまともにぶちこまれれば、直撃爆弾を受けるにも等しい。気象台の建物を吹き飛ばすことなど、いとも簡単である。北は、兵隊の怒鳴り声を単なる威しに過ぎないと知りつつも、二日間にわたる空襲で、実弾がびゅんびゅん飛び交った直後だけに、好い気持はしなかった。兵隊の剣幕があまりすごいので、北もつい真顔になって、

「それだけは勘弁してくれ」

と答えてしまった。

もっとも高射砲隊にしても、気象台を「ぶち壊す」意志は毛頭なかった。爆撃機B29の来襲に備えて、毎朝上層の風向・風速をつかんでおかねばならない。高射砲から射った砲弾が、上空でどれ位風によってそれるかを計算するためである。これによって、当然砲身の狙いが変ってくる。この上層の風を知るためには、毎朝ラジオ・ゾンデを上げて上層の気象観測をしている気象台から、必要なデータをもらわなければならない。このために高射砲隊は、六、七人の気象班を気象台に常駐させていた。気象台を「ぶち壊す」などということは、空襲で緊張した兵卒の腹いせに過ぎなかった。

その後しばらく空襲はなかったが、四月三十日になってB29一機が飛来し、高射砲による激しい弾幕の中を悠々とすり抜けて、爆弾十個を市街地に投下して飛び去った。この爆撃によって、市内で初めて死者十名の犠牲が出た。

すでに三月十七日南の硫黄島《いおう》は日本軍の玉砕により、敵の手中に渡り、沖縄本島でも、四月一日アメリカ軍が上陸して以来、連日激戦が続けられていた。日本軍は各地でじりじりと追いつめられ、国内には、いよいよ本土決戦の緊迫感が高まっていた。大本営は、敵の上陸によって本土が分断された場合、各地方別に独自の活動ができる体制をとることを決め、六月十日各地に「地方総監府」を設けたが、このうち「中国地方総監府」は広島市内の広島文理科大学内に置かれた。地域に、職場に、義勇隊が編成された。台長が気象台義勇隊の隊長になり、台員全員が義勇隊員だった。

台員たちは、国民服に脚絆《きゃはん》を巻き、空襲時には鉄兜《てつかぶと》をかぶって勤務についた。空襲を防ぐ七つ道具として、台内に火叩き、バケツ、水槽《すいそう》、とびぐち、砂袋、頭巾、防毒面が常備された。

北は、山の上の官舎に家族を住まわせておくことは危険になったので、すでに五月に江波山の麓《ふもと》に家を借りて、そこへ引越していた。そして官舎は、独身者たちの宿舎にあてた。その方が独身者たちの勤務にも都合がよかったし、住宅対策にも役立った。若い台員たちの多くは、この官舎と江波山から一粁《キロ》ほどのところにあるアパートの二カ所に分れて生活した。

七月一日の深夜から二日未明にかけて、軍事都市呉《くれ》市がB29延約八十機による大空襲を受けた。焼夷弾《しょういだん》の雨に呉の中心部はたちまち火の海となり、全天を赤く焦がした。

この夜、北は非番だったが、気象台が気になるので、山に上って見た。宿直の台員たちは、屋上に上って不安そうに南東の呉方面の空を見ていた。北もその方角に目をやった。燈火管制で暗闇につつまれた広島湾を越えて、江田島の向うの空が真赤に染まっていた。江田島の輪郭が黒いシルエットとなってくっきりと浮び上がっているのが、一層不気味だった。

「広島がやられるのはもはや時間の問題だ」

と、北は宿直の台員たちと語り合った。

この頃から、艦載機の編隊による広島への空襲も頻繁《ひんぱん》になって来た。すでに県と市の各防空本部は、B29三百機の大空襲を想定して、市民の防空訓練や避難訓練をくり返し実施していた。大空襲となれば、山の上の気象台といえども、無傷でいられる筈はなかった。

「気象原簿は絶対に焼かれるようなことがあってはならぬ。防空壕《ぼうくうごう》の最も安全な場所に移して、保存に万全を期せ」

平野台長が、北にこう命じたのは、呉市大空襲の数日後であった。平野は、呉の市街地が灰燼《かいじん》に帰し、被害は死者一千八百余名、焼失家屋二万二千余戸に上ったという詳報を得て、気象台としては何はともあれ気象原簿の保管に気を配らなければならないと考えたのであった。

平野は、小柄ながらいかつい顔に軍人髭《ぐんじんひげ》をはやし、古武士のような風格をそなえていた。言葉づかいまでが古風であった。北をはじめ台員たちは、台長の命令に従い直ちに明治以来の気象原簿を整理した。原簿は実に百五十一冊もあった。これらすべてを保存箱に詰めて、構内の横穴式防空壕に運んだ。七月七日であった。

気象原簿は、長い年月の間一日も欠かさずに観測し続けてきたデータの記録簿であり、気象人にとって命に匹敵するとも言える代々の仕事の結晶であった。気象観測は、いかなる事態のもとでも定時に行なわなければならないというのが、気象人の職業訓であり、欠測によってデータに空白ができることは、気象業務に携わる者には許されないことであった。この職業訓は、〝観測精神〟と呼ばれた。だから、観測記録の集積であり、その土地の気象の歴史でもある気象原簿を焼失するなどということは、絶対にあり得べからざることだった。何としてでも気象原簿は守らなければならなかった。

気象原簿を防空壕に移した日、市の防空本部から電話があった。

台長は、朝から出張で出かけて留守だったので、庶務主任で予報当番だった田村万太郎技手が電話に出た。電話の内容は、

「焼夷弾爆撃に備えて中心部の家屋疎開を急ぐため、多数の作業要員が必要である。各地域や職場の義勇隊に動員数を割り当てたが、気象台義勇隊からは明日から毎日五名出してほしい」

という命令であった。家屋疎開とは、住宅密集地を対象に、家屋の強制撤去を命じて延焼を防ごうとする措置であった。言わば破壊消防の先取りである。人々は家屋の〝間引き〟と呼んだ。電話を受けた田村は、技術主任の北と相談した。防空本部の命令は絶対である。

「観測業務に支障のないように当番勤務をやりくりして、交代で何とか毎日五名ずつ動員しま

しょう」

と、北は答えた。

この時期の広島地方気象台の職員名簿について明確な記録はない。辛うじて残された『当番日誌』の日々の署名や関係者の記憶から確認し得た範囲で再構成すると、次の通りであったようである。

台長（技師） 平野烈介
技師 尾崎俊治
技手 田村万太郎（庶務主任）
北勲（技術主任）
吉田勇、白井宗吉、古市敏則、遠藤二郎、山根正演、山路巌、鈴木伸夫
雇（技術員） 高杉正明、金子省三、加藤照明、岡原貞夫、高松則行、上原清人、中村輝子、
藤津（名不明）
見習 守木、小川、日高、門（女）
事務員 栗山すみ子、小林治子、山吉英子
定夫《じょうふ》（小使い） 川本、尾山、脇本
雑役夫 武内
（このほか、台員ではないが、中央気象台測候技術官養成所から現場実習のため出身地に派遣されていた次の本科生五名と専修科生一名が毎日気象台に出ていた。

本科生　津村正樹（仮名）、福原賢次、定成勇、根山香晴、広段隆
専修科生　田中孝

このうち専修科生というのは、本科とは別に戦争直前から新設された一年課程の短期養成コースの学生で、当たり前なら中央気象台で講義を受けるのだが、東京の空襲が激しいため地方気象台で実習訓練を受けるように臨時の措置がとられていたものである。本科生は夏季現場実習であった。

なお、以上の名簿のうち津村正樹のみを仮名で記したのは、終章で記録される彼のあまりにも悲惨な運命を考慮したとき、実名を書くに忍びなかったからである。）

当時の気象台は身分制がはっきりしていて、現業職は大別すると、技師、技手、雇（技術員）の三つの職階に分れていた。全国の気象台や測候所の中心になっていたのは、中央気象台測候技術官養成所（高等専門学校に相当する三年制の専門学校）の卒業生で、養成所を出ると、まず雇となり、何年間か現場の仕事を身につけたところで技手に昇格するというのが、最も一般的なコースであった。年齢で見ると、技手になるのは二十代後半だった。しかし、戦時体制に入ってからは、気象台の業務量も増えて、全国的に要員が不足して来たため、中学校や女学校の卒業生を見習として積極的に採用するようになっていた。中卒の見習は、各気象台で教育訓練を終了してから、雇として本採用になった。

一方、大学卒のエリートは、比較的若いうちに技師となって、中央気象台の予報官や、主要気象台の台長などの地位に就いていたが、養成所卒以下の技手が技師にまで昇格するには、通

常二十数年から三十年以上もかかった。多くの場合、五十歳前後で技師に昇格し、技師になると地方気象台長や測候所長に発令された。

さて、広島地方気象台の平野台長は、大正初期にまだ中央気象台の養成所がなかった頃、中学卒で中央気象台に就職し、地方の気象台や測候所を転々としながら文字通りたたき上げで技師になった人物であった。当時中央気象台長だった岡田武松に、能力と努力を認められて抜擢されたのである。

尾崎技師は、平野台長より年上で、定年に近かった。広島地方気象台に台長以外の技師が配置されていたのは異例のことであった。それは、この年（昭和二十年）の春南洋勤務から帰国したばかりの尾崎を、とりあえず広島に配属させておくという人事だった。だから尾崎は、現業の仕事は時折手伝う程度で、出張の多い台長の留守の場合の代理を務めるのが主な仕事だった。台長の主な出張先は米子《よなご》だった。というのは、広島地方気象台長は米子測候所長を兼ねていたうえに、広島の総務関係の業務はほとんど米子に疎開させていたためだった。だいいち台長官舎が米子に置いてあったのだから、平野は米子へ出張すると言うより、むしろ米子から広島へ出張するという格好になっていた。平野は広島では、台長室のソファーに寝泊りし、台内で自炊していた。

台長と尾崎以外の現業員は、技手が九名、雇が八名の計十七名であった。このうち庶務主任の田村と技術主任の北は三十代だったが、ほかはみな二十代から十代の若い台員ばかりだった。この十七名で現業の勤務を組んでいたのだが、その業務内容は、天気図を作成して予報や警報を出す予報当番一名、観測当番二名（先輩格の甲番と助手役の乙番）、上層気象（ゾンデ）当番一名、防空当番一名となっていた。このうち観測当番は宿直も兼ね、午前八時から翌日午前八時までの二十四時間勤務になっていた。このほか、調査、統計、観測器械の保守、出張などの業務もあるし、専修科生の講義や実習指導もしなければならなかった。

このような人員構成と業務の実態だったから、家屋疎開のための勤労奉仕に連日五名を出すことは、気象台にとってかなりの重荷であった。しかし、断わることはできなかった。北は、田村と相談して現業員を中心に動員表を作った。動員表には、男子の専修科生も加えられた。家屋疎開の作業は、相当な重労働だった。もともと月月火水木金金の勤務になっていたところへ加わった肉体労働だった。勤労奉仕の翌日、疲れが出て欠勤する者もいた。食糧事情が悪くなっていたことも、労働に対する耐久力を減退させていた。

昭和二十年の梅雨は長く活潑だった。

七月十日過ぎてから中国地方に梅雨末期の大雨が降った。太田川の水量が増して、上流の方で氾濫《はんらん》するところが出た。広島市内でも堤防の低いところでは川の水が市街地にあふれ出て、家屋の浸水被害が出た。

この大水の原因についてデマが流れた。

「アメリカ軍の爆撃機が上流の発電用ダムを爆破したのだ」

という根拠のない流言だった。天気予報はもとより大雨の警報でさえ一般への伝達は禁止されていた時代であった。予報や警報は、軍や警察、県、市、船舶機関などに伝えられるだけだったから、突然の大水にデマが流れるのも止《や》むを得ないことであったろう。流言がはびこるということは、激しくなる空襲の中で民心が動揺していることの反映でもあった。

気象台の中でも、街に流れているデマのことが話題になった。

「上流の雨量が多かったためなのになあ。かと言ってラジオで放送するわけには行かないし」

などと話し合っていたことが、どういうわけか憲兵隊の耳に入った。台内に詰めている高射砲隊員が通報したのかも知れなかった。非常時下にたとえ他人から聞いたことであっても、デマを口にすることは厳しく禁じられていた。憲兵隊から台員に出頭命令が来た。

デマを話していたという技手一名と女子事務員二名が、憲兵隊にこわごわ出頭すると、幸い注意されただけで済んだが、大水の話位で憲兵隊に咎《とが》められたことは、台員たちの気を重くした。本土決戦近しとの緊張感が高まる中で、軍が極度に神経を尖《とが》らせていることは、こうした憲兵隊の過敏な態度からも窺うことができた。

洪水のデマ騒ぎがあって間もなく、気象台からまた一人召集された。若手の山路技手だった。現業員から五人目の徴兵だった。

七月二十二日は日曜日だったが、山路がいよいよ明日入営だというので、午後から気象台事務室で壮行会が行なわれた。平野台長はじめほとんどの現業員が集まった。

食糧難で、酒も肴《さかな》もない壮行会だった。北は、「これでやろう」と言って、ふかしたさつま芋を持参した。数が足りないので、包丁で半分ずつに切り、一人半本ずつ配った。酒ならぬお茶で乾杯した。

「いよいよお国のために出るのだな」

台長が言った。

「頑張ってまいります」

と、山路は挨拶したが、山陰の比較的裕福な農家出のおっとりした若者だったせいか、悲愴《ひそう》感《かん》は感じられなかった。

戦地に行ったことのある先輩が体験談を話して座をつないだ。北支帰りの遠藤技手だった。

「昭和十六年十二月八日の開戦の日には、わしは北京《ペキン》におったのじゃが、すでに二日前にはアメリカ租界やアメリカ軍駐屯隊の基地の周りは、わが軍が秘かに包囲していた。隊長が言うには、いよいよ紳士の国と戦争を始めるから、こちらも髭ぐらい剃《そ》っておけ、とな。宣戦布告発表と同時に参謀は敵基地に乗り込んで、降伏せよ、しからずんば一斉砲撃を開始する、と申し入れた……」

遠藤技手はまだ三十前だったが、開戦後間もなくまだ戦局が悪化しない頃、気象要員であることを重視されて内地に帰されたのだった。

「もちろん敵は無抵抗で降伏しよった。アメリカ兵三百名を捕虜にしたんじゃ。ところが驚いたことに敵の陣地に入ってみると、女の写真が貼《は》ってあるじゃないか――」

壮行会はこんな雑談を交えながら続けられた。

山路は、気象台前の独身者用官舎に住んでいたので、翌朝気象台から出征した。全員が玄関前に整列して万歳を三唱した。国民服で山を下りて行く山路に付き添って、当番外の数人が市内電車の停留所まで見送った。

このような状態の中で、観測業務はさらに別の側面からも脅《おびや》かされ始めていた。それは、物資不足であった。深刻な物資不足は、労力や精神力で補うことはできなかった。

影響は、まずラジオ・ゾンデによる上層の気象観測に現われた。上層観測には、毎回新しいバルーン（風船）と測器が必要である。ところが、六月頃からバルーンに詰める水素ガスが不足し、測器も中央から十分な数だけ送られて来ない。上層の観測は防空上どうしても必要なので、水素ガスは軍に頼んで何とか入手することができたが、測器の方はどうしようもなかった。ゾンデ観測は毎日朝晩二回行なうのが原則だったが、六月末頃からは、一日に一回しかできない日が出始め、七月になると二日に一回ということさえあった。

次に影響を受けたのは地震観測であった。資源の大部分を海外に依存している日本にとって、戦局の悪化は資源入手の道を断たれることを意味した。開戦当初、一滴の油は、一滴の血に値するとまで言われたが、戦争末期にはいくら血を流しても、一滴の石油も得られなくなっていた。いたるところで松の根が掘り返されて、工場で松根油がしぼりとられ、石油代りに使われた。そんな松根油でさえ、軍の需要を充たすだけの量を生産することはできなかった。だから軍以外の機関が、たとえ銃後の護りのために油を必要としても、配給量は極度に減らされた。

地震観測は石油を必要とした。地震計の記録紙は、重油の煙で真黒にすすを付着させなければならないからである。油煙で真黒にした記録紙を地震計に取り付け、その上に針でひっかき傷を作って地震波を記録するのである。地震があろうがなかろうが、毎日この記録紙を作って取り換えなければならない。その重油がなくなったのである。紙も底をついて来た。中央気象台は、遂に七月末主要地点を除く気象台・測候所に対して、地震観測を中止してもよい旨指令を出した。広島地方気象台でも、七月三十日から地震計の観測を取り止めた。日本の気象台が、一部の観測項目とはいえ、物資の欠乏から観測データに空白を作ったのは、観測史上この時期をおいてほかにはない。

この頃の広島地方気象台の「当番日誌」は、断片的ではあるが、連日連夜の空襲の中で台員たちが観測業務を何とか遂行している状況を生き生きと伝えている。その一部を以下に記しておく。(〈 〉内は筆者の注である)

七月一日(日)

23時10分ケハ〈警戒警報発令〉、30分クハ〈空襲警報発令〉

呉、火災発生スルヲ望見

七月二日(月)

本早朝呉方面敵機ノ来襲アリ

台長米子出張中ノ処夕刻帰台サル

有線不通ノタメ無線ニテ送行《(ママ)》セルモ順調ナラズ〈爆撃により通信回線が不通になって気象電報を送れなくなることは日常茶飯事になっていた〉

七月三日（火）
00・15警戒警報発令
01・14右解除
有線不通ナル《ママ》モ無線ニテ送信依頼セルモ無線モ順調ナラザルタメ気象電報発信セズ
23・09警戒警報発令
23・37空襲警報発令　参集者田村、古市、高杉、加藤、金子、高松〈空襲警報が発令されると当番者以外でも気象台にかけつけ防空体制をとった〉
気象電報発信不能ノ所無線ニテ大阪ニ送信可能ノタメ二日十八時ヨリ三日十六時マデ発信ス
七月四日（水）
01・02空襲警報解除
01・12警戒警報解除
20・48警戒警報発令
21・32　〃　解除
加藤技術員病欠
田村技手祇園《ぎおん》ニ出張ス
四、五月分宿直料支払ワル〈手当ての遅配である〉
七月七日（土）

本朝台長山口県へ旅行サル
防空壕内へ移セル原簿ハ一五一部ノ如シ、未《いま》ダ製本セザルモノハ一括数ヘタリ
支那事変勃発《ぼっぱつ》ノ日
義勇隊へ出動命令発令サル
遠藤技手宿直ノ処義勇隊出動ノタメ交代ス
午前午後機材運搬ノタメ総員住田製材所ニ行ク
七月八日（日）
台長山口県ニ旅行中
義勇隊員出動ス、本川国民学校付近ノ疎開家屋整理ノタメ七時半本川国民学校ニ集合、十七時マデ作業
七月九日（月）
台長午前九時頃山口県へ旅行中処帰台
藤津技術員大腸カタルノ為アパートニテ養生中病状悪化ノ為入院、赤痢ト診断家族へ其《その》事情打電ス
義勇隊員本日モ出動
七月十日（火）
本朝ヨリ台長直々ニ職員ノ呼名点呼ヲ行ハル
自今十四時実況ハ六時使用天気図ノ裏面ニ記入シ、上層天気図ノ十四時実況欄ハ空欄トス

ルコトトナル〈用紙の不足、ゾンデ観測の欠測を示している〉

七月十二日（木）

テケ発布中

十七時特報発布ス〈「テケ」は大雨や暴風雨の際に出される鉄道警報、「特報」は「気象特報」のことで軍・警察・県・市などに知らされる注意報。当時はこの他台風襲来時などに出される「暴風警報」があった〉

本科実習生五名本日ヨリ実習始ム

九時頃台長ヨリ技手以上参集ノ上夜間ノ防空ニ関シ訓示アリタリ

十三時ヨリ有線、広島大阪間復旧セルニヨリ託送電話ニテ電信課〈広島電信局〉へ送リ込ム、専用電話並専用電信線ハ不通、二十時以後電話類全部不通

七月十九日（木）

12・52警戒警報発令

13・30解除

田村、尾崎疎開ノ件ニツキ祇園町ニ出頭、十二時頃帰台ス〈気象台焼失の場合に備えて予備の観測器機や無線電信受信機などを、広島市近郊の町村に疎開する準備を急いでいた〉

本台伊藤技師気象電報ノ件ニ付キ来台、十四時三十分田村技手ト電信課ニ出頭ス〈電信電話線の不通が多く、中央気象台に入電するデータが激減したので、たまりかねた中央気象台では主要気象台に技師を派遣してテコ入れをしようとした〉

七月二十二日（日）
遠藤、本朝乱数受領シテ帰任ス
午後山路技手入営ノ為壮行会アリ
21・13警戒警報発令ス
21・51警戒警報解除サル
23・17警戒警報発令ス
23・47空襲警報発令ス
01・12空襲警報解除
01・33警戒警報解除
七月二十三日（月）
山路技手ノ入営一同見送ル
直通電話故障中
高杉・藤津技術員病欠中
観測室ヲ清潔ニ致シマセウ
七月二十四日（火）
早朝ヨリ敵機五百機来ル
西郷、津山、岡山、松江、高松、松山、室戸、各測候所ノ気象電報ヲ広島ニテ暗号化スル様依頼アリ、十六時ヨリ送ル

七月二十八日（土）
本早朝ヨリ敵機二百機来襲スルモ本市ニハ被害ナシ
可部分室整備ノタメ尾崎技師外三名本夕二十一時出発、大八車ニテ〈気象台の疎開先は広島市北方約十五キロにある可部町役場近くの神社を借りることになり、観測器械など一式を大八車に積んで徒歩で出かけたのである〉

七月二十九日（日）
先ニ事務整理ノ為地震観測中止ノ通牒《つうちょう》アリタル処本日ヨリ実施
尾崎技師外専修科生三名徒歩ニテ荷物運搬ノ為出張
21・40警戒警報発令、暫《しばら》クノ後空襲警報ニ入ルモ二十三時五十分解除

2

八月になった。

広島の夏は暑い。灼《や》けつくような炎天下で、気象台の台員たちは庁舎にペンキを塗って迷彩をほどこした。江波山の上は高射砲隊の作戦上樹木が伐採され、気象台の建物があまりに目立つので、敵機に対し擬装する必要に迫られたのであった。

塗料の購入、運搬からペンキ塗りに至るまで、台員たちが精を出し、八月一日と二日のわずか二日間で擬装を仕上げてしまった。

「なかなかうまいではないか」

土色のまだらに塗りたくられた庁舎を見て、台員たちは自画自賛した。気象台は山の上の二階建てで、一部観測塔の部分が三階になっている。観測塔は、飛行場の管制塔のような格好になっていて、その屋上に風向風速計が立っていた。たとえ迷彩をほどこしても、敵機の目から逃れようがないことは誰しもわかり切っていたが、それでもやはり擬装は気休めになった。

ところが八月に入ると、なぜか敵機の方が来なくなった。それまでも広島への空襲はほとんど艦載機によるもので、B29による本格的な焼夷弾爆撃はいまだ受けていなかった。それが八月に入ると艦載機さえあまり姿を見せなくなった。広島は中国地方の軍事的中枢都市であったのに、敵の焦土作戦から取り残された格好になっていた。中小都市への猛爆がくり返されている中で、不思議な現象であった。空襲警報が出ても敵機は頭上を素通りした。

「定期便がやって来たぞ」

「今夜はどこへ落とす気かのぉ」

台員たちは、敵機が来襲するとこんな会話を交わして、割合のんき気に構えていた。

五日夜から六日午前零時過ぎにかけて二回空襲警報が出されたときも、それほど緊迫感はなかった。

八月六日の朝が来た。

いつもの朝と変ったところはなかった。午前七時頃にはすでに日射しはきつく、市内の各所で義勇隊や動員学徒による建物の強制疎開作業が開始されていた。

迷彩色が壁に残る広島気象台（現在は気象館として利用されている）。1946年ごろ。提供：国保政行／江波山気象館

江波山から見下ろした広島の街は、夏の陽光に白く輝いていた。気象台義勇隊からの疎開作業への動員は、この日はなかった。作業日程が全体としてくり上がり、気象台義勇隊に割り当てられていた六日の作業予定は、すでに五日に済んでいたためであった。

宿直明けの北技手は、一階の無線室で無線電信受信機の拡声器に耳を傾け、中央気象台の気象無線放送「トヨハタ」を受信していた。

この時刻には、午前六時現在の全国各地の実況（晴雨、気圧、風など）と高気圧低気圧の位置、不連続線の位置などが暗号で放送されていた。

「トツー、トツー……」

信号音で送られてくる数字を次々にメモしなければならない。数字は一見何の秩序もないような乱数である。一回分の放送を受信すると、メモした数字は大変な量になる。

無線室は北向きの部屋だったので、窓からは市の中心街の方を見渡すことができた。もっとも窓は幅一米、高さ二米ほどのものが一つあるだけだった。朝から風が弱く、じりじりとむし暑いので、北は窓を開《あ》けて作業をしていた。受信機は窓際にあった。

北が作業を始めてすぐ、午前七時九分にラジオは警戒警報を報じた。

「中国軍管区情報、敵B29四機が広島市西北方上空を旋回中」

この警戒警報は七時三十一分に解除され、

「中国軍管区上空に敵機なし」

と、放送されたが、ラジオのない無線室で北技手は警報の発令も解除も知らないまま、「トヨハタ」の受信を続けていた。メモした数字は「赤本」と呼ばれる暗号表を使って気象データに翻訳し、翻訳した気象データは、白地図にプロットして、天気図を作成する。そして出来上がった「午前六時天気図」をもとに、九時過ぎには広島県地方の天気予報を作成して、中国軍管区や関係防空機関に通報しなければならない。北は、無線の受信に没頭した。

緯度の高い太陽は北向きの窓にも眩惑《げんわく》的な光線をそそいでいた。空には多少白い雲が浮んでいたが、ぎらぎらとした太陽の輝きは雲の存在など無視するかのような威力を持っていた。

北の頭の中では、耳に響く「トツー、トツー」の信号音を数字に変換する作業がくり返されていた。その作業はほとんど機械的で習慣的でさえあった。それは思考を必要としなかったし、いちいち考えていたのでは間に合わなかった。

午前八時十五分――

北が乱数の筆記のため視線をメモ用紙に伏せていたときだった。一瞬目も眩《くら》むような閃光《せんこう》を全身に感じた北は、ハッとして顔を上げ、視線を窓の外に向けた。すると市街地上空には驚くべき現象が起こっていた。白い朝顔の花のような巨大な光幕が、青い天空の中をサーッと超スピードで四方に広がって行くではないか。それは太陽が突然何千倍にもその輝きを増したのかと思われるような衝撃的な明るさを持っていた。北がこの光幕を目撃した時間はほんの一瞬、おそらくは〇・五秒程度に過ぎなかったのだが、そのあまりの強烈さゆえに、彼は長い長い時間その光を見ていたような錯覚にとらわれた。そして網膜に焼きついた光幕の映像は、彼にとって生涯忘れ得ぬものとなった。

これこそ、人類が自らの歴史の中に消すことのできない破壊と殺戮《さつりく》の深い傷跡を残した恐るべき瞬間だったのだが、そのときの北には、一体何が起こったのか毫《ごう》も理解できなかった。

次の瞬間、北は、今度は至近距離でマグネシウムが大量に焚《た》かれたような閃光と熱線の照射を顔面に受けた。

「熱いッ」

と、北は口の中で叫んだ。すぐ近くに新たな爆弾が落ちたと判断した北は、とっさに坐っていた椅子をはねのけて床上に伏せ、両手で耳と目を被《おお》った。

一秒、二秒、と奇妙な静寂が過ぎ、心臓の鼓動が高鳴るのを感じたとき、天地が裂けたかと思われる轟音《ごうおん》と振動が響いて爆風が頭上を掠《かす》め、伏せた身体《からだ》の背面にばらばらと物が落ちて来た。

再び静けさが戻ったとき、北は自分が吹き飛ばされもせずに生きていたのでほっとした。頭から足の先まで身体の背面全体を被っていたガラスや物品の破片を払おうとすると、腰に重みと痛みを感じた。机の上に置いてあった無線受信機が腰の上に落ちていたのだった。無線受信機は、大きさは三十糎《センチ》ほどの長方体だったが、重さは十七瓩《キロ》もあった。そのまま身体を直撃すれば、北は背骨か腰の骨を折って瀕死《ひんし》の重傷を負うところだった。だが幸い伏せる前にはねのけた椅子に当たってから腰の上に落ちたので、衝撃力が弱まっていたのだった。

ガラスの破片を払い、無線受信機を腰の上からゆっくりとのけると、北は立ち上がった。腰に痛みを感じたが、どうやら打撲傷だけで済んだようだった。

あたりを見回すと破壊のすさまじさに驚いた。ただ一つあった窓は完全に吹き抜けていた。窓際の無線受信機はもとよりその付属品もすべて飛ばされ、つい今しがたまで「トツー、トツー」の信号音を響かせていた拡声器は、部屋の反対側の壁にたたきつけられて形を歪《ゆが》め、床に転がっていた。ガラスの破片が、壁と言わず、無線受信機の真鍮《しんちゅう》製ケースと言わず、いたるところに無数に突き刺さっていた。あの瞬間反射的に床に伏せていなかったら、全身窓ガラスの破片で蜂《はち》の巣にされたことは確実だった。それを想像すると、北はようやく恐怖感が背筋に走るのを覚えた。

入口の扉も爆風で開き、廊下をへだてた事務室のガラス戸まで吹き破られていた。その事務室の中で「どうした、どうした」「大丈夫か」という声がするのが聞こえていた。怪我人が出ている様子だった。二階の方も騒がしくなっていた。

北はこなごなになったガラス片を靴で踏み分けながら、事務室へ行った。

事務室の中も惨憺《さんたん》たる有様だった。倒れた机、飛散した事務用品や文書類、一面のガラス片、立ちこめる埃《ほこり》、その中に十人位の台員たちがいて、ほとんどみな顔や手から血を流していた。顔に刺さった多数のガラス片を一つ一つ抜いている者もいた。

事務室では、午前八時からの朝礼を終えた直後に爆風に襲われたのだった。この日は、台長が米子に出張中だったので、尾崎技師が代って訓示と事務連絡を行ない、朝礼は十分足らずで終了していた。台員たちは、それぞれの仕事に就く直前だった。閃光の瞬間、床に伏せた者もいたが、何が起こったのかもわからずに立っていた者もいた。

事務室で全く無傷だったのは、事務員の山吉英子ただ一人だった。窓際や廊下のガラス戸の近くにいた者ほど、多くのガラス片をたたきつけられていた。若い技術員の高杉は、シャツの右肩のところを血で赤く染めていたが、シャツを脱いでみると、それほどひどい傷ではなかった。事務室には骨折などの重傷を負った者はいなかった。

「どこへ爆弾が落ちたのだ」

「高射砲陣地が狙われたのだろう」

「直撃弾だぞ」

北は、台員たちと話しながら、屋外へ調べに出た。気象台の前にある木造の官舎は、雨戸やガラス戸をほとんど吹き飛ばされていたが、付近に爆弾が落ちた様子はなく、高射砲隊の砲門も健在だった。

不思議に思った北は、市街地の方を見下ろして、アッと息を呑んだ。

広島の街が全く姿を変えていたのだ。

江波山の周辺の家並みはほぼ元のままであったが、市の中心部に近づく舟入辺りから向うは、家屋という家屋が姿を消し、ただ一面に白い砂塵《さじん》が舞い上がってまるで砂漠のようになっていた。所々で煙が上がっている。

そして市街地上空には、天空高く巨大なキノコともクラゲともつかぬ奇怪な雲が出現してい、雄大な入道雲へと成長しつつあった。

「落ちたのは一つかなあ」

「また来たのじゃないか」

「いや一つだろう」

台員たちは、しばらくキノコ雲と市街地とを眺めていた。その光景は、目撃者の視線を吸い込み、足を釘付《くぎづ》けにする魔力を持っていた。

(原子爆弾を投下した米空軍機B29エノラ・ゲイ号の航空日誌によると、同機がテニアン基地を離陸したのは、八月六日午前一時四十五分(日本時間)であった。爆撃目標は、第一目標広島、第二目標小倉、第三目標長崎で、どこに投下するかは気象状況によって決められることになっていた。テニアンから広島までは約二千七百四十粁《キロ》あり、B29で片道六時間半かかった。午前六時四十一分、四国南方上空を北上中のエノラ・ゲイ号は、先発のB29三機が観測した目標都市の気象状況を無電で受信した。それによると、第一、第三目標は良好、第二目標は不良であった。この瞬間に広島の運命は最終的に決まったのだった。

午前八時九分、エノラ・ゲイ号の視界に広島の街が入って来た。午前八時十五分三十秒、同機は三万一千六百フィート（約九千六百米）の高度から目視照準によって原子爆弾を投下した。同機は直ちに急旋回すると山陰上空へ向かって離脱し、四十三秒後広島上空に閃光が発したのを目撃した。続いて二回衝撃波を受け、機体はグラリと傾いた。広島上空には巨大な原子雲が立ち昇っていた。テニアン基地では、エノラ・ゲイ号から原爆投下「成功」の通信を受けとると、「やったぞ」の歓声が上がった。

一方、日本側の学術調査によると、原子爆弾の炸裂地点《さくれつちてん》は、現在の原爆ドームのやや南東寄りの上空五百七十七米と推定され、炸裂と同時に空中に火球ができた。火球の大きさと温度は、炸裂直後の一万分の一秒のとき半径十七米で摂氏約三十万度、火球が直径百米になったとき摂氏九千〜一万一千度で、爆心直下では少なくとも摂氏六千度の照射を受けたと推定されている。

（広島地方気象台は、爆心地から南々西の方角に約三・七粁離れていた。）

爆弾が炸裂してから二十分ほど経った頃、市内のあちこちから炎が火柱となって上がり始めた。市の中心部がほとんど全滅したことは、江波山の上からもわかったが、いかなる爆撃を受けたのかは、皆目見当がつかなかった。

北は、二、三人の台員とともに茫然と火災の発生を見下ろしていた。一方、事務室では、ガラスなどで負傷をした台員たちが、救急箱を出して互いに手当てをし合っていたが、そのうちに赤チンを塗り終えた者二人が、

「二階はどうなっているだろう」

と言って、階段を駆け上がっていった。すると、二階廊下に本科生の福原賢次が腰から下のズボンを真赤に染めて、放心状態で坐りこんでいるのを発見した。

この日、本科生たちは自由行動の日になっていたので、定時に出勤していたのは福原一人だけだった。福原は、二階の高射砲隊気象班の部屋で、上層の風向風速の計算作業などを見学していた。「ピカッ」と閃光が光ったとき、兵隊たちは叫び声をあげると、反射的に部屋から廊下に飛び出し、頑丈な柱の陰などに身を寄せたが、福原は兵隊たちの後を追って廊下に飛び出したものの、どうしてよいかわからずうろうろしていた。昂奮《こうふん》していたので轟音も爆風も記憶にはなかった。何が起こったのかわからないまま動き回っているうちに、右足に重みを感じ、ズボンが濡れているような感じを覚えた。我に返ってよく見ると、顔から足先まで身体の右側一面に無数のガラス片が刺さってい、とりわけ大腿部《だいたいぶ》と臑《すね》の二カ所のガラスは大きく、ひどい出血を起こしていた。ズボンは血でべっとりと重くなっていた。

自分の血を見たとき、福原はすっかり仰天して腰から力が抜け、その場に坐りこんで動けなくなってしまった。

二階では、このほか高射砲隊員一人が手首にかなりの怪我をして図書館の書架の間にうずくまっていた。また二階の一番奥の会議室では、爆撃の時刻に古市技手が見習の専修科生男女六人に講義をしていたが、閃光を感じた直後にみなすばやく伏せたため、重傷者を出さないで済んだ。

気象台で重傷を負ったのは、本科生の福原だけらしい。台員二人が福原を両脇からかかえて階下の事務室に運んだ。

現業員の中でただ一人の女性である中村輝子や事務員の山吉英子らが、早速福原の傷口を赤チンで消毒して三角巾で縛った。

「中村さんは三角巾が上手じゃのぉ」

と、男たちが誉めた。救急看護は女学校時代の必修だったから、別に誉めるほどのことではなかったのだが、自ら顔と背中にガラスで怪我をしながらもてきぱきと働いている中村輝子の手さばきを見て、男たちもさすがに感心したのだった。

福原の応急手当てが済んだところで、これはかなりの傷だから病院に連れて行かねばならないということになった。数人がかりで福原を担架に乗せ、吉田、古市、高杉ら元気な者が交代で担架をかつぎながら山を下った。近くに吉野病院という私立病院があったのでそこへ連れ込もうとしたのだった。

ところが坂道を下り切らない中に、一足先に街の様子を見に出ていた尾崎技師が上って来るのに出会った。

「吉野病院は屋根が落ちて完全にやられているぞ」

と、尾崎は言った。尾崎は自分の怪我に気付かないらしく、顔から血を流していた。担架の中で福原が不安気な表情をのぞかせていた。

「尾崎さん、血が出ていますよ」

と、吉田が教えてやった。

「いや大丈夫だよ。それより吉野病院が駄目なら、陸軍病院へ行くよりほかはないだろう。そっちへ運んでくれ」

と、尾崎は言った。

江波山の東側に陸軍病院江波分院があった。一行は尾崎の指示で江波分院に向かうことにした。福原は出血がひどく、顔は次第に青ざめて、遂に気を失ってしまった。

この時刻になると被災者たちが続々と江波山の坂道沿いに避難して来た。倒れかかった家屋に危険を感じ、或いは次の爆撃から身を守るために、山陰の方が安全だと思ったのだろう。避難民の中には大怪我をしている者もいた。

担架をかついだ台員たちは、江波分院に行く道すがら、被害の大きさにあらためて驚かされた。山の上から見下ろしたときは、江波一帯はそれほど被害がでてないように見えたのに、山を下りて見ると、どの家も傾いたり、屋根が抜けたり、瓦が落ちたり、ガラスが吹き抜けていたりで、惨憺たる状況だった。その中を火傷《やけど》を負った者や怪我で血を流した者が、ぞろぞろと江波分院を目指して歩いていた。まともな衣服を身につけている者はいなかった。誰もが埃まみれ泥まみれになって、衣服はボロボロになっていた。火傷や怪我がひどくて道端に倒れるように坐り込んでしまう者も少なくなかった。背中から両腕にかけてベロリと皮膚がむけ、襤褸《ぼろ》をぶら下げているのかと見紛《みまご》うほどの男もいた。

江波分院に着くと、すでに診療棟の廊下はもとより構内の空地は治療を受けに詰め掛けた人たちでいっぱいだった。台員たちは担架をかついだまま、かき分けるようにして進んだ。衣服は、触れ合う怪我人の血でたちまち朱に染まった。診療棟に少しでも近づこうとしてさらに歩を進めたとき、台員たちはハッとして立ちすくんだ。全身を焼かれ、目を白くむいて、坐ったまま動かぬ女につまずきそうになったのだ。よく見れば、女は辛うじて心臓だけは動いていたが、もはや意識を失って、ただそこに坐ったままほとんど硬直しているのである。誰かがかつぎこんだのであろう。

そのとき突然空襲警報のサイレンが鳴り響いた。負傷者の群れに動揺が起こった。台員たちは、福原を担架に乗せたまま、群衆と一緒に避難壕に入った。福原はこの騒ぎで意識をとり戻していた。貧血しているせいか、「寒い」と訴え、「傷が痛い」とくり返した。

警報は間もなく解除された。高杉技術員が治療室の軍医のところへ行き、気象台の患者を早く診て欲しい、重傷なのだと交渉した。高杉は、周囲の患者たちを見ると、福原の怪我など怪我の中に入らないと思ったが、ともかく許されるなら一刻も早く福原に治療を受けさせてやりたかった。

「連れて来い」

と、軍医は言った。江波分院は気象台に近く、日頃からつき合いがあったので軍医が特別の配慮をしてくれたのだった。

高杉が治療室を出ると、順番を待って並んでいる人々の中に、上半身を熱で焼かれ、黒く火脹《ぶく》れした顔に目玉だけをギョロギョロさせている男が目に止まった。背中の皮は完全にむけて垂れ下がり、どうしてできたのか爛《ただ》れた背中に小さな穴が無数にあいていた。腰にペンチなどの道具を下げているところから判断すると電気工事夫らしい。電柱で工事中に熱線で焼かれたのだろうか。垂れ下がった皮膚と腰に下げたままのペンチ類とが、高杉の網膜に強烈に焼き付いた。

一瞬気を呑まれたが、高杉は急いで避難壕に戻った。ほかの台員らと再び担架をかついで、福原を治療室へ連れてくると、軍医は、

「こんなもの大した怪我ではない」

と言って、赤チンで消毒し軟膏《なんこう》を塗り、包帯を巻いただけだった。

「今日はこの通りの患者数だから、明日もう一度治療をする。また連れて来い」

と、軍医は言った。

一同が気象台に戻ったのは昼頃だった。福原はとりあえず一階の奥にある宿直室に休ませた。

高杉らが福原を江波分院に連れて行った後、気象台に残っていた北は、観測施設等の被害が気になり、調査を行なった。

一階の現業室を覗《のぞ》くと、当番の岡原貞夫技術員がガラス片などの清掃をして、すでに作業のできる体制を整えていた。

被爆時、現業室には観測当番の吉田技手と岡原技術員のほか、所用で入って来た遠藤技手がいたが、部屋が南側を向いていたため損害が少なく、三人とも怪我を免れた。爆風がおさまった後、それぞれに事務室に行ったり、外へ出て市街地を眺めたりしたが、吉田技手は高杉らと担架をかついで出て行ったので、岡原一人が現業室に戻って観測業務を続行する体制を整えた。

「測器類は大丈夫か」

と、北技手が声をかけると、岡原は、

「露場の百葉箱は建物のちょうど陰になって爆風の直撃を受けずに済みました。気圧計室の気圧計も無事です。屋上の風向風速計も動いてます」

と報告した。北技手はほっとした。

机の上にあった観測野帳を見ると、毎正時の観測データがきちんと記されていた。そして空欄には、爆撃直後に市街地に立ち昇ったキノコ状の雲がスケッチしてあった。

「それは遠藤さんが描いたのです」

と、岡原が説明を加えた。

観測野帳には、不気味な雲の形が、北技手も目撃した通りに正確にスケッチされていた。キノコ雲の中程のくびれた辺りに、短時間ながら首輪をかけたようにドーナツ状雲ができたが、それも描き込まれていた。気象技手らしいきめの細かい雲のスケッチだった。いかなる爆弾かはまだ判明していない。しかし、巨大なキノコ雲の発生を見ただけでも事態が只事でないことは明らかである。それを気象技手の目で、直ちに観測野帳にスケッチしたことは、なかなかに気のきいた行為であると、北は思った。

「君の家は街の中ではなかったか」

北は、岡原に尋ねた。

「はい、広瀬元町です」

岡原が母親と一緒に住んでいることを、北は知っていた。

「ひょっとしたら君の家もやられているかも知れないぞ。お母さんの様子を見に帰った方がよいのじゃないか」

と、北は勧めたが、岡原は、

「今日は当番ですから記録をとります。家には姉もいますので母を守っていると思います」

と答えて、仕事を続ける姿勢を見せた。岡原があまりに平然としているので、北はそれ以上帰宅を勧めなかった。

北は現業室を出ると、廊下をはさんですぐ前にある地震計室を調べた。地震計室は北向きの部屋だったので、内部は無線受信室と同じようにめちゃめちゃで、地震計そのものも破壊されていた。地震観測は七月末から観測を中止していたから、当面業務に差しつかえる心配はなかったが、いずれ観測を再開することを考えると大がかりな修復工事が必要なほどの破壊状況であった。

気圧計室や三階の観測塔の状況は、岡原の報告通りだった。北向きの気圧計室にあった気圧計が破壊されなかったのは不思議なくらいだった。観測塔の風向風速計は、台風襲来時の暴風雨にも耐えられるだけの強度に設計してあったため、爆風の直撃を受けながらも持ちこたえたのだった。気象観測器械で破壊されたのは、二階屋上のロビッチ日照計だけだった。観測は支障なく続行できそうだった。

ただ、建物の方の被害は相当なものだった。すべての窓枠《まどわく》は飴《あめ》のように曲り、ガラスは吹き飛んでいた。内部のドアも壊れたものが多く、壁にもあちこち亀裂が生じていた。

事務室へ戻ると、時刻はすでに十時を過ぎようとしていた。台長が不在だから、年輩者が当面の対策を決め、指揮をしなければならない。尾崎技師は街の状況視察のため山を下りていたので、北は庶務主任の田村と打ち合わせた。その結果、台員たちに、

「女子職員は帰宅してよい。男子も市内に家がある者は帰ってもよい」

と伝えた。女子職員たちはそれぞれに帰っていったが、男たちはこの時刻に帰った者はいなかった。

寒暖計の水銀柱は三十度に達しようとしていた。海風が吹き始めていたが、風は弱く、むし暑かった。

そこへ濡れ鼠とも幽霊ともつかぬすさまじい形相をした青年が入って来た。北は、一瞬口を閉ざしてその青年の顔を見つめた。

「津村です、渡し船の上でやられました」

と、青年は言った。顔は火傷で裂け目ができ、とくに右顔面の皮膚がむけて顎《あご》の下にぶら下がっている。しかし、気持はしっかりしているらしく、言葉に元気があった。

よく見るとたしかに本科生の一人津村正樹だった。普段は眼鏡をかけているが、爆風で飛ばされたのだろう、彼は眼鏡を失くしていた。しかし目の周りには眼鏡の縁の形そのままに白い影が残っていた。眼鏡の縁が瞬間の熱線を遮《さえぎ》ったに違いない。

カッターシャツの上に作業服を着て、作業ズボンをはいているが、上下ともボロボロになっているばかりか、ずぶ濡れだった。

津村の話によると彼の遭遇した状況は次の通りだった。

津村は、市の東寄りの比治山《ひじやま》に近い昭和町の親戚《しんせき》の家に下宿していて、いつもはバスで通っていたが、この日は自由行動の日だったので、途中でバスを下車すると、のんびりと徒歩で江波の対岸の吉島本町に出て、そこから本川の渡し船に乗った。閃光にさらされたのは、渡し船が江波側に着岸する直前だった。

「いきなり水素ガスが爆発した中に放りこまれたような衝撃を受けたのです。同時にいくぶん黄色味を帯びた白熱の焔《ほのお》に目がくらみ、強い熱気を感じました。あたりがカラカラに乾燥し切ったような感じと『もう駄目だ』という絶望感にとらわれました」

と、津村は語った。船頭が真先に川に飛びこんだ。津村も我に返って飛びこむと息の続く限り水中に潜っていた。

浮き上がったとき、顔に火傷を負っているのを感じたが、痛みはそれほどなかった。眼鏡はなくなっていた。岸に泳ぎ着いてから我が身の状態をよく調べると、火傷は顔面右側から首、右手首、右股《みぎまた》、右足に及んでいた。ズボンを捲《まく》って見ると、右足の火傷はズボンの皺《しわ》の形の通りに焼印を押したようになっていた。幸い戦闘帽で頭は熱を直接受けず、胸や腹の辺りも無事だった。津村はこれだけの火傷を負いながらも、歩いて江波山の坂を上り、気象台に辿《たど》り着いたのだった。

北技手は、

「すぐ病院へ行って手当てを受けなければいかん。これは福原君よりひどいぞ。誰か手の空いている者が連れて行ってくれ」

と、台員に指示した。

台員たちは直ちに担架を用意して津村をその上に寝かせ、陸軍病院江波分院に向けて出発した。

十一時を過ぎると市内の火災はいよいよ激しくなり、その地域も大きく広がっていた。江波山の上から見渡すと、一粁余り北の舟入本町辺りから向うは、濛々《もうもう》たる黒煙に完全に包まれて、全く見えなくなっていた。それは広島の街が巨大な黒いカーテンに閉ざされたような光景だった。弱い海風が吹いているため、煙はこちら側へは流れず、そのことが江波山からの眺望を鮮明にした。煙は広い市街地のすべての所から出ていた。三角州《す》の街全体が燃えているのだった。

すべてが煙だった。巨大な煙は炎さえもその中に包み隠してしまうほどで、猛烈な勢いで天空高くめざして上昇していた。成層圏をも突き破りそうな勢いだった。煙は強い上昇気流を誘発し、天頂で雄大な積乱雲に変じていた。積乱雲はかつて見たことのない壮大な峰々を形成し、雲の高さは確実に一万数千米はあった。その峰々は活潑に動き、姿を変え、さらに成長して行った。それは悪霊の蠢《うごめ》きのような不気味さと威圧感とを持っていた。

黒ずんだ積乱雲の中では、頻繁《ひんぱん》に稲妻が走ったり、閃光が明滅したりし、雲の姿をいちだんと不気味にしていた。広島市西部の横川から己斐《こい》にかけての一帯は暗雲の状態から見て、激しい雷雨になっている様子だった。夏の日に雷雲が近づくとき、真黒い降雨域を遠望することができるが、横川、己斐方面は不気味なまでに黒々とした降雨域になっているのが見えるのだった。にもかかわらず火の勢いは一向に衰える気配を見せず、煙は依然として市街地全域から立ち昇っていた。

その光景を茫然と見つめているうちに、北は、事務員の栗山すみ子のことが気になってきた。栗山すみ子は、この日の朝気象台の事務的な用事のため、自宅から直接県庁に行き、所用を済ませてから気象台に出勤することになっていた。県庁は市の中心に近い。栗山すみ子が出勤時刻に県庁に出向いていたとすれば、かなり近い距離で爆撃に晒《さら》されたことになる。

北は台員たちに栗山すみ子から何か連絡がなかったかどうか尋ねた。朝からの混乱と電話線不通の中で連絡を期待するのは無理であっても、やはり尋ねてみないではいられない心境だった。台員たちは誰一人栗山すみ子の消息を知らなかった。

栗山すみ子は女子事務員の筆頭でしっかりしていた。県庁で被爆したとしても、何とか避難するなり、自宅へ帰るなり、最善の道を選んでいるに違いない、この時刻になっても気象台に姿を見せないというのはそういうことなのだ、だが万一ということもある、あの火と煙の中を逃げられるだろうか——北はあらゆる場合を想像したが、いずれにせよ現在の事態の中では捜索に行くことはかえって危険だと思った。

昼過ぎた頃、陸軍病院江波分院に治療に行っていた津村も担架で帰って来た。入院は不可能だという。治療と言っても、火傷で皮膚がむけたところでさえ、赤チンで消毒して亜鉛華軟膏《なんこう》を塗布し、包帯を巻いただけだった。病院ではすでに亜鉛華軟膏さえ無くなりそうだと言っていたという。

津村は手当てを受けて緊張がゆるんだのか、ぐったりとしていた。時折苦痛に顔をゆがめながら、「打ちのめされたような感じです」と呟《つぶや》いた。下宿に帰すわけには行かないので、福原と一緒に宿直室に寝かせることにした。

津村を休ませると、台員たちの中にはさすがに疲れの表情を見せる者も出てきた。北は、怪我を押して働いている者や疲れた顔をしている者に対し、適宜休養をとるように言った。

台員たちは、宿直室の空いている畳の上や、後片付けの済んだ無線室の床の上に、ごろごろと横になって休んだ。

一息ついたところで、北は山を下り、家族の様子を見に行った。北の家は幸い山の陰になっていて爆風の直撃を免れたため、大きな被害は受けずに済み、妻と三人の子供もみな無事だった。彼は帰宅して着換えをするとき、妻に背中から血が出ていると注意された。大した傷ではなかったが、北ははじめて自分もガラスで怪我をしていたことに気付いた。

家族の無事を確認すると、北はすぐに気象台に帰った。山の上に立つと、いやでもまた市内の黒煙の全貌《ぜんぼう》が目に入って来た。あらためて市街地の状況を展望すると、広島がいまや壊滅に瀕《ひん》していることは歴然としていた。それは焼夷弾《しょういだん》による焦土作戦とも違っていたし、一頓《トン》爆弾を雨と降らせる無差別爆撃とも違っていた。高射砲隊の隊員は新型爆弾らしいと言っていたが、確かに何か強力な特殊な爆弾による攻撃を受けたことは間違いないようだった。

〈ともかく事態を中央気象台に報告しなければならない〉

と、北は思ったが、電話はもとより有線、無線のあらゆる通信回線は不通になったままだった。定時の観測データさえ送れないでいたが、これも当面通信回線の回復を待つ以外にどうしようもないことだった。

夕方になると、さしもの火の勢いも弱まる気配を見せてきた。ところどころ燻《くす》ぶるような白い煙に変り、立ち昇る勢いもすさまじさを失っていた。

北は、中央へ電報を打つなら今のうちだと思った。市内の電信電話が駄目なときは、近郊の郵便局まで行けば通信線が生きているかも知れない。問題は中洲の南のはずれにある気象台から郊外に出るためには炎上する市街地を突破しなければならないことだが、火が下火になってくればどこか通り抜けられる道が見つかるかも知れない。それも暗くなってからでは困難だから日没前が勝負だ、と北は考えた。

北は中央気象台宛のおおよそ次のような電文を綴った。

「六日午前八時十五分B29広島市ヲ爆撃ス、広島市ニ大火発生、当台破損シ台員多数爆風ノタメ負傷シ一部ハ重傷、地震計破壊スルモ気象測器ハ破壊ヲマヌガル、気象観測ハ欠測ナク続行」

この電文に被爆以後未送信になっていた午前十時と午後二時、午後六時の観測データをつけ加えて打電することにした。（気象台の観測は毎正時に行なっていたが、当時中央気象台の天気図は午前二時、六時、十時、午後二時、六時、十時と四時間置きのデータを集めて作成していたので、各地の気象台や測候所は中央にはこれら四時間毎の観測データを送ることになっていた。）

北は、技術主任として台員を統率しなければならないので、自分が気象台を離れるわけには行かなかった。自分で行けなければほかの台員に命じなければならない。

北は、部下や後輩にずけずけと物事を命じる質《たち》ではなく、どちらかというと温和で線が細い方だった。火災の街を突破するという危険を伴う任務を部下に命じることにためらいを感じたが、しかし広島の測候を受け持つ技手として、朝からの事態と定時の観測データを一刻も早く中央気象台に報告しなければならない義務感も強かった。広島が空襲を受けたことについては、中央でも大本営など然るべき筋の情報で知っていようが、肝心の広島地方気象台がどうなっているかについてまではわからないだろう。広島からの直接の報告がなければ、中央は心配するだろうし、対策を立てることもできないだろう。

北は田村技手と相談の上、若い台員たちに集まってもらった。

「何とか中央に電報を打たねばならないのだが、街の火災も下火になってきたようなので、電信局まで連絡班を出したい。この火災では電信局がどうなっているかわからないが、電信局まで行けば何か中央への打電の方法があるかも知れない。もし電信局へ行くことが不可能なら、郊外の郵便局へ行けば電報を頼むことができると思う。連絡のとれる所まで行って欲しいのだ。勿論《もちろん》無理はしなくてよい。市内の火災がまだおさまっていなければ戻って欲しい。若い者に頼みたいのだが、行ってくれるだろうか」

返事がなかったので、北は腹案として考えていた三名の名前をあげて連絡班員に指名した。三名は、先輩格で堅実な古市敏則、絵の素養があって落着きのある山根正演、太っ腹でユーモアのうまい高杉正明だった。

古市技手は怪我をしていなかったが、山根技手は右腕と右足に、高杉技術員は左顔面から左肩にかけて、いずれもガラスによる切傷を負っていた。しかし、二人ともすでに出血は止まり、元気に動きまわっていた。

三人とも連絡に出かけることを引き受け、出発の準備をした。準備と言っても、ゲートルを巻き鉄兜《てつかぶと》をかぶって身を引き締めただけだった。かなりの距離を歩くことを覚悟して、山根技手が水筒を肩に斜めに掛けた。

「電信局は袋町だから、まず本川に沿って溯《さかのぼ》って行こう」

と、古市が言った。古市は、

「それで駄目なら出たとこ勝負で考えようじゃないか」

と付け加えた。

古市、山根、高杉の三人は、午後六時過ぎ気象台を出発した。

北は三人を見送りながら、もう一度「無理はしなくてよいぞ」と言った。

陽は西の空に傾いていたが、日没までにはまだ一時間はあった。暗くなるまでにはかなり余裕はあるから、何とかうまく行くかも知れないと、北は期待を寄せた。火災が風を呼んだのか、いつもなら夕凪の蒸し暑い時刻なのに、海風が吹いていた。

三人の姿が坂の陰に隠れると、北は玄関から現業室へ足を運んだ。

現業室では、当番の吉田技手と岡原技術員が、すでに午後六時の定時観測を終えて、観測野帳の整理をしていた。

「御苦労さん」と言って、北は野帳を覗きこんだ。気象技手として当番でなくとも日々の観測記録に関心を持つのは当然だが、広島が空襲で炎上した一日の気象データは特別に興味をそそられたのだった。

午後六時の気温は摂氏二十八度三分、風は南西五・二米で、正午の記録三・三米より強まっていた。注目すべき点は、雲の観測記録だった。午前八時まではなかった「ＫＮ」（積乱雲）の記号が午前九時から登場し、午後六時現在なお記載されていた。爆撃とその後の火災で発生した雄大な積乱雲の存在を、その「ＫＮ」の記号は示していた。

そして、その積乱雲の下で燃え続けている街を思ったとき、北は再び当番の岡原の家と彼の母親のことが心配になってきた。

「やはり君は帰った方がよいのじゃないか。あれほどの火災だから広瀬元町あたりも焼けたに違いない。どうせ今夜はみな泊る覚悟だから、当番の君が帰っても心配することはないぞ」

北は岡原を説得した。

「やはり当番を続けます」

と、若い岡原は平然としていた。「爆撃位で驚いていたら観測などできません」と、岡原は言い切った。与えられた任務を守っているだけだという淡々とした口調だったが、その口調と表情は、「家に帰れ」という上司の勧めをきっぱりと拒んでいた。

何がこの青年を仕事に執着させているのだろうか、観測業務と彼の精神とを結びつけている絆《きずな》は何なのだろうか——北は一瞬考えこんだ。

岡原が中学校を卒《お》えて広島地方気象台に見習として入台したのは、昭和十六年だった。彼はそのまま広島で見習を続けたが、仕事熱心と成績が認められて、昭和十九年春から中央気象台に派遣され、中央で専修科の教育を受けた。そして昭和二十年春に、専修科を修了して測候技術員の資格を得て、広島地方気象台に帰任したのだった。彼はまだ十九歳だった。若い技術員として、仕事に対する熱意に満ち満ちていた。観測野帳を整理している岡原の生き生きとした目の輝きを見たとき、北は自らの青年時代を思い、気象人が体内に染みこませている観測精神について思った。中央気象台の養成所で受けた教育や駆け出しの頃遭遇した猛台風の経験などが、ふと北の頭に浮んだのだった。

3

北勲は、明治四十四年八月一日兵庫県姫路市の奥にある飾磨《しかま》郡鹿谷《かや》村大字前之庄に生れた。現在の夢前《ゆめさき》町である。

鹿谷村は神戸から北条を経て鳥取へ抜ける街道筋にできた宿場町で、五百戸程のまとまった集落があった。北家はこの集落の中に代々居を構えていた庄屋の一つだったが、進歩的な気性の強かった父種次郎は、中学校を卒えると家業を継がずに上京し、麻布の獣医学校に入った。種次郎が獣医師の資格を得て村に帰ってきたのは、明治四十年の春であった。種次郎は自宅で獣医を開業した。犬猫や家畜の病気の治療をする医者は、都会でも少ない時代だったから、山村の鹿谷村に出された獣医の看板は、村人たちから好奇の目で迎えられた。

しかし珍しがられ、話題になった割には、営業の方は繁盛しなかった。無理もないことで、田舎のことだから、獣医の世話をしょっちゅう必要とするような愛玩《あいがん》動物を飼っている家はなかった。患者と言えば、大抵農家の牛や馬だった。

家畜の診療だけでは生活を維持できないので、種次郎は牛馬用の薬を自家製造して、農家の置き薬にしたり、問屋に卸したりしていた。種次郎は薬剤師の資格を生かして、人間用の薬の製造にまで手を広げた。北家は一変して薬製造場になった。

北勲はこのような家庭の男三人女四人の兄弟姉妹の長男として育った。小学校での成績は、いつも一番か二番だった。種次郎は頭の良い勲に期待をかけ、医者にしようと考えて勲を姫路中学校に進ませた。

姫路に出るとさすがに秀才が多く、成績は一番、二番というわけには行かなかった。とくに小学校では習わなかった英語は苦手だった。しかし北は頑張って、好きな化学や物理だけは毎学期の平均点が九十八点というずば抜けて良い点をとった。

成績がよいとやはりその学科の学習意欲は脹《ふく》らんだ。父の書架から理解できそうな理科系の本を引っ張り出して読む中に、この年齢の多くの少年がそうであるように、天文学に興味を持つようになった。中学二年になる頃には、自分で天体望遠鏡を作り、級友たちと月や火星や星雲の観測をするようになっていた。

天体への関心は、日々の気象の変化や季節の移り変りにも目を開かせた。少年北のこころをとらえたのは、空に浮ぶ雲だった。

めまぐるしく形を変える雲は、星に劣らぬ知的興味と詩的情感とをかき立てた。雲は、静的な星に対し、動的だった。四季の雲の妙なる変化を観察していると、北は飽きることを知らなかった。雲は自然の驚異、自然の不思議、自然の偉大さを教えてくれた。

勿論《もちろん》北は、ただ雲の美しさに見とれていただけではなかった。雲の観察を通して気象に対する知識を深めたのだった。

北は父の進取の気性を受け継いだのであろう、中学三年頃になると理科の実験や工作は学校に先んじてどんどん自分でやるようになった。彼が熱心に取り組んだのは電気だった。

ラジオ技術の雑誌を買ってきて、独りでまず鉱石ラジオを組み立てた。回路図通りに組み立てると、大阪のラジオ放送が聞こえてきた。自分で作った鉱石ラジオからちゃんと音が聞こえてきたとき、彼は不思議な気持にとらわれ、ますますラジオの組み立てに熱中した。

そのうちに三球、四球の真空管ラジオも組み立てられるようになった。村の人たちが珍しがって欲しがったので、日曜日になると真空管ラジオを組み立てては実費で村人に提供してやった。彼が製作したラジオは四十台に上った。当時全国的にまだラジオはあまり普及していなかったから、ラジオを作ってもらった人たちは、「鹿谷村は全国で一番ラジオが普及している村じゃろう」と言って喜んだ。

そして、北に対し「勲君は器用だから、電気技手に向いている」と言った。

父の種次郎は、はじめは勲を医者にしたいと考えていたが、薬の方の商売が思わしくなく、七人の子供をかかえて、とても勲を金のかかる医学校にやるだけの資力がないことを知った。村の人たちが言うように、電気か何かの技術を身につけさせて、早く飯が食えるようにした方がよいと考えるようになった。

昭和五年の春が来て、いよいよ中学卒業の日が近づいてきた。

この頃国内では、昭和初年に始まった不景気の嵐が、年毎に深刻化するばかりで、給料の引き下げや遅配、首切りがいたるところで行なわれていた。新聞は、空前の就職難時代と書き立て、「大学は出たけれど」が流行語となっていた。

種次郎は勲に対し、

「就職の見通しがはっきりしている官費の学校を選べ」

と言った。

勲は、大阪の無線電信電話学校と東京の中央気象台測候技術官養成所を受験する積りだと答えた。

試験は無線電信電話学校が先で、難なく合格した。村人たちが言っていたように、電気技手か無線技手になる道は開かれた。しかし彼は、合格の通知を手にしながら、入学の手続きに行くのを止《や》めた。試験を受けに行ったとき、建物と実習設備を見て失望し、「この程度なら独学でできる」と思ったからだった。

北は一生の仕事としては気象の仕事の方が面白いし、生き甲斐《がい》があると考えた。無線電信電話学校を蹴《け》ったからには、何とか中央気象台の養成所に入りたいと思って頑張った。

測候技術官養成所は募集人員がわずかに十五名だった。授業料は全額官費の上に全寮制だったから、家庭が貧しくて高等学校へ進めない秀才たちがこぞって受験した。毎年海軍兵学校と並ぶ競争率で、この年も五十倍という難関になった。一流高校にパスできるだけの実力がなければ、養成所には入れないと言われた。姫路中学から上京した北は、やはりこの難関には勝てなかった。十五名の合格者の中に名前を連ねることはできなかったのである。

北はあきらめることなく、来年再び挑戦することを決意して田舎に帰り、当面父の手伝いをしながら勉強することにした。

翌昭和六年の三月、北は再び測候技術官養成所の試験を受けた。今度はかなり良い点を取った積りだったが、やはり駄目だった。北は、これでは気象技手になれるのはいつのことになるかわからない、養成所を卒業しなくても何とか気象台に入る道はないものか、と思いあぐねた。

失意の中に鹿谷村に帰った北は、考え抜いた末、中央気象台長岡田武松に手紙を書いた。岡田武松の名は、わが国の近代的気象事業の推進者として、あるいは気象学者として、さらには物理学者として、広く国民の間に知られていた。寺田寅彦と並ぶ知名度があり、中学生でも理工系に興味のある者なら、岡田の名前ぐらいは大抵の者は知っていた。北は、岡田と面識も伝《つて》もなかったが、測候技術官養成所の生みの親であり、気象人育成に熱心だと言われている岡田なら、自分の決意を理解してくれるに違いないと考えたのだった。

北は岡田宛の手紙に、自分は気象台に勤めて気象観測の仕事に一生打ちこみたいと思っていること、しかし養成所入所の門は狭く二度も受験に失敗したこと、田舎で無駄な時間をつぶしているより安月給でも構わないからどこかの気象台で見習をしながら養成所入所の準備をしたいこと、などを懸命に綴った。中学卒の一青年が、中央気象台長であり大学者でもある岡田武松に直接このような手紙を出すのは唐突に過ぎはしまいかと、北は投函《とうかん》するまでためらったが、何とか気象台に就職したいという決意の方が強かった。師を求めて自ら人生を切り開く、虎穴に入らずんば虎児を得ず、そういった精神的風土が向学の志に燃える青年の間に漲《みなぎ》っていた時代であった。

一週間ほど経ってから、北は父の許可を得て上京した。岡田武松からの返事を待ち切れなかっただけでなく、手紙を出したからには自分がどんな人物であるか直接挨拶をするのが礼儀だと考えたからであった。当時の苦学生は急行などには乗らなかった。各駅停車だと姫路から東京まで十六時間もかかった。一カ月前試験を受けに上京したときと同じ汽車だったが、早く岡田の返事を聞きたくて気がせいていた北には二倍も三倍も時間がかかるように思われた。

東京駅に着くと、北はそのまま中央気象台まで歩き、台長室を訪ねた。岡田は快く面会に応じ、北をソファーに掛けさせると、君の手紙は読んだ、ぼくのところへ一度来てみるよう返事を書こうと思っていたところだ、と言った。北は、

「身勝手な申し出で恐縮ですが、養成所に合格するまで、現場実習を先にやらせていただくわけにはまいりませんでしょうか。どんな辺鄙《へんぴ》な気象台でも構いません、実習をしながら勉強をして、来年また養成所を受験したいのです」

と、手紙にしたためておいた内容と同じことを話した。

岡田は、眼鏡の奥から柔和な眼差《まなざ》しを向けながら話を聞いていたが、北の話が終ると、ゆっくり首肯《うなず》いた。

「測候の仕事というものは側で見ているほど楽なものではない。深夜の観測もあるし、台風も来る。自分の家のことを気にしていたのではよい仕事はできない。苦労が多い割に地味なものだ」

「はい、覚悟しております」

「しかし学問研究を実践の場に生かすことができるという点では、やり甲斐のある仕事だ。大事なことは倦《う》むことなく努力すること、持続することだ。その自信はあるかな」

「はい」

北は岡田の目を真正面から見つめて、きっぱりと返事をした。この瞬間をおいて自分が気象技手になれる機会はないと、北は思った。

岡田は満足そうな表情を見せた。

「よし、大阪支台で働く道を考えてあげよう。今の気持を忘れずに、勉強を続けるのだ」

岡田は大阪支台長宛の紹介状を書いて、北に渡した。

岡田は度量が広く、気象の道を本当に愛する者なら学歴を問わず受け入れた。気象台に必要なのは、学問的な知識もさることながら、気象観測にいそしむ心であり、気象事業への情熱であるというのが、岡田の信念だった。実際、岡田の学識と人格とを慕って、気象台で働かせて欲しいと申し出る青年は少なくなかった。岡田はこのような青年に気軽に会い、できる限りのめんどうを見た。給仕として採用され、努力して後年地方気象台長にまでなった者もいた。

岡田に認められた北は、昭和六年四月中央気象台大阪支台（現在の大阪管区気象台）の見習となった。

念願の気象台に入った北は、どんな仕事でも熱心にやった。観測当番の補助員として、観測器械の読み取り方や雲形雲量の観測の仕方、観測野帳の記入法などを見習い、さらには水銀寒暖計、乾湿球湿度計、自記温度計、水銀気圧計、風向計、椀型平均風速計、ダインス式風圧計、ウィーヘルト地震計……といった観測器械の原理や構造から記録紙の取り換えや故障の修理に至るまでを一年ほどでほぼマスターすることができた。

北は養成所受験の意志を捨ててはいなかったが、中央気象台は昭和七年度の養成所の学生募集をとりやめてしまった。深刻化する不景気の波が国家財政を逼迫《ひっぱく》させ、気象事業の拡大を困難にしたため、財政節減策の一つとしてとられた措置であった。北にはショックだったが、如何《いかん》とも仕様がなかった。上司は、いずれ募集再開の機会を待つことにして、この際現場の仕事をみっちりと覚えてしまった方がよいと勧めてくれた。

二年目になると、予報当番の補助員もやらせてもらえるようになった。白地図の上にプロットされた各地の気圧や風向を頼りに等圧線を引き、高気圧や低気圧の位置と勢力を確認し、天気の概況を把握《はあく》する。さらに前回作成の天気図と比べたりして、気圧配置の変化を見極め、大阪地方の天気予報を書く。ベテランの技手が、ある時はすらすらと手際よく、ある時は苦渋の表情を浮べて、予報をまとめる作業を傍《そば》で見ながら、北は天気図の解析とはどういうことをするのか、少しずつ覚えて行った。

中央気象台が無線で放送している気象情報を受信する訓練も受けた。気象台の現業員がやらなければならないことは、何でもたたき込まれた。北は下宿へ帰ってからも物理学や気象学の勉強をよくした。

養成所に入所するチャンスは意外に早くやって来た。昭和八年に入って間もなく、北は上司に呼ばれた。

「今年も養成所は学生の募集をしないことになったが、その代り各地の気象台や測候所から将来を期待される青年を集めて教育することになった。定員は十五名だが、大阪支台からは君を推薦したから、大いに勉強して、一人前の気象技手になって欲しい」

北は小躍りしたいほど嬉しかった。気象台や測候所の見習の中から優れた者を選抜して気象技手の養成をしようというやり方は、この年だけの臨時の措置であって、翌年からは試験による学生募集を再開することになったのだが、北は幸運にもこの一年限りの臨時の措置にめぐりあわせて養成所に入所することになったのだった。

昭和八年三月末、北は晴々しい気持で上京した。

測候技術官養成所は中央気象台内に教室を置き、気象学や測候に関する講座は気象台の技師が担当したが、岡田武松の方針は、単なる技術者を養成することではなく、人格豊かな本当の科学者を育成することに主眼が置かれた。だから共に東京帝国大学教授を兼任していた岡田や予報主任の藤原咲平が自ら講座を受け持って学生と直に接したのをはじめ、東京帝国大学（以下東大と略記）などから第一級の講師を招いて、物理学、化学、地理学、数学、英語、独乙《ドイツ》語、国史、西洋史、さらには文学に至るまで水準の高い授業を行なった。授業内容は一般の高等専門学校よりむしろ高いほどで、しかも授業の進め方は特訓とも言えるテンポで進められた。物理や化学の実験器具が気象台には十分になかったから、派遣講師の東大教授たちは、養成所の学生たちを東大の研究室に呼んで授業することもあった。

田舎育ちの北にとって、養成所の授業や生活は何もかも珍しいことばかりで、毎日夢中になって過した。中でも第一級の東大教授の教えを直接受けられるということは、想像もしていなかっただけに、強い刺戟《しげき》となった。

北は学問の広さと深さについて目を開かされる思いがした。岡田武松の物理実験は本質をついてわかり易く、興味が尽きることがなかった。東大助手朝比奈貞一の化学も面白く、教科書の範囲だけでは満足できなくなった北が、さらに専門書で勉強して難解な点を質問しに行くと、朝比奈教授はいつでも個人的に指導してくれた。東大生と同じ扱いを受けた北は感激した。

後に小樽《おたる》商大の学長になった加茂儀一という英語の専任教官がいて、北はその授業も好きだった。加茂講師はヨーロッパ文化史の研究家でもあったため、英語の授業中に語源の説明が屢々《しばしば》ギリシャ語の話に及び、やがてヨーロッパの歴史と文化の話へと発展し、止まるところを知らなかった。こうして英語の授業の大半は、ギリシャ文化やレオナルド・ダ・ビンチ、ミケランジェロなどのルネッサンス芸術の講話に費やされ、学生たちに理科系の授業にはない滋養分を与えたのだった。

養成所は、全人的教育の一環として全寮制をとっていた。

北が入ることになった寮は、品川に新築したばかりの智明寮だった。養成所の学生寮はもともと宮城内旧本丸跡の、蔦《つた》や藤や茅《かや》の生い茂る静かな敷地内にあって、雅雲寮と呼ばれていた。ところが宮内省からかねて敷地返還の要請があったため、この年昭和八年春に寮生を新しい智明寮に移し、雅雲寮を閉鎖したのだった。寮生と言っても、二年続けて学生募集を中止していたため、本科生は三年生しかいなかった。そこへ北ら十五人のいわば訓練生が、本科一年生と同じ資格で入所したのである。

養成所とは言え、れっきとした高等専門学校であり、学生の意気は高かったから、寮生たちは、一高や三高の向うを張って、独自の寮歌を持っていた。

人生の流転いづこ
古の跡美《うる》はし
千代田城頭春いや深く
憩ふわれら若き学徒
意気みなぎる
ああ雅雲寮

旧千代田城天守閣跡の大石垣を朝夕眺めた雅雲寮時代の寮歌だったが、この歌は智明寮に越してからも三年生によって歌い継がれ、北たちも「ああ雅雲寮」のくだりを「ああ智明寮」などと変えてよく歌った。

とは言え、養成所の寮生活はいわゆる蛮カラとも違った。岡田の念頭にあったのは、英国風の全寮主義教育であり、修養と訓練の一環としての寮生活であった。

寮則第一条には、「紳士たる品位を保ち常識に欠ける言行を為《な》す可《べ》からず」と定められていたことは、まさに岡田の方針の反映であった。智明寮の名も、岡田が『道徳経』の「人を知るを智、己れを知るを明」からとったもので、偏狭にならず智・明ともに心得た人物になれという趣旨であった。

教官たちは、交代で週に一回は寮にやってきて、ミーティングをしたり、雑談に加わったりした。岡田も月一回の茶話会には大抵姿を見せた。岡田は、寮に来ると固苦しい訓話よりも、寮のレストラン風食堂でパーティーのマナーを教えたり、欧洲留学の体験談などの打ち解けた話をしたりした。

こうした教育の中で、青年北の脳裏に最も深く刻み込まれたのは、気象人としての岡田の哲学とも言える「観測精神」であった。

観測精神とは岡田が創った言葉であった。それは測候精神と言われることもあった。

「観測精神とは……」

と、岡田はその哲学を機会ある毎にいろいろな表現で語った。

「観測精神は、軍人精神とは違う。

観測精神とは、あくまでも科学者の精神である。自然現象は二度と繰り返されない。観測とは自然現象を正確に記録することである。同じことが二度と起こらない自然現象を欠測してはいけない。それではデータの価値が激減するからである。まして記録をごまかしたり、好い加減な記録をとったりすることは、科学者として失格である。

気象人は単なる技術屋ではない。地球物理学者としての自負心と責任とを持たなければならない。観測とは、強制されてやるものではなく、自分の全人格と全知識をこめて当たるものなのである」

「観測の記録は、精度を増すために測器による読み取り値を用いるが、実は観測者の観察による諸現象の記述が最も大切なものなのである。然るにどうしたことか、観測とは測器の読み取りだと速断するようになり、観察を軽視するようになってしまった。近頃では観測は初心の女でも子供でもできると考える者があるが、これは測器の読み取りと観測とをごっちゃにしたものである。単に読み取りだけならば、ある種のものは自記器械による方がましである」

「気象全体の模様などは決して測器に出て来ない。これらは観測者が絶大の注意を払って観察し、できるだけ詳細に書き付けて置くよりほかに方法はない。従って測器の読み取りにしたところで軽々しくこれを行なうべきではない。十分な注意と熟達した技術で行なわなければならないという精神がそこに宿っていなければならない。それ故に、観測者で当番のものは、寸分たりとも気を他に転ずることはできないのは勿論だが、当番でないものも常に自分は観測者であるという心掛けで注意していなければならない」

「気象学の進歩は観測の成果によって進歩したのではない、力学や熱力学を応用したためである、と従来言われている。表面だけ見ると、なるほどと首肯される。しかし力学や熱力学を応用するには、その基礎となるものがなくては叶《かな》わない。これは気象観測の成果から得られたものである。早い話が気象学の進歩は天気図に負うところが多大であるが、天気図は気象観測を資料として製作されるのである」

こうした岡田の哲学が、養成所の学生は勿論のこと、中央、地方の気象台や測候所の職員全体に浸透していったのは、岡田自身の人柄に負うところが大であった。岡田はワンマンであったが、同時に家族的であった。仕事に厳しく、観測の誤りをしたり測器を破損させたりすると厳しく咎《とが》めたが、同時に職員の人事については僻地《へきち》の測候所員に至るまで意を払い、よく面倒を見た。どこの気象台でも測候所でも、職場全体に家族的雰囲気《ふんいき》ができていた。職場の先輩は後輩の教師であり、若い職員が入ってくると、気象人の心構えと仕事のやり方が順送りに教え継がれた。その頂点に岡田武松がいたのである。

養成所の教官の中に、岡田の弟子で中央気象台観測課長をしている三浦栄五郎技師がいた。三浦は体軀《たいく》が大きくてでっぷりと太ってい、秋田弁まる出しの名物男だった。三浦は中学卒で気象台に入った文字通りたたき上げの苦労人だったが、彼の人生を決定的にしたのは、大正十二年九月一日の関東大震災だった。午前十一時五十八分首都東京に壊滅的打撃を与えたこの地震は、一日中激しい余震を続発させ、その度に中央気象台は激しくゆさぶられ、とりわけ高さ二十二米の観測塔は大波のように揺れた。その日観測当番だった三浦は、足もすくむような大揺れの中で、測器を調整しながら正確な観測を続けたのである。岡田はこの三浦の行動を高く評価し、後に中学卒としては異例の技師に抜擢《ばってき》し、さらに観測課長の地位まで与えた。

三浦はこのような体験について、養成所の教壇で自慢話をしたわけではないが、気象台ではあまりにも有名なエピソードだったので、学生たちにもいつしか伝わり、学生たちは三浦を観測精神の体現者のような目で見た。三浦が教壇に立つということ自体、あるいは三浦という気象人が身近にいるということ自体が、学生たちに無言の影響を与えた。北は、もし自分が三浦のような状況に置かれたら、果たして観測を全うできるだろうかと思った。大揺れの中では測器の針がずれたり破損したりしているかも知れない、それを調整しながら正確な読み取りを行なうということは、よほど器械に精通していなければできないし、第一観測に対する情熱と決意がなければできるものではない。しかし、できようができまいが、自分が今後気象事業で一生を過すからには、いつかはそういう事態に直面するときが来るに違いないと、北は思った。北はこうした教育環境の中で、観測とは何であるのか、気象人の道とは如何《いか》なるものであるのかについて、次第に目を開いて行った。北は岡田武松を尊敬し、師と仰いだ。

養成所の一年は矢のように過ぎた。

訓練生の教育は、本科生と違って一年で打ち切られることになった。一つの理由は予算不足であったが、一方では民間の定期航空の本格化などに伴い、現場の要員不足が目立って来たことも大きな理由であった。

昭和九年四月北は大阪支台に戻り、航空気象を担当することになった。

その年の九月二十一日朝大阪を中心に西日本一帯を史上空前の超大型台風が襲い、死者行方不明計三千三十六名、全壊家屋三万八千余戸、浸水家屋四十万一千余戸という大被害を出した。いわゆる室戸台風である。とくに悲惨だったのは大阪府下であった。台風の通過がちょうど小中学校の登校時間とぶつかったため、多数の教師や子供たちが倒壊校舎の下敷となり、教師と児童生徒の死者は大阪府だけで実に七百人に上る惨事となった。

世間は気象台に対し警報が適切でなかったと、ごうごうたる非難を浴びせた。

当時の警報発令体制を知るためには、気象業務の組織を知らなければならない。大阪には、中央気象台大阪支台と大阪府立大阪測候所の二つの気象官署があって、相互に交流はなく、むしろ対立していた。それぞれに独自の天気予報を発表していたため、一般の人たちから「どちらがよく当たるか」などとひやかされることも屢々であった。内容的には大阪支台の発表が天気図や天気概況に重点が置かれたのに対し、大阪測候所の発表はローカルのきめ細かい天気予報や警報に力が入れられていた。ラジオ、新聞は両方の発表を報道していたが、どちらかというとローカルの天気予報については大阪測候所のものを採用していた。

台風来襲の日、両気象官署がどのような警報を出していたか、大阪版の新聞を通じて府民に伝えられた台風情報は次のようなものであった。

「毎日新聞九月二十日夕刊（台風の前日）

迫る台風、時速三十五キロ

急ピッチに勢力を増してあす午前中大阪に接近

スローモーションを続けてゐた台風氏、急にピッチをあげて二十日朝六時早くも沖縄の南東一〇〇キロのところに現れ正午には奄美大島の南西約三〇キロに北進した。（中略）

大阪測候所では『台風は段々勢力を増して七二五粍《ミリ》（注・九六五ミリバール）となつたが、その割合には範囲がせまい、目下コースをどうとるかわからないが、今夜あたりは豊後《ぶんご》水道遥《はる》か南方沖に出て大阪に接近するのは二十一日午前となるでせう』と語つてをり『東北の風雨』といふ久方ぶりに見る直截《ちよくせつ》な二十一日の予報を掲げた」

「毎日新聞九月二十一日朝刊（当日）

猛台風の驀進《ばくしん》　四国、九州大荒れ

近畿一帯もけふは風雨

急ピッチをあげた猛台風——廿日午後三時『風強かるべし、大阪府管内を警戒す』との赤い暴風警報が大阪測候所の無線塔高く掲げられつづいて中央気象台大阪支台にも『風雨強かるべし大阪湾を警戒す』との警報が掲げられた。（中略）

大阪測候所の話

大阪地方は廿一日は天気悪く風も強まり同日朝は最も警戒を要します。しかし午後には台風も通過するから次第に回復に向ふでせう。

中央気象台大阪支台の話

九州から瀬戸内方面は相当荒れますが大阪方面は左程心配したものではない予定で廿一日夕からは風雨が止み時々驟雨性《しゆううせい》の雨があるのみでやがて通過後本格的な爽涼《そうりよう》の秋が訪れるでせう」

「朝日新聞九月二十一日朝刊（当日）

恐怖の猛台風　けさ大阪湾を衝くか

約三尺の高潮襲来のおそれ

今暁再び暴風警報

大東島南西方を発足した七二五粍の台風は（中略）、二十一日午前零時にはコースは北東に転じスピードは四十粁に衰へたが、なほもひた走りに豊後灘《なだ》から瀬戸内海に向つて驀進しつつある。二十一日朝には瀬戸内海東部から四国を荒しまくつたのち大阪湾付近を襲来する形勢となり同午前四時五十五分の満潮時には約三尺の高潮襲来のおそれがあるので大阪測候所では午前二時再び警報を発した。（以下略）」

これらの紙面からもうかがえるように、中央気象台大阪支台も府立大阪測候所もともに大阪地方が暴風雨に襲われることは予想していたのだが、この台風が未曾有《みぞう》の大災害をもたらすほど猛烈な勢力を持ったものであるとは考えていなかったし、台風が急速に加速しつつあるという実態も把《つか》めないままでいた。大阪測候所が午前二時に警報を更新して高潮の警告をしたのは当時としてはよくやった方で、これに対し大阪支台の予報は、大阪測候所の発表と比べて警告のニュアンスが弱く、大阪湾の船舶の警戒にのみ力点が置かれていた。

二十一日の朝になって、大阪支台や大阪測候所がラジオを通じてどのようなローカルの警報なり情報なりを流したかは、資料もなく明らかではないが、東京の中央気象台がおそらく午前八時半か九時頃発表した次のような全国天気概況文から推測すると、台風の動きに応じた警報や情報を発表できたとは考えられない。

「台風ハ可成リ猛烈ナルモノデ中心ハ七二〇粍程度（注・九六〇ミリバール）ラシク、今朝六時紀淡海峡徳島寄リニ在リ北東カラ東北東ノ間ニ向ツテ進行中デ付近ハ大暴風雨中デス、大阪、名古屋等モ次ギニ相当ノ暴風雨トナリマセウ、ソレカラ以東ハ総《す》ベテ雨降リデ相当ノ雨ガアリ総ベテ台風待チノ天候デスガ、九州方面ハ天候ガ次第ニ恢復《かいふく》中ト思ハレマス、尤《もっと》モ本邦西部ハ通信杜絶《とぜつ》シ状況ハ不明デス」

ところが、このような情報が発表されている頃には、大阪地方はすでに暴風雨に巻きこまれ、被害が続出していたのである。悪いことに、台風のスピードが速まっていたため、大阪地方では暴風雨に不意打ちされた格好になってしまった。大阪測候所で観測されたこの朝の風の記録

(平均風速)は、不意打ちの状況を何よりもよく物語っている。すなわち、——

午前六時　　　　六・四米
午前七時　　　一二・八米
午前七時五十分　二三・三米
午前八時　　　二九・八米

つまり、午前六時から七時にかけて府民がラジオや新聞の不十分な天気予報に接して家を出る頃には、風も十米前後で、一般に警戒心を抱かせるほどの状態ではなかった。ところがこの時刻には台風はすでに淡路島付近にまで接近し、速いスピードで大阪目指して北上していたのであった。そして、七時半を過ぎて、人々が会社や学校に着いた頃から、平均二十米を越える暴風雨が荒れ狂い始めたのだから、人々は避難することもできずに、倒壊家屋の下敷になったのだった。午前八時三分には、最大瞬間風速が六十米を越えていた。全く不意打ちの台風だったが、不意打ちの感を抱かせたのは、台風の実況と情報のずれがあまりにも大きかったためであった。

しかも住民の台風に対する防災意識は薄かった。台風の接近を知らされながら、普段と変らぬ生活をしていたのである。災害の規模を大きくした根本的な原因は、老朽家屋や老朽校舎が多かったことにあったのだが、被災者たちはもっぱら警報の不適切さを責め立てた。とりわけ大阪支台が矢面に立たされ、時の支台長平野烈介は窮地に追いこまれた。

当時の観測網や通信事情を考慮すれば、台風の予報が十分にできなかったのも止むを得ない面があったのだが、世間は納得しなかった。中央気象台長岡田武松は、かねてから平野を信頼していたが、世論の激しさを考慮して、平野を沖縄に配置換えした。それは気象台の格付けから見ると明らかに左遷であった。

北は台風襲来の朝は非番で下宿にいたし、若くて予報・警報の責任などまかされていなかったから、台風の勢力や進路について当番がどのような見通しを立てたのかは知らなかった。しかし、岡田武松が信頼していた平野支台長でさえ左遷させられる事態を体験して、気象業務の厳しさをあらためてたたき込まれる思いがした。駆け出し時代に空前の猛台風に遭遇したことは、北にとって自分の将来が決して生易しいものではないことを暗示しているような気がした。

北はその後も大阪支台で民間航空のための航空気象業務を担当し、昭和十一年には気象技手に昇格した。いまや一人前の気象人となったのだった。

昭和十三年徳島飛行場の航空観測所長に発令され、赴任して間もなく親の勧めで遠縁に当たるフクと結婚した。北は二十七歳になっていた。

前年七月蘆溝橋《ろこうきょう》事件に端を発した中国大陸の戦火は拡大の一途《いっと》をたどり、日米関係も悪化する一方だった。気象に対する軍事的な要請も強まっていた。とりわけ航空のための高層気象観測は重視された。北は、昭和十五年伊豆大島測候所で、高層気象の観測と研究に従事するよう命ぜられた。北は大島で三年を過した。その間に日本は太平洋戦争に突入していた。

北が広島に転勤することになったのは、広島地方気象台でも軍の要請で高層気象観測が開始されたことから、予報業務と高層気象観測の両方をこなすことのできる技術主任が必要となったためであった。昭和十七年十二月だった。

北が驚いたことには、広島の台長は平野烈介だった。室戸台風の責任をとらされて沖縄に左遷された平野は、その後各地の気象台を転々として、昭和十六年から広島地方気象台長に就いていたのだった。

4

夜が訪れるというのに広島の街はなおも燃え続けていた。

火災によって生じた巨大な積乱雲は、夏の遅い日が沈む頃、ようやく形が崩れて層積雲に変じ、火の勢いが峠を越したことを示していた。だが、あちこちにめらめらと立ち昇る火の手は、暗闇の訪れとともにかえって鮮明となり、威嚇《いかく》的な凄《すご》みを帯びてきた。

北は、中央への打電のため電文を持って山を下りて行った三人のことを思った。三人に市街地突破を命じたのは自分である、だから三人の行動と安全については自分が責任をとらなければならない、三人は無事電報を打つことができるだろうか——北は、赤々と照り返る方角を見下ろしながら、三人の行く手を思い描こうとしたが、一日中燃え続けている市街地の現実の状況は想像外であるように思えた。三人の突破行はやはり無理かも知れないという心配が、北の脳裏をかすめた。

この頃、古市、山根、高杉の三人はすでに行く手を火に遮《さえぎ》られて、進みあぐねていたのだった。

午後六時過ぎ江波山を下りた三人は、本川べりに出、川岸の道伝いに市の中心部目指して歩いた。川を遡《さかのぼ》るにつれて、道端の電柱は倒れ、家屋の破壊状態はひどくなっていった。道を塞《ふさ》ぐ倒壊物を踏み越えながら進まなければならなかった。気象台を出て四十分ほど歩いた頃、橋が見えて来た。住吉橋の手前二、三百米のところまでたどり着いたのだった。

三人は、住吉橋を渡ることができればその先は何とかなるような気がした。別にはっきりした理由があったわけではないが、火災地帯を突破して電信局かどこかの郵便局に到達できるかどうかは、住吉橋を渡れるかどうかにかかっているように思われたのだった。（実は広島市内の主要郵便局、電話局、電信局はいずれも壊滅的な打撃を受け、完全に機能は麻痺《まひ》していたのだが、そんなことは三人にわかる筈はなかった。）

通信機関の被爆状況は公式記録によれば次の通りであった。

「広島逓信局管下で、最も甚大な惨禍を受けたのは、爆心直下にあった細工町の広島郵便局であった。（中略）八時十五分、突如として、頭上に原子爆弾が炸裂《さくれつ》した。同時に局舎は倒壊し、ただちに火を発したに違いない。在局者（局員二百七十九名、動員学徒六十五名）全員死亡のため、その状況について説明し得る者は一人もいない。ただ一人、翌七日の朝まで生存していた職員がいただけである。それは、たまたま郵便局の建物外にいて、爆風のため防空壕《ごう》内に吹き飛ばされ、壕内で、そのまま九時間近くも人事不省になって倒れていたのである。しかし、そこで救出されてから、自宅の方向へ帰って行ったまま、それっきり永遠に行方不明となった。（中略）炸裂下の局舎は、たちまち全焼し、同日午後四時ごろ焼跡におもむいた者によると、だいたい燃え尽して自然鎮火しており、局舎の焼跡には、おびただしい数の白骨と黒焦げの死体だけが、瓦礫《がれき》と共に残っていた。周辺は、何一つ物音もなく、一人の人影もなく、鬼気迫る深い沈黙の世界であった」（広島市編『広島原爆戦災誌』第三巻二二八〜二三一頁）

気象台の通信回線のキイ・ステーションとなっていた広島電信局はどうであったろうか。

「袋町の富国生命ビル内の電信局は、爆心に近かったから（注・爆心から三百八十米）、惨禍も甚大だった。（中略）

八時十五分、一瞬の閃光《せんこう》と大爆音・爆風が突然に襲った。その数秒前まで活潑に活動をつづけていた職場は、死の暗黒に急変し、窓とおぼしいあたりから僅かにロウソクの光ほどの光線が、ほのかに闇を射すだけであった。（中略）室内が完全に明るくなると、鮮血に染った重傷者の呻《うめ》く姿、倒壊物の下から僅かにそれと知れる無言の手・脚。救助を求める断末魔の必死の声、何事か大声でわめきながら散乱したガラクタの中を駈けまわる人など、夢想だにしなかった残忍な地獄が出現していた。放心状態から我にかえった人々のうちで、活動能力の残った人たちによって、重傷者の救出が約二時間にわたっておこなわれた。

局舎は鉄筋コンクリート七階建ての堅牢《けんろう》な建物であったから、倒壊は免れたが、猛烈な爆風によって屋上は亀裂を生じて下方にのめり込み、バルコニーは落ち、鉄の窓枠《まどわく》は吹き飛ばされ、通信室入口の鉄扉は無残に曲り、天井と壁の上塗りは全部脱落し、モルタル間仕切りはすべて倒壊し、通信機器は飛散し、監視員室や受配課室の床は地下室に落ち込み、地下室の水道パイプは破損漏水するなど、おおよそ形ある物はことごとく破壊された。（中略）市内の各所から発生した火の手が、時とともに拡大し、やがて局舎周辺の建物に延焼して来た。猛火による竜巻が局舎近くで三度にわたって起り、ついに三階機械室に引火し、つづいて地下室の明り取り窓の破損箇所から、電力室にも火がはいった。もう何ら施すすべもなく、ただ燃えひろがるにまかせた。激しく狂う火勢は、たちまち建物内のあらゆる可燃物を焼きつくした」（同第三巻二三八〜二四〇頁）

（広島逓信局管下の主要機関の被災状況は、広島郵便局・全焼、広島駅前郵便局・全焼、広島鉄道郵便局・全焼、宇品郵便局・半壊、特定郵便局は市周辺部のものを除いてほとんど全壊または焼失、広島逓信局・半焼、広島電信局・全焼、広島中央電話局・全焼、広島電気通信工事局・全焼、広島搬送電気通信工事局・全焼、広島無線電気通信工事局・半焼、という惨憺《さんたん》たる有様であった。）

古市、山根、高杉の三人は、ようやく住吉橋の手前二、三百米のところまでたどり着いたものの（そこは後日爆心地から約一・七粁の地点であることがわかったのだが）、道はそこで倒壊家屋によって完全に塞がれていた。もう一息で橋のたもとに着くというのに、倒れた家を乗り越えることはとてもできそうになかった。しかもその向う側の製材所の材木置場まで火はまわっており、コールタールのタンクが激しく火を吹き上げている最中だった。

進みあぐねた三人は、いったん途中まで引き返し、舟入の電車通りに出てみることにした。あたりはすでに薄暗くなっていた。

「電車通りなら広いから通れるのではないか」

そう話し合って、電車通りに通じる小路を歩いて行くと、倒れた家の中から何かを懸命に引っぱり出そうとしている人影が、三人の目に映った。近寄って見ると、三十過ぎ位の女だった。明らかに怪我をしており、辛うじて身体《からだ》を支えながら、布団をかつぎ出そうとしている様子だった。

若い高杉が、「どうした、おばさん」と声をかけると、女は放心したような顔を上げた。

「気がついたら家の下敷になっとった。やっと這《は》い出したんじゃが、腰が……」

女は喘《あえ》ぎながらか細い声を出した。

「柱の下になって腰が駄目になってしもうた。このあたりの避難場所は舟入の唯信寺になっとるんじゃが、そこまで連れて行って下さらんか。お願いじゃ……。爆弾にやられたとき母は出とったので、どこへ行っとるかわからんが、唯信寺へ行けば会えるかも知れん。布団を持って行きたいんじゃ……」

三人は互いに顔を見合わせた。北技手から受けた命令は、一刻も早く電報を打つことであった。負傷者の救出ではなかった。この女を唯信寺まで連れて行ったりしていたら、時間がなくなってしまう。暗闇が迫っている今、一分たりとも貴重だった。

三人は互いの顔に当惑の色を読み取ったが、もう一度女の哀願するような目を見たとき、山根が口を開いた。

「よし、おばさん、連れて行ってあげよう。古市さん、これは北さんの命令とは違うが、放っておくわけには行かんでしょう。唯信寺まで連れて行ってあげましょうよ」

古市の気持も高杉の気持も同じだった。

「それじゃ三人で交代でかつごうじゃないか」

と、古市は答えた。まず山根と高杉が両側から女の肩に手をまわして女をかかえ、古市が布団をかついだ。

電車通りに出ると、電車通りなら突破できるだろうという三人の期待は完全に裏切られた。舟入の電車通りはたしかに道幅が十数米あったが、両側の舟入川口町一帯は夕方になって火がまわって来たらしく、折しも炎上の最中で、しかも道の真中では市内電車が激しく火と黒煙を吹き上げていた。三人が出たところは、火災地域から五十米ほど離れたところだったが、それでも熱気が伝わって来るほどだった。

「とてもこれ以上街へは突っ込めんな」

古市が思わずつぶやいた。

広い道なので、避難道路に使われたのであろう。路面のいたるところに、人が倒れていた。倒れているというより、転がっていると言った方がよかった。逃げのびようとして息絶えた人たちだった。爆風と熱傷のため、ある者は肉体がぼろぼろになり、ある者は血まみれになり、ある者は真黒になっていた。死んでいるのかと思うと、立ち上がろうとしてまた倒れる者もいた。

　唯信寺は、この地点から少し南へ下がった角を西へ入ったところ、つまり本川とは反対の天満川寄りにあったので、三人は女をかかえ、屍体《したい》を踏み越えるようにして、再び歩き出した。女は時折悲しそうに口を開いた。

「こんなことになったのも、みんなわたしが悪いんじゃ。徴用されて満洲に行った主人から時々手紙が来てのぉ、その度に疎開せい疎開せいとやかましゅう言うとったんじゃが、その通りにせんかったから、バチがあたったんじゃ。ご迷惑かけてすみませんのぉ」

　女は夫の留守に家どころか自分の身さえ守れなかったことに対して自責の念に苛《さいな》まれているようだった。

　そのとき夕暮れの道端から、弱々しい悲鳴とも泣き声ともつかぬ、絞り出すような声が聞こえて来た。三人は思わず立ちすくんだ。死人が呻《うめ》いたのかと思われるような声だった。耳を澄ますと、それは明らかに女の声で、

「聞いて下さい、聞いて下さい」

　と言っていた。

　声のする方を覗《うかが》うと、ほとんど一糸もまとわぬ女が仰《あお》むけに倒れていた。全身の皮膚は裂け、顔面はつぶれ、失明しており、生命を持続させているのが不思議なほどだった。肉片の襤褸《ぼろ》と言った方がよいような姿であった。

　山根が近づくと、女は人が傍に来たのを感じたのであろう、絶え入るような声で、

「遺言を聞いて下さい」

と言った。

山根は顔を近づけて、「きっと身内の方に伝えてあげます。どうぞ話して下さい」と励ました。

その女は絶え絶えに、自分は若い頃夫に先立たれてから娘一人を頼りに生きて来たこと、娘は吉島町の食糧営団に勤めており、今朝も出勤して行ったこと、もし娘が生きていたら自分がここで死んだことを伝えてほしいこと、娘のために貯えて来たお金が家の二階の押入れの布団の上にしまってあること、などを語り、自分の娘の住所、氏名、年齢を告げた。

山根は女の言うことをすべて手帳に書き取ると、水筒の蓋に水をついで末期の水をやるような気持で女の口に含ませ、「きっと明日またここへ来るから、頑張って生き抜くんですよ」と叫ぶような声で言った。女の死はもはや時間の問題だった。手のほどこしようのない変り果てた姿を前にして、三人にできたことは励ましの言葉をかけてやることだけだった。

（山根は、この女の遺言を娘さんに伝えようと、後日機会あるごとに手帳のメモを頼りに尋ね歩いたが、該当する女性を探し出すことはできなかった。三年ほどして吉島町のバラック建ての配給所で、配給係をしているおとしよりから、「そんな娘さんが原爆当時食糧営団に勤めていたような気がする」という話を聞きこんだが、それ以上具体的な手掛りをつかむことはできなかった。数年後山根は悲運の女と一人娘の住所、氏名を記した貴重な手帳を紛失し、娘さんを尋ねるすべを失ってしまった。この尋ね人のことはその後も山根の意識から消えなかった。十年ほど経って新聞に心当たりの人を求める投書をしたところ、記事として扱われた。しかし、そのような母娘《おやこ》を知っているという人は現われなかった。結局、娘さんも原爆で死亡してしまったのかも知れないと、山根は考えた。行方も死に場所も名前もわからぬままになっている原爆犠牲者が広島には何万といるのだ。)

唯信寺に着くと、境内は死線を彷徨《さまよ》う苦しみの呻きが反響していた。墓石は倒れ、本堂の屋根は抜け、いたるところに人々はうずくまり、足の踏み場もないほどだった。薄暮の中に響く呻きの中で、ようやく聞き取れる言葉と言えば、

「水、水……」

「水をくれ」

の叫びだけだった。

三人は、かかえるようにして連れて来た女を、本堂の片隅に場所をとって布団を敷き、そこに坐らせると、

「おばさん、救護班が来るまでここで待っていなさい」と言った。

女は何度も何度も礼を言って、「どうかこれを受けとって下さい」と金を出したが、三人は押し返した。

そのうちに山根が肩にかけていた水筒が、まわりの人々の目に入ったのであろう、

「兵隊さん、水を下さい！」

と、哀願する声が一斉に起こった。鉄兜《てつかぶと》姿の三人を見て兵隊と勘違いしたのだろう。どの目

も血走っていた。

古市、山根、高杉の三人は、打電のための突破行が不可能となったからには、持てる水をここで有効に使った方がよいと判断した。そのとき、傍にいた男が水筒にしがみついて奪い取ろうとした。山根は、

「待て！　水は少ししかない。できるだけみんなに飲ませねばならん。順番に口に入れてやる」

と大声で叫んだ。

山根は、まず水筒を奪おうとした男に、

「口を大きく開《あ》けて」

と言った。ところが、その男は口を開けることができなかった。自分では開けているつもりなのだろうが、顔面が火傷《やけど》で脹れ上がっていて、口が引き攣《つ》って開かないのだった。山根は手を貸して唇を開かせ、その口に水筒の蓋一杯分の水を流し込んだ。

三歳位の幼児が息絶えた母親にしがみついていた。その子供も全身に火傷を負ってい、泣く力もなく、母親が死んでいるとも知らずにいるのだった。山根はその子の口にも水を含ませた。

水筒の水はすぐに底をついた。衣服をほとんど焼かれ、全身火脹れになった女学生に水をやろうとして、山根が水筒を傾けたときには、辛うじて一雫《しずく》の水が落ちただけだった。その一雫が誘い水になったのか、女学生は「水、水」と叫んで立ち上がるや、本堂脇にあった洗面器めざして走り出した。彼女はほとんど何も身にまとっていなかった。

「××子や！　それは昇汞水《しょうこうすい》だよ！」

女学生の爛《ただ》れ切った背中に向かって、母親らしい女が懸命に叫んだが、自らも被爆しているその母親には娘を引き止める力も後を追う力もなくなっていた。昇汞水が水銀化合物の消毒液で、激しい毒を持っていることぐらい、誰でも知っていることであった。爆弾が炸裂してからすでに十時間以上も苦しみ抜いたこの女学生にとって、もはや母親の叫び声すら耳に入らなくなっていたのであろう。

洗面器に駆け寄った女学生は、顔をその中に突っ込むと、がぶりと昇汞水を飲んでしまったのである。一瞬の出来事だった。

それを見た周りの十人程がばらばらと洗面器に駆け寄った。男も女も奪い合うようにして次々に昇汞水を飲んでしまった。

山根は啞然《あぜん》としてそこに立ちすくんでいた。天はこれらの苦悶《くもん》する人々に安楽死の道を教えたのであろうか。いや違う。そこに展開された光景は、地獄絵図そのものではないか。山根はこれ以上そこにいる人々を見るに忍びなかった。洗面器の昇汞水を飲んだ女学生をはじめ多くの男女の末路を見るのはとても耐えられないことだった。次々に起こる断末魔の事態に、山根ばかりでなく古市も高杉も次第に身体が震えるような恐ろしさにとらわれていた。

山根は、古市、高杉の二人を促して境内から出ようとした。そのとき、夕闇迫る空に敵の偵察機らしい一機が飛んで来た。その機影を目撃すると、呻いていた負傷者たちは一斉に空に向かって、ありとあらゆる恨み言をわめき叫んだ。立ち上がって金切声を振り絞る女もいた。叫び声は境内に響き返ったが、偵察機は地上の地獄絵図を黙殺するかのように、飛び去って行った。

午後十時近くなって三人は気象台に帰って来た。江波山の上はすでに暗闇に閉ざされていた。台内では懐中電燈とローソクで辛うじて明りがとられていた。

北は事務室で三人を迎えると、報告を促すように「どうだった」と尋ねた。

「電報は駄目でした」

古市が短く答えただけで、三人とも言葉を続けることができず、放心したような目を北技手に向けていた。それは、何か想像もつかないような怖いものを見てしまった後の放心状態を連想させる目だった。

それ以上三人に質問することは無理だと判断した北は、若い技術員に水を持って来るように命じ、三人には「詳しいことは一息ついてから聞こう」と言った。

三人はそれぞれにコップの水を飲み干すと、多少落着きを取り戻したようだった。やがてポツリポツリと、体験した市街地の状況を語り出した。三人を囲んで耳を傾ける台員たちは、街の被災状況がただならぬものであることを、言葉の端々からようやく感じ取ることができた。台員たちは、一日中広島を包んだ炎と黒煙の状況から被害規模の大きいことは推察していたものの、炎と黒煙の下の実相がそんな推察をはるかに越えた、通常の空襲では考えられない恐るべきものであることを、深更に及んではじめて知らされたのだ。この三人の報告でさえ、広島の惨状のほんの輪郭に過ぎなかったのだが——。

報告を聞き終ると、北は、今夜は庁舎内と防空壕に分れてめいめいが適宜寝る場所を作って泊ることにしたので、三人とも明日に備えて休んで欲しい、と言った。燃え続ける市街地の火災とさらに予想される空襲とに備えて、台員が泊りがけで気象台の護りを固めておかなければならないのだ。ところが、泊りがけといっても独身寮に当てていた官舎はガラス戸や畳が吹き飛ばされて寝ることもできず、また宿直室は重傷の本科生二人の病床に当てているため、台員たちは事務室や防空壕に泊らざるを得なかった。寝具は、重傷の二人に使わせていたので、ほかの者は机や椅子やむしろの上に雑魚寝だった。

「当番者以外は休養」

北は参集者にこう伝えると同時に、

「トヨハタの受信不能は止《や》むを得ないが、定時の観測は続けたい。元気な者で当番の編成を組み、欠測のないようにして欲しい。明日の当番は勤務表通り遠藤、加藤の二人で大丈夫だな」

と言った。中央気象台の無線放送「トヨハタ」を受信できないということは、天気図を作成できないということだった。つまり予報の作成ができないわけである。無線受信機が破損してしまった以上、それは止むを得ないことだった。しかし、たとえ予報業務ができなくても、観測業務だけでも続行しようというのが、技術主任である北の考えだった。北の命令は当然のこととして、台員たちに受け止められた。

疲労の色を見せながらも、気象台を護り、観測を守ろうという点では誰一人異存のない空気を読み取って、北は安心した。

北は自分もそろそろ横になろうと思ったが、街の方が気になるので、もう一度玄関の外へ出て見た。火の勢いはさすがに衰えつつあったが、なおあちこちに執拗《しつよう》に赤い炎を見せていた。その火を見ながら、北は江波の中洲は孤立しているのだなと、あらためて思った。幸い南寄りの海風なので江波山付近への延焼の心配はなさそうだったが、電報を打てなかったことが、北の孤立感と苛立《いらだ》ちを強くした。そのとき北は、

〈明日は自分で打電に行こう〉

と思った。〈明日なら下火になっていよう、みな疲れているから今度は自分で突破を試みるのだ〉そう思いをめぐらせながら、ふと海岸の方を見ると、そこに二つ、三つ、小さな火がゆらめくのが目に入った。北には、その火が屍体を焼く火であることがすぐにわかった。その方角には、夕暮れ頃から二筋、三筋と細い煙が立ち始め、ちょうどその頃江波山の周りを見回って来た誰かが、「海岸で屍体を焼き始めたそうだ」と話していたからだった。

その海岸の方に見える火は、江波山から見るといかにも弱々しく、市街地の威嚇的な火災とはあまりにも対照的で、哀《かな》しみの色さえ帯びているようであった。

広島地方気象台の『当番日誌』の八月六日の欄には、簡単に数行次のように記されている。

「八時十五分頃B29広島市ヲ爆撃シ、当台測器及当台附属品破損セリ
台員半数爆風ノタメ負傷シ一部ハ江波陸軍病院ニテ手当シ一部ハ軽傷ノタメ当台ニテ専修科生ガ手当セリ
盛ンニ火事雷発生シ横川方面大雨降ル」

第二章　欠測ナシ

1

　夏の早い朝が明けると、気象台に仮泊した台員たちはごそごそと起き出した。みなさすがに睡眠不足で疲れていたが、非常事態だという緊張感がそうした疲労感を凌駕《りょうが》していた。やはり真先に気になるのは火災の状況だったから、思い思いに屋上に上がったりしては、街を眺めた。北も屋上に上がった。

　ところどころでなお新たな火の手が上がるのが見えたが、それらはいずれも延焼地域の縁《へり》のあたりだった。中心部一帯はほとんど燃え尽したのであろう、火と煙が猛然と天に吹き上げる勢いはなくなっていた。

　巨大で醜怪な積乱雲は完全に崩れて、空は一面黒ずんだ層積雲に覆われていた。風もなく空気が澱《よど》んだような夜明けだった。その雲も、日が高くなるにつれてしだいに四散し、やがて焼けるような太陽が射し始めた。

北がまず気になったのは、宿直室に休ませている重傷の二人だった。宿直室に行ってみると、二人のうち台内で怪我をした福原は出血もすっかり止まって、精神的にも元気を取り戻していた。

しかし、渡し船で全身に熱線を受けて火傷《やけど》を負った津村は、顔が水脹《みずぶく》れになって、目も口もほとんど塞《ふさ》がっていた。皮膚がむけたその顔からは、リンパ液がじくじくと垂れ落ちて、布団を濡らして染みをつくっていた。水脹れの顔は二倍にも大きくなったかと思われるほどの大きさになっていた。津村は苦しそうな息づかいをしていたが、意識はしっかりしていた。北が、「何か食べるか」と聞くと、津村は首をわずかに動かしてうなずいた。

北は、津村と福原に粥《かゆ》をつくってやりたかったが、気象台には米などなかった。そこで北は事務室に戻ると、尾崎技師と庶務主任の田村技手に相談した。

「こういう事態だから負傷者の食事は高射砲隊にお願いしてみようじゃないか」

と、尾崎が言った。「田村君、僕と一緒に来てくれんか」

そう言うと、尾崎は田村と一緒に高射砲隊の隊長に面会に行き、事情を説明したうえで、兵隊の食事の一部を分けてもらえないものだろうかと頼みこんだ。

軍は米を豊富に持っていた。少々の分配ができないとは言えなかった。隊長は、糧秣《りょうまつ》は本土決戦への備えの必要あって十分に蓄えておかなければならないから、まとめて譲るわけにはいかないが、朝昼晩の給食時に重傷者二名と観測当番二名の計四名分の食事を差し入れするぐらいならできると答え、さらに、

「お互いに困っているときには助け合わねばならんからな。早速今朝から誰かを炊事班まで取りによこしてほしい」

とつけ加えた。尾崎と田村は礼を言って帰ると、若い台員に命じて高射砲隊に食事をもらいにやらせた。もらって来たのは米の飯だった。麦飯でも芋飯でもコーリャン飯でもなかった。台員たちはそれを粥に炊き直して、宿直室に運んだ。

　津村は口が塞がっているため、台員が粥の上澄みを小匙《こさじ》ですくって、それを箸《はし》一本辛うじて通るほどの唇のすき間から流しこんでやった。津村は、唇がひどく染みて痛いと言ったが、台員は食べなければ体力が消耗するから頑張れと言って、粥の上澄みを根気よく呑みこませた。

　一方、元気な台員たちは、非常食として台内に備蓄しておいた南瓜《かぼちゃ》を煮て食ったり、乾パンを食ったりした。本土決戦や空襲に備えて蓄えておいたものだが、尾崎と田村が相談して、いよいよ重大事態に直面したと判断し、倉庫から出したのだった。

　非常食の朝食に加わりながら、北はたった一日で広島の街も気象台も何という変りようだろうと思った。昨日の朝気象無線放送を受信していたあの瞬間に、すべては変ってしまったのだ。前夜就寝前に現業員に対して観測当番は続行すると命じたものの、観測以外は全く不可能になっている。無線受信機の破損で中央気象台の「トヨハタ」の受信はできなくなったから、もはや天気図を作成することはできず、当然予報も出せない。予報当番は中止だ。ラジオ・ゾンデの上層当番も、観測器械の補給ゼロと受信機の破損が重なったため中止せざるを得ない。だいいち中央気象台に打電することすらできないのだ。

北は、事務室で尾崎と田村に相談した。

「観測だけは当番の者に守ってもらって、欠測のないようにしたいのですが、それ以外の者は手分けをして重傷者の看護と消息不明の栗山すみ子の捜索、市内状況の把握《はあく》、台内の整理に当たるようにしましょう。台内の整理は一度にはできんでしょうから、当面観測業務に必要なところから片付けて行くより仕方がないでしょう。

それから中央気象台への気象電報ですが、今日はわたしが行ってきます」

北が「わたしが行ってきます」と言った言葉には、あとをよろしく頼みますという意味もこめられていた。尾崎も田村も北の提案に異存はなかった。

そのとき事務室に宿直明けの吉田技手と岡原技術員が入って来た。二人は、午前八時で当番を遠藤技手と加藤技術員に引き継いだところだった。

「ご苦労だったな、二人とも家が心配だろうから早く帰りたまえ」

と、北が声をかけた。北は、家が焼けたかもしれないというのに観測当番から離れようとしなかった岡原に対し気を遣った。

「岡原君、あとは心配いらんから、ともかく早く帰ることだ」

「はい、失礼します」

岡原は今度は素直に答えた。一夜明けてなお燻《くすぶ》る街の情景をあらためて見下ろして、岡原はようやくわが家に降りかかった災厄を実感として感じたように見えた。昨日とは打って変って顔にはっきりと不安の表情を浮べていた。

「吉田君の家は尾長町だったな。尾長なら東の方だから火はまわらなかったろうが、あの爆風では無傷というわけにはいくまい。家の方が大変だったら、明日は休んでもよい」

「江波の様子から考えると、尾長あたりでも家が傾いたり、窓ガラスが吹き抜けたりといった程度のことは覚悟しています。帰ってみないことにははっきりしたことはわかりませんが」

　宿直明けの者はいつもは残務整理などで昼頃まで勤務するのが通例だったが、この日は、吉田と岡原は当番を引き継いだ後、北の指示もあってすぐに帰宅の途についた。北は、岡原が帰るのを見て、気にかかっていたことの一つがとれたような気持だった。


　朝食が済んで一息ついたところで、若い台員たちは重傷者二名を担架に乗せて江波分院に出かけて行った。それを見送ってから北は身仕度をし鉄兜《てつかぶと》をかぶると、江波山を下りて中央への電報を打ちに出発した。広島は山陽沿線の電信系統の中枢になっていたから、広島の電信局がやられたとなると、西の郊外の郵便局へ行っても東京への上り回線は広島で切断されていて打電することはできないだろう。広島より東か少なくとも北方へ出なければなるまい、と北は考えた。東の西条か呉まで行けば間違いなく回線は生きているように思われたが、とてもそんな遠くまで足を延ばすことはできそうになかったし、だいいち東へ出るためにはまだあちこちで火が燻っている市内を突っ切らなければならない。危険を冒すよりは、江波から舟入の通りを真直ぐに上って横川を抜け、北へ出た方が無難であるように思われた。

　北は、まず横川を目指して歩いた。舟入本町へ入ると街は全くの焦土と化していた。ただの火災の跡ではなかった。爆風で家屋が破壊され、そこへ火がついたのだから、家並みの痕跡《こんせき》などほとんど残さないほど徹底的に焼き尽されていた。道路には、昨夜市内突破に失敗した古市ら三人の報告で聞いた通り市内電車が焼けただれた姿をさらしており、いたるところに屍体《したい》が転がっていた。路面に散らばる焼けた木材や瓦、電線などを踏みわけながら十日市の交叉点《こうさてん》を過ぎ、ようやく横川駅前に着いたが、横川駅周辺も街並みは焼け落ちて消えていた。横川のガードをくぐって七、八百米歩くと、ようやく焼失地域から抜け出すことができた。

郊外へ出てたどり着いた郵便局が祇園《ぎおん》郵便局であったか緑井郵便局であったか、北の記憶ははっきりしないが、ともかく気象台を出てから三時間ほど歩いてようやく小さな郵便局を見つけたのだった。

「広島の気象台の者ですが、至急東京へ電報を打てませんでしょうか。気象電報で重要なのです。少し長文になりますが――」

北が窓口をのぞきこむようにして頼むと、局員の返事は、

「目下断線中で東京へは不通になっています。いつ復旧するか見通しは立っていませんが、復旧後でよろしければ受け付けます」

と頼りないものだった。北にしてみればここまで歩いて来たのに、空《むな》しく帰るわけには行かなかった。さりとてどこかほかの郵便局を探しても回線事情は同じだろう。北は止むを得ず局員に頼んだ。

「これは中央気象台への緊急連絡なのです。広島市内は全滅で電信局もやられているようです。

電信局の非常無線も駄目になっていますので、電報に頼るほかに中央への連絡方法がないのです。電信線が復旧次第、優先して打って下さい」

北は、広島の街と気象台の被害状況と、暗号化した昨日からの観測データとを電信依頼紙に書いて窓口に差し出した。北は兵庫県の実家にも電報を打とうとしたが、私信の電報は受け付けないと言われたので、葉書を一枚買って、その場で、広島は戦災を受けたが江波の家は倒壊を免れ家族全員無事であることをしたためて投函《とうかん》した。

中央気象台に宛てた電報がいつ打電されるかわからなかったが、北は、電信依頼紙を局員に渡したことで、昨日から気になっていた肩の荷が軽くなったような気がした。（中央気象台宛の電報がいつ届いたか、あるいは果たして届いたのかどうかについては、今日記録もなく不明である。）

北は、広島へ戻る足を速めた。街道筋は、広島から避難する人々と広島へ救援に向かうトラックなどで混雑していた。

再び焼けた市内へ入り、横川を過ぎて間もなく、広瀬北町から錦町にかけての電車通りに差しかかったとき、北はふと今朝一足先に気象台を出て行った岡原のことを思い出した。そう言えば岡原君の家は広瀬元町だと言っていたからこの付近に違いない。そう思ってあたりを見回したが、一面焼け野原で、町の境も番地もわからなくなっており、尋ねようもなかった。岡原の家が消失したことは確実だった。岡原は母に会えただろうか、母は無事だっただろうか、そんなことを思いつつ、北はもう少し市内の状況を見ておこうと、足を市の中心部に向けた。

岡原の帰宅は悲劇的だった。

宿直勤務を終えて午前八時過ぎに気象台を出た岡原が、自宅のあった広瀬元町に着いたのは午前九時頃であった。そこで確認したのは、跡形もなく焼けていたわが家だった。焼けたのは自分の家だけではなかった。街中何も残っていなかったのである。昨日江波山の上から街を見下ろしたとき、これほどひどいとは思わなかった。いくら大火といっても、自分の家だけは大丈夫だろうという気持が、心のどこかにあった。そうした願望が現実認識とごっちゃになっていた。そのような気持が、主任の北に「帰れ」と言われても帰らずに当番を続けた一因ともなっていた。だが、願望は現実とあまりにも大きくずれていた。昨日の朝出勤するときまでは、そこにしっかりと建っていた家が、いまや見るも無残にくすぶる灰と炭になってしまっていたのである。

岡原は、母と一緒に住んでいた。姉とその子供も一緒だった。だが焼け跡には家族は誰もいなかった。岡原はしばらく茫然と立っていたが、そのうちに近所の人を見つけたので、母の行方を尋ねた。

「西の方へ避難したらしい」

その人は己斐《こい》の方を指してそう言った。広瀬元町の避難場所は己斐になっていたから、きっと母はその方角に避難したに違いないと、岡原は思った。

己斐までは二粁《キロ》程あった。天満川を渡り福島川を渡って、広島市のいちばん西を流れる山手川まで来ると、近くの原っぱは避難民でいっぱいだった。その大部分は負傷者であった。岡原は負傷者の間を踏み分けるようにして母と姉を探した。とうとう母を見つけることができたが、母は全身ひどい火傷で横たわっていた。衣類はぼろぼろになっていた。昨日から誰の助けも受けることができずにずっとこの川原にいたのだと言う。聞けば、昨日爆弾が炸裂《さくれつ》したとき、母は近所の引越しの手伝いで屋外にいたため、熱線と爆風に直撃されたのだった。

岡原は、息も絶え絶えの母にしばらく待つように言うと、己斐の叔父の家まで走った。叔父に母が重態であることを告げ、叔父と共に担架を持って原っぱに戻った。母をオーバーでつつんで担架に乗せ、叔父の家まで運んだが、母の容態は急激に悪くなり、午後になってとうとう息を引き取った。

姉は避難場所におらず、行方不明のままであった。（後日安佐《あさ》郡古市町の親戚《しんせき》に子供と一緒に避難していたことがわかった。姉と子供は被爆当時家の中にいたため怪我もせずに助かり、街が火につつまれる前に市外に脱出したのだった。）

母の死と家の焼失は、岡原にとっては大きな衝撃だった。当番を続けて帰宅しなかったことについては、決して悔いは感じなかった。しかし母の死という残酷な試煉は、十九歳の青年にとって決して軽いものではない。岡原はしばらく叔父の家に世話になることにしたが、母の火葬や姉の捜索などで、とても気象台に出勤できる状態ではなかった。岡原は、気象台はこういうときこそ忙しいことを知っているので心苦しかったが、しばらく休まざるを得ないと思った。

北が電報を打ちに出かけている間に、重傷の本科生二人は陸軍病院江波分院で治療を受けたが、治療といっても相変らず赤チンと亜鉛華軟膏《なんこう》を塗ってガーゼを当てがうだけだった。

「油紙の上から冷たく絞ったタオルで冷湿布するように。毎日来るのも大変だろう。熱傷には食用油を塗るのもよい」

軍医は、こう言った後、病院に来ても特別の治療ができるわけではない、医薬品がないから当面できることと言えば化膿《かのう》させないように手当てをするだけだ、と説明した。

二人が担架にかつがれて気象台に帰ると、津村の遠縁に当たる鈴木技手が心配そうな顔で待っていた。鈴木は、昨夜専修科生をそれぞれの自宅に帰す任務と自分の下宿の様子を見る目的とを持って帰ったままだったが、津村らが病院から帰る少し前に、気象台に戻っていたのだった。

「津村君のぐあいはどうかね」

鈴木が担架をのぞき込むと、

「顔がひどく腫《は》れているけれど、医者は大丈夫だと言ってます」

と、担架をかついでいた加藤技術員が、津村に代って答えた。

「これはずいぶんひどくなってしまったな。昨日はこれほどではなかったのに」

鈴木は津村を宿直室の布団に寝かせるのを手伝った。福原も右足に副木《そえぎ》を当てていてまだ立てる状態ではなかったので、津村と並んで敷いた布団に寝かせた。

「しばらくここで頑張るんだな」

鈴木が声をかけると、津村は腫れ上がったまぶたを辛うじて細く開けて弱々しい視線を鈴木に向けた。

「油を塗るとよいと医者は言うのですが、気象台に油がないんです」

と、加藤が江波の陸軍病院で軍医に言われたことを説明した。

「それなら僕の親戚が海田《かいた》にあるからもらいに行って来よう」

鈴木は、津村の世話に関しては自分に責任があるように思ったのだった。広島市の東隣りの海田町までは十数粁あった。

「まだ燃えているところがあるようだけれど、何とか街は通り抜けられると思う。電車もバスもないだろうから歩いて行く。夕方までには帰れると思う」

鈴木はそう言って出かけた。


北が打電の帰り道に市内の焼失地域の一部を見て気象台に戻ったのは、夕方近くなってからであった。台員の何人かは、それぞれに街に出て、被害状況や行方不明の栗山すみ子の捜索などをした。北が気象台に帰ったとき、ちょうど高杉技術員が街から戻ったところだった。

「昨日は住吉橋の手前までしか行けませんでしたが、今日は街の中へ入ることができました。県庁あたりはそれはもうひどいものです。栗山さんが県庁に行っていたとしたら、とても助かったとは思えません――」

高杉は、市内の状況をつぶさに見て帰っていた。焼失地域の惨状は北も目撃して帰ったばかりだったが、北が歩いたのは爆心地付近ではなかった。高杉から聞く爆心地に近い市内の状況はいちだんとひどいものであった。

高杉の話――江波山を下りて昨日と同じように本川沿いに住吉橋あたりまで上って行くと、川には多数の屍体が浮んでいた。川を遡《さかのぼ》るにつれて、川の中は屍体で埋まっているかと思われるほどになった。水面の屍体はほとんど衣服を身につけておらず、風船のように脹れ上がっていた。

市内はところどころに鉄筋ビルが焼けただれて残っているだけで、瓦礫《がれき》の中にはいたるところに焼屍体がころがっていて、白骨化するほど焼かれた遺体さえあった。

水主町《かこまち》の県庁は、跡形もなく焼失し、残った石造りの門柱だけが辛うじてそこが県庁跡であることを示していた。県庁は明治風の瀟灑《しょうしゃ》な建築だったが、木造二階建ての古い建物だったため、爆風でひとたまりもなく倒壊し、発火したに違いなかった。ここでも屍体の収容はまだ行なわれていなかった。県庁脇の池の中にも、おなかのふくれ上がった数限りない屍体が浮んでいた。池の端の松の木にぶら下がって死んでいる者もあった。

もし栗山すみ子が予定通り午前八時過ぎに県庁に立ち寄っていたとしたら、生存の可能性を期待するのは無理なように思われた。

〈これではとても捜索しようがない〉

高杉は思わず唸《うな》った。屍体の数が多いだけではない、ほとんど人相も性別もわからないほどに傷んでいるのである。

高杉は、市役所の状態も見ておきたいと思った。市役所は元安川《もとやす》をへだててやや離れた国泰寺町にあった。（高杉は歩いた道の記憶がはっきりしないが、当時県庁から市役所へ行くには元安川にかかる万代橋《よろずよ》を渡らなければならない。原爆直後の万代橋についての記録や証言は多く、それによると、橋は鋼板製の頑丈な構造だったためしっかりと残っていた。そして、橋の上に欄干、橋桁《はしげた》、人間の影が残っていた。人間の影は五つあった。爆弾炸裂の瞬間に発した目もくらむ熱放射によって物体、人体の影が橋の床面に焼きつけられたものであった。影を残した五人の通行人はおそらく次の瞬間には爆風によって吹き飛ばされ、どこかにたたきつけられたか川に転落したに違いない。橋の上の人影は、そこにあった生活の温もりがまだ残っているような錯覚を起こさせるほど鮮明で、街と人間が抹殺《まっさつ》された瞬間を無言のうちに記録していた。）

高杉は、市役所に通じる道に出ると、小町の浅野図書館の焼け跡で、兵隊による屍体の収容作業がようやく始まっていた。屍体はむしろの上に並べられ、そのまわりを罹災者《りさいしゃ》たちがゾロゾロと歩いたり立ち止まったりしていた。屍体をのぞきこんで身内を探す者もいた。兵隊たちは、身許《みもと》の確認された遺体から順に十体ぐらいずつまとめてはむしろをかけて焼いていた。兵隊たちの作業は無造作に進められていた。

屍体置場の傍《そば》に、「死体収容所」と朱色で書かれた紙片が掲示されていた。その字を見て高杉はハッと思った。その字は明らかに血で書かれていた。「死体収容所」の字の横には収容屍体のうち身許の判明した者の氏名が列記してあったが、それも血で書かれてあった。高杉は背筋が寒くなるような気がした。
我に返って国泰寺町の方を見ると、鉄筋四階建ての市庁舎が、焦土の中にポツンと建っているのが見えた。近くへ行くと、市役所はほんの片隅の部屋が焼け残っているだけで、庁舎の中はほとんど焼失し、コンクリートの庁舎壁面も火と煙で黒々と焼けただれた姿になっていた。しかし庁舎の前で、わずかばかりの職員たちが焼け残った机と椅子を持ち出して、集まった人々に対して罹災証明の発行などをしていた。市内を歩いて来た高杉がはじめて見た行政機関の活動だった。

市庁舎の内外には、まだ多数の負傷者がうめいており、兵隊たちが担架に乗せて運んでいた。近くの広島赤十字病院に収容しているのだという。しかし、負傷者の数より屍体の数の方が多いように見えた。

気象台では、一切の通信回線が途絶していたばかりか、停電のためにラジオを聞くことさえできなかったが、高射砲隊から断片的な情報はもれ聞くことができた。広島に落とされた爆弾が新型の特殊なものらしいということも、すでに前日のうちに伝えられていたが、七日の夕刻になって新しい情報が入った。それは、敵が広島に新型爆弾を投下したことを、大本営が正式に発表したというのだった。通信回線が途絶しても、各部隊には、伝令によって必要な指令や情報は速やかに知らされていた。また、中国軍管区と大本営との間は直接交信はできなかったけれど、被害の軽微だった宇品《うじな》の陸軍船舶司令部と呉の海軍鎮守府の間の無線電話が生き残っていたので、広島からの報告は呉経由で大本営あるいは陸海軍に報告され、大本営や陸海軍からの指令も同じルートで広島に速やかに伝えられていた。

新型爆弾投下に関する大本営発表も、この軍の通信ルートで伝えられたものだが、大本営が一地方都市の空襲に関して特別の発表をしたことは、大本営が広島に投下された爆弾とその被害に対して重大な関心を払っていることを示していた。

高射砲隊からの情報で、大本営発表を知った北は、これによって中央気象台も広島の被害状況の一端をつかむことができたに違いないと思った。しかし、中央気象台は広島が何か大変な被害を受けたという概況は知り得ても、広島地方気象台がどうなっているかといった詳細については知りようがないだろうとも考えられた。結局のところ、北は中央に直接打電できない苛《いら》立《だ》ちをますます強く感じるばかりであった。

2

翌八日も気象電報は郊外の郵便局まで持って行くことになった。

「僕が行って来ます」

と、宿直明けの遠藤技手が北に言った。

「僕は独身ですから、宿直明けでもとくにすることもありません。どうせ気象台にいるのですから、自分で観測したデータは自分で打ちます」

遠藤は仕事への愛着が人一倍強く、体力もあった。宿泊勤務でほとんど寝ていないにもかかわらず、元気旺盛《おうせい》な顔をしていた。

「昨日はなるべく近い郵便局を探そうと思って祇園方面へ行ったが、東京への通信回線ならやはり東の方の郵便局へ行った方が、通じている可能性が大きいだろうな。海田方面へ行ったらどうだろう」

北は遠藤にそう指示した。遠藤は「海田が駄目ならその先まで行って見ます」と言って、水筒を下げて出かけて行った。

市内の火災はほとんど消え、負傷者と屍体の収容作業もかなり進んでいた。川に浮んでいる屍体を、軍隊が鳶口《とびぐち》で引っかけては引き上げていた。焼けた木材に髪を引っかけた首だけの屍体もあった。

しかし、二日経ったのに焼け跡の道路端にはまだ負傷者がいて、遠藤の水筒を見ると、口々に、

「水を下さい」

と悲痛な声を出して、手を差し出した。遠藤は、郊外に出て海田町でもその先の瀬野川町でもよいからともかく郵便局を探す任務のことで頭の中がいっぱいだった。胸の中で手を合わせて、負傷者たちには済まぬと思いながら、道路を小走りに通り抜けて行った。度胸のある遠藤だったが、このときばかりは、何か悪いことをして逃げるような、あるいは幽鬼に追いかけられるような、複雑な恐怖心に襲われた。

遠藤は、郊外に出て窓口業務をやっている郵便局を見つけた。それが海田町の郵便局であったのか、瀬野川町まで行ったのか、遠藤の記憶ははっきりしないが、窓口の返事はやはり通信回線は不通になっているということだった。止むを得ず遠藤は、回線が復旧次第打ってほしいと言って、電信依頼紙を差し出して帰った。

宿直室の津村の容態はいちだんと悪くなっていた。顔面や右手の火傷のひどい部分が化膿して、膿《うみ》がにじみ出し、室内に異臭をただよわせていた。その臭いは市内のいたるところに転がっている屍体のあの屍臭と変らなかった。

「肉が滑り落ちるような気がする」

と、津村はかすかに言った。熱も三十九度四分まで上がっていた。前日まで発熱していなかっただけに、高熱を出したことは台員たちを心配させた。意識だけは割合明瞭だった。

若い台員たちが、傷に油を塗ったり、芋を当てがったりして手当てをした。女子で唯一人出勤している山吉英子も甲斐々々《かいがい》しく手伝った。山吉英子は、父を以前に亡くし、江波山のすぐ下に母と妹の三人暮しをしていた。母と妹は屋外で被爆していずれも背中に火傷を負ったが、重傷ではなかったので、休まずに気象台に出ていたのだった。市内がほとんど全滅してしまった混乱の中で、若い女子職員が欠勤もせずに働いていることは、台員たちの気を引き締めさせると同時に明るくもした。

津村と床を並べている福原にとって、鼻をつく異臭は、たまらないものであったが、火傷に苦しむ同期生に対する同情も強かった。傷の痛みと高熱に耐えている津村に比べれば、臭いぐらい我慢すべきだと、福原は自分に言い聞かせた。

「津村君には僕が食べさせますから」

福原は、朝食の粥を運んで来た山吉にそう言った。

「福原さんも怪我をしているのに大丈夫ですか」

と、山吉は気遣ったが、福原は、

「僕はもう痛みはないんです、津村君の口に粥を運ぶことくらい、寝ていてもできますよ」

と、気張って見せた。この異臭の中で女子職員に給仕をさせるのは、いかにも気の毒に思えたのだった。

福原は、床の上に起き上がると、副木を当てた右足を投げ出して、津村の床の近くへ寄った。津村の唇は相変らず腫れ上がっていて、ほとんど開かなかった。福原は、身体《からだ》をねじるようにして津村の顔の上にかがみ込み、茶碗の中から柔かい米粒を一粒ずつ箸でつまんでは、わずかに開けられた津村の唇の隙間から差し込んだ。右足の自由がきかない福原にとって、津村の顔に接近するためには無理な姿勢をとらなければならず、しかも悪臭をまともに吸いこむことにもなるため、何度もこみ上げて来る嘔吐《おうと》感を懸命にこらえなければならなかった。

津村にひとまず粥を食べさせた後、福原は自分も食べようとしたが、どうにも嘔吐感が抜けず、粥が喉《のど》を通らなかった。しばらく休むと、ようやく呑みこむようにして喉を通すことができた。

福原は昼の食事も朝と同じような苦闘をして津村に食べさせた。昼食が済んでしばらくしたとき、台員に案内されてもんぺ姿の若い女が宿直室に入って来た。その女は、津村の床に近づくと、

「正樹ちゃん！」

と叫んだ。津村の姉だった。津村の顔は西瓜《すいか》のようにふくれ上がり、表面は腐敗しかかって悪臭を放っている。膿がじくじくと出るので、ガーゼを当てることもできず、油を塗ってあるだけだった。津村の姉はさすがに驚いたのであろう、弟の名前を呼んだきり、しばらく口もきけない様子であった。

「大丈夫だよ、姉さん」

津村の声は小さかったが、姉が来たことをはっきりと認識していた。

「みなさん、いろいろとお世話になっております」

彼女は、弟と床を並べている福原と自分を宿直室に案内してくれた台員とにこう言って頭を下げた。

「歩いて来たものですから、おそうなってしもうて。もっとはよう来んといけん思うとったのですが、汽車が途中までしか動いとりませんものですから……」

彼女は、重傷の弟を二日間も気象台にまかせておいたことを詫《わ》び、なぜすぐに駆けつけられなかったかを語った。津村の姉は、瀬戸内海に浮ぶ島の一つ、豊田郡木江《きのえ》町の実家に住んでいた。広島が空襲を受けて大きな被害を受けたことは、木江町にもその日のうちに伝わった。弟

の身を案じた彼女は、翌日船で竹原市に出て、何時間か待った後ようやく呉線の汽車に乗ることができた。汽車は広島に救援に向かう軍隊や彼女と同じように肉親の安否を気遣って広島に行く人々で満員であった。しかし、汽車は広島のかなり手前の駅で止まったまま先へは進まなかった。すでに夜になっていたので、駅舎で夜を明かし、明るくなってから歩いて広島市内に入り、道を尋ねながら江波の気象台までたどり着いたのだという。

「私がめんどうを見ます。今晩はこの部屋に泊めていただけんものでしょうか」

と、彼女は台員に聞いた。台員は、外出中の幹部が帰ったら話しておくが、差し支えはないと思うと言って、宿直室を出て行った。

尾崎技師と田村技手は、電燈線と通信回線の復旧見通しや食糧の配給見通しなどを調べるため、関係機関への交渉に出かけていたが、夕方になって帰台した。

尾崎は北に対して、「通信線が早急に回復することは期待できないので、明日僕が大阪まで行って大阪管区気象台から電報を打つ。山陽線は今日午後から動き出したそうだ。明日になれば何とか大阪まで行けると思う。六日以後今夜二十四時までの気象電報をまとめて持って行くから、明朝までに用意しておいてほしい」と命じた。

大阪まで行けば中央気象台との連絡は確実にとれるだろうと、北も思った。今朝は宿直明けの遠藤が海田町まで電報を持って行ったが、それとていつ打電されるか見通しは立っていなかったから、大阪まで持参するという尾崎の方針は、現時点では最善の方法であると思った。

北は、尾崎の命令を直ちに当番の古市技手と金子技術員に伝え、自分も六日以降の気象電報をとりまとめる作業を手伝った。

尾崎と田村が帰台したことを聞いて、津村の姉は事務室に挨拶に行った。

「この度は弟がすっかりお世話になりまして、ほんとうに何と申し上げてよろしいやら……」

恐縮する彼女に対して、尾崎は、

「津村君もまるで怪我をするために広島に来たようなことになってしまって気の毒ですなあ。軍の方で食事のめんどうを見てくれてるから、あとで挨拶をしておいた方がよいですよ」

と言った。彼女は来るのが遅れたことを繰り返し詫びた後、弟のことが気になるし、近くに知り合いもないので、宿直室に泊らせてほしいと頼んだ。そして彼女は、

「両親が木江にいますので、明日急いで帰って、あらためて船で迎えにまいりたいと存じます。漁船を雇って来れば、江波の海岸につけられますから、弟を歩かせずに連れて帰れます」

と、弟を引き取る考えを述べた。

「それはよい考えだ。あの火傷では気象台にいつまでも置いておくのは気の毒だ。食事だってろくなものはないし」

尾崎は彼女の考えに賛成し、津村を早く連れて帰った方が良いとすすめた。

「僕は明日から出張してしばらく留守にするから、ちょっと津村君らの様子を見ておこうかな」

尾崎はそう言うと、津村の姉と一緒に宿直室に行った。

「津村君、姉さんに来てもらえてよかったな。なるべく早く島の方へ帰って療養したほうが良

いぞ、姉さんもそう言っているし」

尾崎は津村を説得するような口調でそう言うと、比較的元気な福原に尋ねた。

「君の家はどこだったかな」

「元柳町（現在の中島町平和公園の一角）に姉と一緒に間借り生活をしています」

「街の中だな。元柳町辺りは焼け野原になっているぞ。姉さんはどうしている」

「わかりません、僕はやられてからずっとここに寝ているものですから」

「実家は？」

「山県《やまがた》郡大朝《おおあさ》町です」

「そうか、実は僕は明日から大阪に出張して留守にするのだが、何とか一日も早く落着き先を考えてくれんか。いつまでも高射砲隊から食事をもらうようでは、気象台としても軍に迷惑をかけるようで困るのだ。君らにしても気象台の者に世話になるのは気が重いだろう」

「はい……」

福原は力なく答えた。実習中の学生の身だから、宿直室と布団を占領して寝ているだけでも気が引けたが、台長代理の技師に「気象台としても困るのだ」と言われると、ますます肩身が狭い思いがした。

津村の姉も恐縮して、

「できるだけ早く弟を連れて帰ります」

と、さっき言ったことをもう一度繰り返した。

津村の姉の言葉を耳にして、福原は自分の姉が訪ねて来ないのはどうしてだろう、万一のことがあったのではないだろうかと心配になって来た。尾崎技師の話では、元柳町あたりは丸焼けになってしまったと言うから、自分の下宿先が残っている筈はない、姉は田舎へ避難したのだろうかなどと思いをめぐらせたが、怪我をした足に副木をした身では、今すぐにはどうしようもないことであった。

「歩けるようになりましたら、田舎へ帰るようにします」

福原は辛うじて尾崎にそう言った。

情報途絶に閉口した台員たちは、この日蓄電池を使ってラジオを聞くことを思いついた。台員たちは、広島だけでなく全体の戦局がどう動いているのかを知りたかったし、中国軍管区の情報も聞きたかった。幸い現業室にあったオールウェーブのラジオは壊れていなかったし、無線受信機用の非常用蓄電池も十分に充電されていた。無線受信機は修理に手間がかかりそうだったので、蓄電池をラジオ用に使うことにした。手先の器用な若手の台員が蓄電池を電源にしてラジオを聞けるようにするのに大した時間はかからなかった。

ラジオの放送電波は出ていた。

（広島市上流川町《かみながれかわ》にあったＮＨＫ広島中央放送局は全焼し、多数の死傷者を出したが、生き残った放送局員によって、七日午前九時安佐郡祇園町の原放送所の臨時スタジオから広島単独の放送電波を出し、県知事の「アラユル艱苦《かんく》ヲ克服セヨ」という諭告を繰り返し放送した。そして午後には、空襲警報放送の必要から、軍用通信線が原放送所まで架設され、さらに翌八日には呉海軍鎮守府との軍用通信線も引かれ、軍や官庁からの伝達・公示事項・周知事項などが次々に放送されていた。ただ残念なことに広島市内及び周辺は依然として停電したままだったのである。）

ラジオの放送を聞くことによって、台員たちは、軍や官庁が今回の戦災に対してどう対処しているのかを、少しずつ知ることができた。ラジオは新型爆弾による空襲に対する注意として、敵機が一機であっても警報が出たら必ず防空壕に待避すること、身体の露出部分を少なくすること、万一火傷した場合はとりあえず海水を二分の一に薄めて浴びることなどを、軍発表の心得として放送していた。また負傷者の収容場所一覧についても伝えていた。

ラジオを聞けるようになったことは、台員たちの気持を落ち着かせ、通信線途絶による孤立無援の感が、幾分なりとも柔げられた。

それと同時に、恐るべき新型爆弾に対する防空の心得を繰り返し呼びかける軍の発表を聞くことは、広島の焼け残った地域にいつまた新型爆弾が落とされるかわからないという不安感を、呼び起こすことにもなった。台員たちは当番者といえども、空襲警報が発令されたら直ちに防空壕《ごう》に待避することにした。このために当番用の備品や暗号翻訳用赤本などは、リュックに入れて常に当番者の身近に置き、いざというときには当番者が背負って壕に駆け込めるようにした。また観測時間の正確さを期するために標準時計として使っていたスイス製ウォルサム時計は、一階の頑丈な待避室に保管することになった。

このまま推移すれば、広島地方気象台はかなり早く業務を平常に戻すことができたであろう。ところが、思わぬところで障害が生じた。台員の中に原因不明の病気で倒れる者が出始めたのである。

真先にやられたのは、山根技手だった。

山根は、六日夜古市、高杉と共に打電のため火災地帯を徘徊《はいかい》して帰ってから、「どうも身体がだるい」と言い出した。七日になると下痢をした。その日はそれほど気にせず乾パンを食べ、台内で室内の整理を手伝ったりした。ところが八日になると下痢がひどくなり、熱も出て、起きていることができなくなった。山根は六日以来ほかの独身者三人と一緒に、一階の小部屋にむしろを敷いて寝泊りしていたが、八日は一日中その部屋に寝たきりになった。畳のある宿直室が重傷の津村と福原の病室に当てられていたためだった。下痢は、赤痢かと思われるほど何度も激しく襲って来た。粥を食べることもできなかった。

山根は病気の原因について思い当たるものは何もなかった。ひょっとして赤痢か何かの伝染病にかかったのではないかとも思った。八日夜になって、彼は出張前の尾崎技師に申し出た。

「尾崎さん、このままでは腹のぐあいが悪くなるばかりですから、松江に帰ろうと思うのです。仕事の方も気になりますが、寝たきりではかえってみんなに迷惑をかけることになりますから。いまのうちならまだ歩いて駅まで行けますし……」

「止《や》むを得んだろう、ここにいたのでは薬もないし、ろくな食い物もないからな。よし明日の朝駅まで送ってやろう。僕も明日は大阪へ出張するが、出発までには時間があるからな」

尾崎はそう言って、山根の帰省に同意した。北も「元気になったら、なるべく早く戻って、勤務に入ってほしい」と言って、山根を励ました。山根は、松江の実家に妻と三人の子供を置いていた。

翌九日早起きして身仕度を整えた山根は、六時過ぎに尾崎と若手の台員二人に付き添われて気象台を出発した。昨日市内に出た尾崎の話では、山陽線は広島駅まで開通したが、芸備線は一つ先の郊外の矢賀駅で折り返し運転をしているということだった。江波から矢賀までは八粁程の道のりがあったが、山根は懸命に歩いた。二日間も下痢が続いてすっかり力が抜け、ふらふらだったが、尾崎らに励まされて、八時頃矢賀駅に着いた。

矢賀駅は負傷兵でごった返していた。重症の火傷を負っている者が多かった。市内に仮設された野戦病院で応急手当てを受けていた負傷兵たちが、芸備線沿線の病院に運ばれるのだという。一時間程待つと列車が入って来た。列車と言っても貨車を連結したものだった。兵隊たちは先を争って貨車に乗り込んだ。駅員に聞くと、松江までは行かないが、途中乗り継げば行けるだろうと言うので、山根も兵隊たちの間に割り込んだ。

山根が何とか貨車に乗るのを見届けた尾崎らは、広島駅まで戻った。尾崎は大阪行きの上り列車が出るまで待つことにし、台員二人は気象台に帰った。

ところが気象台では、今度は田村技手が腹痛を訴えていた。田村も下痢をしたと言った。症状は山根の場合とよく似ていた。

田村は子供がなく、江波町に夫婦二人だけで住んでいた。家は小損で済んだので、生活にさほど不便ではなかった。

「山根君のようにひどくならんうちに休むことにする。明日は家で寝ている積りだが、もし病状が悪くなったら田舎へ帰って静養することにする。あとをよろしく頼む」

田村は北にこう言って夕方帰宅した。田村は山口県大島郡の出身だった。田村はそれっきり十一月まで姿を見せなかった。

この日（九日）午後七時のニュースの時刻にラジオをつけると、ソ連が宣戦を布告し、九日午前零時を期して満洲への攻撃を開始したという大本営発表を報道していた。


翌八月十日の気象台の『当番日誌』——

「一、吉田不参ノ為遠藤交替ス
一、台内整理ハ急ヲ要スルコトナルモ現在出勤可能人員僅ニ六名ニテハ仲々ハカドラヌノヲ遺憾《いかん》トス
一、有、無線、電灯復旧ナラズ
一、本夕敵キ広島来襲ノ声高シ」
被爆から四日経ち、尾崎技師は出張、田村技手は病欠、山根技手は病気で帰省。吉田技手は昨日から理由不明で欠勤、当番の今日も出て来ないのだから急病なのかも知れない。六日に休暇をとっていた白井技手はその後もずっと姿を見せず。鈴木技手は今日姿を見せたが、慢性気管支炎のぐあいが悪いので、しばらく休むと言って帰って行った。現業員は、宿直明けで帰る

者もいるから、まさに「現在出勤可能人員僅二六名」という有様であった。

現業員以外では、山吉英子が出勤しているだけで、女子職員、見習の専修科生、定夫（小使い）はほとんど顔を見せなかった。夏季実習の本科生も重傷の津村、福原以外は音沙汰がなかった。

現業員たちは、被爆以来精一杯動きまわって来た積りだったが、気付いてみると台内の整理はほとんど進んでいなかった。大混乱の中では働くのは気持ばかりで実際には身体が動いていないということが往々にしてあるものだが、六日以来の気象台の状態はまさにその通りであった。

そんなところへ、六日以来休んでいた白井技手が姿を見せた。二十七歳の白井は山根らと共に中堅の技手で、千田町に世帯を持っていた。

「家が焼けてしまい、親子で野宿生活をしているのです。無断で休んでいてはいけないと思い報告にまいりました」

白井は被爆以来の身の上を詳しく北に報告した。

白井は被爆前日の五日に北らと一緒に家屋疎開作業に動員され、その労働の疲れが出たため、六日は休暇をとって自宅にいた。白井の家は爆心から約一・九粁のところに位置していた。白井は、その朝二階に寝かせていた生後二カ月の赤ん坊があまり泣くので、夫婦で二階に上がってあやしていたとき、突然大音響とも衝撃ともつかぬショックを受け、身体がすーっと落下するのを感じた。何が起こったのかわけがわからなかったが、はっと気がつくと、二階の床が抜

8月6日午前11時すぎごろ。爆心地から南東2キロあまりの御幸橋西詰の様子。提供：松重美人／中国新聞社

けて、親子三人とも一階に落ちていたのだった。家は傾いていた。一階にいた弟を含めて四人とも幸い大きな怪我もなく、打撲傷を負った程度だったが、赤ん坊の顔は、ほこりで真黒になっていた。赤ん坊を抱いて外へ抜け出すと、驚いたことに周りの家という家はめちゃめちゃに破壊され、市内電車はひっくり返り、至るところに人や馬が倒れていた。空襲警報もなしに突然襲った爆撃に、誰もがどうしてよいのやらわからない様子だった。みな衣服はぼろぼろでうす汚れていた。市の中心部の方角では早くも火の手が上がっていた。そのうちに白井は、近所の人たちと話し合って、指定避難場所になっている御幸橋西詰に避難した。真黒に汚れた赤ん坊の顔を川の水で洗うと、意外に元気だったので、ほっとした。家は倒壊の危険があったし、街の火の勢いは次

第に千田町あたりにも迫ってくるおそれがあったから、避難した人たちはそのまま橋のたもと付近に野宿することにした。

白井の家が焼けたのは翌七日になってからだった。延焼地域のいちばん外縁に当たるところで、もう少しのところで焼けずに済んだのだが、消火の方法もなく手をこまねいて見ているだけだった。

白井の母は以前に病死していたが、父は広島電鉄に勤めており、六日朝は十日市町の詰所に出ていた。父は被爆後どこへ行ったかわからなかったが、三日目の八日になって杖をついて白井の野宿先まで帰って来た。父は詰所の下敷になって足に大怪我をしたのだと言った。しかし、父は誰かに助け出され、火がまわる前に西の方に避難することができた。父はすっかり元気を失っていたが、白井親子と一緒に野宿するより仕方がなかった。

「こういう状態なので、父や妻子を放っておいて、私が気象台に出てくるわけには行かないのです。何とか落ち着くまで、もうしばらく休ませて下さい」と、白井は北に言った。

「しかし家族全員生命に別条がなかったのは何よりではないか。千田町あたりは焼けてしまったようだし、君からは連絡がないし、万一のことがあったのではないかと内心心配していたのだ。まあ気象台の方はわれわれで何とかやるから、早いところ住むところを見つけなければいかんなあ」

北は白井一家の無事を聞いて安心し、白井の休暇を快く認めた。尾崎も田村も留守になっている今、北が一切の決定をしなければならない立場にあった。

予想される再度の空襲に対する危機感から、北は十一日朝から、出勤している台員に命じて、防空壕の内部を拡張する作業をすると共に、木箱に入れた気象原簿を防空壕内の横穴などに埋める作業をした。気象原簿はどんな爆撃を受けようとも、焼失したり散逸したりさせてはいけないという考慮からの対策だった。

この日は前日まで二日間無断欠勤していた吉田技手が元気になって出て来たが、夜遅くなって今度は古市技手が発病した。古市は加藤と共に当番だった。当番の深夜業務は、甲番と呼ばれる先任技手が午前二時頃まで観測の責任を持ち、二時の観測が済むとあとは朝まで乙番の若い技術員が担当することになっており、忙しくなければ交互に仮眠をとってもよいことになっていた。古市は十一日夜の甲番だった。夜遅くなってどうも身体がだるく辛くなって来た。はじめのうちは無理をして三階の観測室に上がったり露場へ出たりして、各種観測器の読み取りをやっていた。ところが、夜半を過ぎて十二日午前一時の観測値をすべて野帳に書き終えた後、いつの間にか現業室の机に顔を伏せて眠ってしまった。

古市が誰かに揺り動かされて、はっと目が覚めたのは、午前二時前だった。驚いたことにそれは平野台長だった。

「二時前になっている、観測は？」

平野台長は古市の居眠りを叱責《しっせき》するような口調で言った。

「はッ、台長……」

古市は意識が朦朧《もうろう》としているうえに、深夜突然台長が現われたことに驚いたあまり、しどろもどろの返事をした。台長はそれを察してか、

「今米子から戻ったところなのだ。庁舎が残っていて、まず安心した。細かいことは明日にして、ともかく観測をやりたまえ」

と言った。厳めしい顔をした台長は仕事に厳しかった。

古市は急いでまず一階にある気圧計室に行き、気圧計を読み取ろうとしたが、頭がふらふらするばかりでなく目がかすんでしまい、水銀柱の目盛を読むことができなかった。いい加減な記録をとってはいけないと思った古市は、一階の小部屋で仮眠をとっていた乙番の加藤を起こした。

「おい、すまんが当番を交代してくれないか。二時なのだが、気分が悪くて駄目なのだ。目がかすんでしまってな、目盛を読み取れないのだ」

「はい」

加藤は驚いて起きると、古市から観測野帳を引き継いだ。

「台長がたった今帰ったぞ。実は不覚にも現業室で居眠りしていたところを、台長に起こされたのだ。真先に現業室をのぞくあたり、いかにも台長らしいな」

古市はそう言って当番を加藤に頼むと、そのまま小部屋のむしろの上に横になった。二階の台長室に行っていた平野台長は、観測を終えた加藤の連絡で古市のぐあいが悪いと聞くと、一階の小部屋まで下りて来た。

「体温を計ってみたらどうだ」

台長は検温をすすめた。加藤が宿直室から体温計を持って来た。古市は三十九度も熱が出ていた。

「三十九度もあるのか、それでは辛い筈だ。当番は加藤君にまかせて休んでいたまえ。アスピリンを飲むとよいのではないか」

平野台長も驚いて言った。台長は普段は口髭《くちひげ》をはやしていて古武士のような厳しい風格を見せていたが、台員が病気のときなどには案外に部下思いのやさしい面を見せることがあった。

そのうちに台内のあちこちに泊っていた若い台員たちが起きて来た。古市を小部屋に休ませると、一同事務室に移り、台長のまわりに集まった。

台長は、山陰の方では広島は新型爆弾で全滅したと伝えられ、一般人の入市は軍によって禁止されているという情報が流れていたことや、芸備線が広島まで通じているかどうかについて米子ではなかなかわからなかったことなど、広島帰任が遅れた理由を語った。

「昨日朝米子を出て、途中、乗換えがあったりして、広島駅に着いたのは夜中の零時を過ぎていたな。駅は電燈がついていたけれど、街は真暗だった。駅から歩いて来たよ」

「汽車は広島駅まで入ったのですか。先日山根さんが病気で松江に帰ったときには、芸備線は矢賀で折り返していましたから、矢賀まで歩かなければいけんかったです」

山根を見送りに行った加藤が言った。

「何でも昨日の昼から広島まで通じるようになったらしい。それはそうと庁舎がしっかりしていたので安心した。窓はずいぶんひどくやられているが、測器類は大丈夫だったのか。怪我をした者はいるのか」

台長は気になっていることを次々に尋ねた。

台員たちは、測器類は地震計を除いて破損を免れ、欠測なく観測を続けていること、尾崎技師は中央気象台への連絡のため大阪へ出張中であること、田村技手と山根技手は病気で帰省したこと、本科生二人が重傷を負って宿直室に寝ていること、家族が死傷したり家を失った者もいて出勤者が少ないこと、北技手が指揮をとっているが今夜は山の下の自宅へ帰っていること、などを報告した。

平野台長は、一通り話を聞くと、今後のことは明日北君と話し合って決めよう、怪我人を起こすのは止めて今夜はひとまず休むことにする、と言って、台長室に行った。平野は広島在勤中いつもそうしていたように、台長室のソファーに寝た。

朝になって平野は、本科生二人のぐあいを見ようと思い、宿直室に入って驚いた。何とも言いようのない臭気が鼻をついたのである。思わず入口のところで立ち止まってしまった。

寝ていた二人のうち一人が起き上がると、

「台長、お世話になっております、福原です」

と言って、頭を下げた。

「ずいぶんひどいじゃないか」

平野はそう言って、畳の間に上がった。津村の顔は依然として脹《ふく》れ上がったままで、顔面と右手は一面に化膿していた。はじめて見た平野は、しばらく口がきけなかった。

津村の方が口を僅かに開いて言った。

「昨日から熱が下がり始めました。今朝は目も少し開《あ》けられるようになりました」

たしかに津村は、醜く盛り上がった目蓋を細く開け、視線を台長に向けていた。横から福原が説明を加えた。

「油を塗ったり芋を切って当てたり、いろいろやっているのですが、これだけひどい火傷《やけど》ですので、どうもよくなりません。でも食欲は割合にありますし、一昨日かなり汗をかいたせいか、昨日からは熱も下がり始めました。化膿しているところが乾くといいのですが――。一時は右腕にうじが湧《わ》きました」

「医者には見てもらっているのか」

「時々江波の陸軍病院に担架で連れて行っていただいております。でも病院に行っても特別の薬があるわけではありません」

「君のその足はどうなのだ」

「骨折はありませんでした。ガラスでひどく切ったので副木を当てていますが、傷口はもうほとんどくっついています。あと二、三日で歩けるかと思います」

「それはよかった。津村君も早く快くなると良いが」

「先日津村君のお姉さんが見えまして、一晩泊って帰りました。木江から船を雇って連れに来ると言っておりましたから、もうそろそろ来られるのではないかと思います。私も歩けるようになりましたら田舎へ帰る積りです」

福原は、尾崎技師に「気象台としても困るのだ」と言われたことを思い浮べながら、「田舎へ帰る積りです」という言葉をはっきりと言った。平野は二人が高射砲隊から給食を受けていることを知らないのか、二人が宿直室を占領していることにとくにこだわらなかった。

「早く快くなるには安静が第一だ」

平野は励ますような口調でそう言うと、部屋を出て行った。

北が出勤して来ると、平野台長は早速北を台長室に呼んで、六日以降の報告を聞いた。北の報告は、深夜若い台員が話したこととほとんど変るところはなかったが、北は在勤者が協力し合って欠測なく観測を続けていることをとくに強調した。

「爆撃を受けた六日の気象データも完全に記録されています。六日は吉田君と岡原君が当番でした。岡原君は街の中に家があって焼けてしまいましたが、家に帰らずに当番をやり通したのです。その後休んでいますが、止むを得ないでしょう」

北の報告に対し、平野は感動した。

「広島は全滅したという噂《うわさ》が流れたし、気象台がどうなっているのか気が気ではなかった。庁舎も観測も守られているのを見て、本当に安心したよ」

平野は全く満足している様子だった。しかし、混乱の中で留守を務めて来た北にしてみれば、ただ満足しているわけには行かなかった。行方不明の栗山すみ子のことや重傷者の治療や続出する発病者のことなど、問題があまりにも多かったからだ。

「事務の栗山すみ子は爆撃で死亡したようです。当日朝県庁へ出たまま行方不明なのです。もう少し捜索の必要はあるかと思いますが」

「何か手がかりはないのか」

「街へ出る者には、栗山君についてどんな手がかりでもよいから、耳にしたら必ず報告するように言ってあるのですが、いまだに消息はつかめていません。県庁付近は身許不明の屍体が数え切れないほどあって、軍隊が次々に焼いてしまいましたから、栗山君がもしあのあたりで被爆死したとしたら、遺骨を確認することすら不可能だと思います」

「……気の毒なことをしたなあ……。しかし捜索を放棄するのはまだ早い。手が空いている者がいたら、病院とか自宅の方を当たってみるようにしてほしい」

　気象台の職員からたとえ一人でも空襲の犠牲者を出したことを知って、平野は暗い表情になった。

「病人が出ているそうだな。夜中にわしが帰ったら、古市君が熱を出していた」

「古市君のことは、つい今しがた聞きました。高熱でひどい下痢をしているようです。田村さんや山根君も同じような症状で寝込んでしまい、帰省しました。万一赤痢とかチフスといった伝染病だといけませんから、私の家の方へ隔離して休ませます。古市君一人位なら、私の家に部屋がありますから」

「ほかの台員に伝染するといかんからな。陸軍病院で診断させたらどうだ」

「様子を見て、あまりおかしいようでしたらそうします。それから尾崎さんのことですが、大阪へ行って中央気象台と連絡をとった後、帰り途《みち》に岡山県西大寺の実家に寄る積りなので、広島に帰るのは遅くなると申しておりました」

「尾崎君は実家に家族を置いているからな。今度の戦災では、奥さんの方でも尾崎君の安否を気遣っているだろう。こういう事態の中だから、病気の者や妻子のある者には無理をさせないで、元気な若い者で最低限の業務を続けることにしよう。田舎へ帰る者があっても止むを得んだろう」

「尾崎さんが出かけられたのは九日の朝ですから、中央気象台との連絡はもうとれたと思います。いちばん困っているのは、通信回線がいまもって通じないことです。郊外の郵便局へ電報を持って行っても駄目なのです」

「何と言っても通信回線と電燈線を復旧してもらわねば、仕事にならんな。北君、今日は電信局と中国配電へ行って交渉してくれぬか」

当面の業務について台長から命令を受けた北は、市内に出かける前に、まず小部屋のむしろの上に寝ていた古市を起こして、山の下の自分の家に連れて行った。北は古市に一室をあてがい、まずアスピリンを飲んで熱を下げるのが先決だと言って、世話を妻に頼んだ。北はそのまま市内へ出かけた。

北は市役所を尋ねて全体の復旧と救援の進行状況を確かめた。市役所に最初に行ったのは、焼けた市庁舎に毎日軍、県、市、鉄道、逓信、中国配電等の代表が集まって連絡会議が開かれているということを聞き、そこで電気と通信の復旧見通しの情報を得られるだろうと思ったからだった。その結果、通信回線も電燈線も軍や重要官庁、機関を中心に徐々に復旧作業が進められていることがわかった。そこで北は、次に広島電信局に行き、気象電報打電の可能性を尋ねた。富国生命ビル内にあった広島電信局は全滅の打撃を受けたが、応援の職員によって部分的に業務が開始されていた。業務用の電報なら明日十三日から受け付けましょうという回答を得て、北は喜んだ。気象台から直接電話で申し込むことは、市内電話が不通だからできないが、電信局まで持参すれば東京まで電報が打てるというのである。

北はさらに中国配電本社に足を運んだ。中国配電は小町にあって、やはり壊滅的な打撃を受けたが、市東部にある段原変電所が比較的被害軽微であったため、その応急修理によって、七日には宇品の陸軍船舶司令部（市内で被爆を免れた部隊で救援の中心になった）への送電を開始したのをはじめとして、翌八日には広島駅へも送電を始めるなど、市内各所に残存する部隊や重要拠点に対する送電を、一部ではあったが優先的に復旧していた。電柱を立て電線を張る作業はもっぱら救援の部隊が行なった。

気象台に一刻も早く電線を引いてほしいという北の申し出に対して、中国配電の係員は、とてもまだ江波の方までは手がまわらないと答えた。しかし北はそこで引き下がろうとはせずに、さらに押してみた。

「江波山には高射砲陣地があり、部隊が詰めているのです。高射砲隊は防空の最先端ですよ。しかも防空のためには気象観測は欠かせないのです。中央気象台の気象無線放送を聞く無線受信機の電源さえ取れないようでは、天気図一枚書くことはできません。気象台に一般家庭用の電燈線とは別の永久線が引いてあったのは、気象台の重要性を認めたからでしょう。江波山には高射砲陣地があるのです」

北が「高射砲陣地があるのです」と言ったのは、市内の残存部隊への送電を優先していると聞いたことによる咄嗟《とっさ》の思いつきであった。ところが、この咄嗟の思いつきが、中国配電側を納得させる言葉となった。

「明日にでも仮の送電線を張ることにしましょう」

と、中国配電の係員は答えたのである。

十三日午後気象台にようやく電気が通じた。夜になって電燈が点《とも》ったとき、台員たちは生き返ったような安堵《あんど》感を一様に味わった。ラジオも自由に聞けるようになった。被爆の日から八日目に戻った明るさであった。

またこの日から台員が交代で気象電報を電信局まで持って行くことになった。中央気象台に送らなければならないのは、二時、六時、十時、十四時、十八時、二十二時の各観測データであったが、その都度電信局まで持参することはとてもできなかったから、一日一回まとめて持って行くことにした。

電気が通じたことは、台員たちの士気を高めた。北が中心になって無線受信機の修理に取りかかった。

十四日朝、宿直明けの北は修理した無線受信機で中央気象台の無線放送「トヨハタ」の受信を試みた。乱数で暗号化された午前六時の各地の実況は、従来通り放送されていた。北は、あの六日の朝やっていたと同じように、モールス信号に耳を傾け、乱数を筆記した。天気図を描く作業を再開したのである。

この前日、重症の津村の姉が戻って来た。津村の火傷は、少しずつ乾く気配も見え始めていた。最悪の状態は脱したようだった。しかし連れて帰るにはまだ無理だったので、津村の姉は江波の海岸まで乗って来た漁船の船頭に、一週間ほど経ったらまた来て欲しいと言っていったん帰した。彼女は、台長の許可を得て弟の世話をするために宿直室に泊りこむことになった。

一緒に寝ていた福原は、津村の口に粥《かゆ》を運ぶ苦労からようやく解放され、津村を置いて先に帰宅しても気掛りではなくなった。十四日朝、福原は帰宅を決意した。帰宅すると言っても、家は焼けてしまったろうし、焼け跡がどうなっているかもわからなかったが、気象台にこれ以上迷惑をかけたくないという気兼ねの方が強かった。もし焼け跡に、一緒に住んでいた姉が戻っていなければ、そのまま田舎へ帰るつもりだった。彼は、台長らに礼を言うと、松葉杖《まつばづえ》をついて独りで江波山を下って行った。

3

八月十五日正午、広島地方気象台の台員たちは、台長室と現業室に分かれて、それぞれの部屋にあるラジオで玉音放送を聞いた。

台長室では、放送が終ると、誰かが、

「降伏だ、敗れたのだ」

と、うめくように言った。部屋は悲憤慷慨《こうがい》やるかたない雰囲気《ふんいき》に満ちていた。ややあって、平野台長は全員を集めて訓示をした。

「こういうことになったのは、我々の力が至らなかったためだ。しかし、われわれは日本人として最後まで恥かしからぬ行動をとらなければならぬ。いずれ敵は本土に進駐して来ようが、汚辱を受けるようなことがあれば、日本男子らしく潔く死ね」

平野の言葉は短かったけれど、台員たちの気持は概《おおむ》ね同じであった。若い台員の中には、「陛下に申し訳ない、俺は切腹をする」とわめく者もいたが、傍《そば》の者に押しとどめられた。

当番の吉田技手は、この日の心情を『当番日誌』にたたきつけるような気持で書いた。

「正午ヨリ天皇陛下自ラ詔書ヲ御朗読ニナル、所員一同謹ンデ拝聴ス

陛下ニハ国民ノ苦労ヲ御推察ニナリ、聯合国《れんごうこく》ノ示セル降伏条約ヲ承認セラル

嗚呼《ああ》!! 弐千有余年ニ亙《わた》ル帝国ノ歴史ニ本日ヲ以《もっ》テ敗戦国ノ汚名ヲ記セリヤ」

その日午後は誰も仕事が手につかなかった。当番による観測業務は続けられたが、ほかの者は事務室などにたむろしては、日本はこれから一体どうなるのか、進駐して来る敵米英軍によってわれわれは皆殺しにされるのではないか、といったことをとりとめもなく語り合った。想像することはみな悲観的なことばかりであった。

そういう話に加わりながら、北は、自分の気持の中に、ほかの台員たちが話し合っていることとやや違う不安感が湧《わ》き上がっているのに気付いた。それは決して日本の運命といった巨大な不安ではなかったが、北にとっては差し当たり極めて重要な事柄のように思えた。

〈敵に気象原簿をとられるのはいやだ〉

北の頭の中を占めつつあったのは、このことだった。北は、自分は意外に感情が乾いていて冷静だなと思った。

北は、早速台長室に行って平野に申し出た。

「二つご相談したい用件があるのですが、一つは気象原簿の保管のことです。敵が進駐して来て万一押収して行くようなことがあったら大変です。どこかへ疎開すべきだと思うのです」

北の進言に対し、平野は「そうだな」と言ったが、それ以上どうしようとは言わなかった。

北は仕方なく話を先に進めざるを得なかった。

「もう一つは古市君のことです。病状が一向によくならないのです。血便は出るし、すっかり衰弱してしまいました。ひょっとしたら伝染病かも知れないのですが、本人は、どうせ死ぬなら田舎に帰って死にたいと言っております。実家は四国の高松だということです」

古市は、アスピリンを飲むと熱は一時的に三十八度ぐらいまで下がるのだが、三十分もするとまた三十九度以上の高熱に戻ってしまい、下熱剤の効き目は全くなかった。粥《かゆ》も喉《のど》を通らないため、水を飲むだけだった。身体《からだ》は痩《や》せ細って、全身紫色になっていた。このまま放って置けば衰弱死してしまうのではないかと思われるほどであった。

「こうして日本が負けてしまった今、古市君は実家へ帰してやった方がよいと思うのですが」

北の心配そうな顔を見て、平野は、

「病院で最終的な診断を受けさせたうえで、帰すかどうか決めてはどうだ。本人の希望をできるだけ生かしてやりたまえ」

と言った。

この日から出勤していた白井技手が話に加わった。白井は焼けた自宅跡にようやく家族が住めるだけのバラックを建てることができたので、出勤して来たのだった。

「古市君の症状は僕の父のとよく似てますね。赤痢じゃないでしょうか。私の父は電鉄に勤めていてひどい怪我をしたのですが、三日目に帰ってから腹のぐあいが急に悪くなって、下痢が止まらんのです。福屋百貨店の焼けたビルを利用して、伝染病院が設けられたというので連れて行ったのですが、大した診療もしてくれんのです。仕方がないから宇品の妹のところに引き取ってもらいました。何でも赤痢らしい伝染病があちこちで発生しているということです」

翌日北は、若い台員に頼んで古市を自転車の荷台に乗せて陸軍病院江波分院に連れて行かせた。軍医の診断はやはり赤痢ではないかということだった。そう診断しても、病院側には強制隔離できるだけの能力がなかった。江波分院では、六日以来一万名を越える患者を治療し、このうち国民学校や島に運んだ者を除く四千五百名余りを分院内に収容した。多数の患者が次々に死んでいったが、生き残った重軽傷者も多く、古市のような患者が訪れても、もはや収容能力がないのだった。江波分院から帰ると、古市はやはり田舎に帰って死にたいと繰り返した。

一人で帰れるから汽車に乗せてほしいと言った。

北があらためて平野台長に相談すると、平野は「気象台の業務は在勤者でやれるから心配ない。高松へ帰った方がよかろう」と言った。

古市はとても駅まで歩くだけの体力はなかった。立っているのも困難だった。そこで台員が古市を自転車の荷台にくくりつけて、駅まで連れて行き、汽車に乗せた。

古市の病気をはじめ、山根、田村、あるいは白井の父などが次々にやられたのは、原子爆弾の放射能による急性の原爆症だったのだが、この時点では誰一人としてそれが原爆症であるとは想像すらできなかった。だいいち広島に投下された新型爆弾が、恐るべき放射能を撒《ま》き散らす原子爆弾であることすら、広島の人々にはほとんど知らされていなかった。まして市内には強力な残留放射能が死の灰となって残存し、直接被爆しなかった人でも、市内を歩きまわるとこの残留放射能の影響を強く受けるなどということは、医師でさえ気がつかなかったのである。

広島に投下された爆弾が原子爆弾であることにいちはやく気付いたのは、極めて限られた専門家だけであった。原子爆弾という言葉はすでに存在し、各国で開発競争が行なわれていることについては、軍や科学者の間ではよく知られていた。しかし、こんなに早く実戦で使われるとは日本の科学者は誰一人考えていなかった。その典型的なエピソードは、広島文理科大学の理論物理学者三村剛昂教授の場合であった。三村教授は、偶然にも被爆前日の五日宇品の陸軍船舶練習部に招かれて講演し、原子爆弾は「今次戦争には、到底間に合いません」と語っていた。ところが、翌日広島がたった一個の爆弾で壊滅的打撃を受け自らも怪我をしたとき、三村教授はこれは間違いなく原子爆弾であると直感し、陸軍船舶部の将校に、「昨日は誤ったことを話して申しわけない」と言って詫《わ》びたという。また広島駅前で被爆した広島赤十字病院の重藤文夫副院長も原子爆弾だろうと直感したという。公式の調査としては、大本営から派遣された理化学研究所の仁科芳雄博士らの調査団が、八日夕刻飛行機で広島の吉島飛行場に着き、仁科博士が直ちに原子爆弾であると判断したのがはじめであった。そして調査団は、同夜宇品の船舶司令部の無線回線を使って呉経由で、今後の防空対策として、肌を露出しないこと、白い衣服を着ていた方がよいこと、爆風が強いから遮蔽物《しゃへいぶつ》に身をかくすことなどを、大本営に打電している。原子爆弾の名称が新聞に登場したのは、トルーマン米大統領の対日戦演説の内容を伝えた八月十一日付紙面の記事がはじめてであったが、それとて単なる名称として登場しただけであって、爆弾の実態についてはほとんど知らされていなかった。原子爆弾がウラン原子核の分裂の際に生ずるエネルギーを利用したものであって、強力な破壊力と熱線及び放射能による影響力とを発揮するものであることが一般に知らされたのは、仁科博士が八月十四日に調査結果を公表し、その内容が十五日付または十六日付の各新聞で一斉に報道されたときであった(広島市内にはほとんど配達されなかったが)。しかし、この段階でもなお被爆者の放射線障害についての医学的理解は全く不十分であって、広島市内及び周辺の病院では、被爆者の疾病を正しく診断できず、多くは赤痢とかチフスと認定し、市内に臨時伝染病院まで設けたのであった。

気象台の台員たちが、終戦を迎えてはじめて知らされた原子爆弾という言葉と、同僚の病気の症状とを結びつけることができなかったのは無理もないことであった。

広島地方気象台は、建物に被害を受けたばかりか、病人まで続出するという苦しい事態に置かれているにもかかわらず、中央気象台からは依然として何の連絡もなかった。この難局に中央気象台がどう対処しようとしているのか、広島地方気象台の復興をどう考えているのか、さっぱりわからなかった。先に大阪まで出張した尾崎は、被爆の概況と気象電報を打電しただけで、中央気象台と直接電話で話した様子はなかった。地方都市が次々に空襲を受けている時期でもあったから、とくに広島だけ騒ぎ立てて中央気象台の指示を仰ぐというような発想は、尾崎の頭の中には浮ばなかったに違いない。尾崎は、電報を打つと共に大阪管区気象台長に被災状況の一部始終を話すと、自分の食糧調達のためすぐ大阪を発《た》って家族を置いている西大寺に向かい、広島に帰ったのは十四日になってからであった。

「俺たちは見捨てられたんじゃ」

台員の間にはこんな捨て台詞《ぜりふ》も聞かれるようになったが、北は「通信も郵便も復旧が遅れているのだから止《や》むを得んだろう、ともかく観測だけは欠測なく続けよう」と言って、台員たちの気持を柔げようと努めた。しかし、そう言う北自身も、中央気象台は広島のことなど念頭にないのではないかという孤立感を隠し切れなかった。ひょっとしたら国が瓦解したのではないか、とさえ思った。

中央気象台は、決して広島を見捨てた訳ではなかった。中央気象台長藤原咲平は、原爆投下の翌日、小日山運輸通信大臣から、広島が新型爆弾により甚大な被害を蒙《こうむ》ったこと、そして新型爆弾は恐るべき原子爆弾の可能性が強いことを知らされていた。しかし広島地方気象台の被災状況については、気象電報がぱったり途絶えてしまったために把握《はあく》し兼ねていた。それにもかかわらず、中央気象台ではすぐに救援の手を差し伸べるとか、調査員を派遣するといった対策を講じた訳ではなかった。激化する中小都市への空襲によって、二、三日通信が途絶えたり、地方気象台や測候所が被害を受けたりする例が続出していたから、たとえ広島の気象台が新型爆弾によってやられたとしても、それは当面広島地方気象台長の指揮の下に応急の対策をとるべきものであるというのが、暗黙の建て前になっていた。だいいち国策自体が、本土決戦に備えて、敵による分断があっても、地方毎に独立して抗戦を続行するような体制作りをしていたのであった。

また、中央気象台の場合、地方気象官署との地位の格差があまりにも大きかった。中央気象台の幹部は大学出や養成所本科出のエリートを中心とするいわば貴族の集団であったのに対し、地方気象台や測候所の職員はとにもかくにも定時の観測データを中央に送ることを守り抜かねばならぬ歩兵の集団であった。貴族集団は、歩兵集団の誠実な働きの上に成り立っているのだが、さりとて歩兵集団の一部に困難な事態が生じても、それに敏感に反応して何らかの手を差し伸べるという発想はしない。中央にとって一地方のデータが入るかどうかは「多数の中の一つ」に過ぎない事柄なのに対し、地方気象台や測候所にとってデータを送れるかどうかは絶えず「全てかゼロか」の問題である。結局、中央は地方に無限の奉仕を求めるが、決して地方に対しては無限の奉仕はしない、時には切り捨てることさえある。中央気象台は広島地方気象台のデータが入電しなくなったことを気にはしたが、すぐに何らかの手を打つことはしなかったということ——それは、中央気象台に悪意があったとか、広島の原爆被災に対する判断が甘かったと言うよりは、時代そのものの論理なのだった。そして、この論理に、中央も地方も誰も疑いを持たない時代なのだった。

とりわけ戦争末期になると、中央気象台は、入手可能な数少ない観測データを基に天気図を作成し、陸海軍気象部への協力を貫くことに専念していたのであって、一地方のデータが欠けても、もはや気にしてはいられなくなっていた。地方のデータの入手を確実にするために行なっていた督促旅行も、七月初め頃までのことであって、七月末頃になるとそれどころではなくなっていた。中央気象台を完全に軍の指揮下に組み込んでしまおうとする大本営気象部構想が軍から示されてからは、藤原咲平をはじめ中央気象台の幹部は、いつ大本営気象部といういわば中央気象台の解体となる新機構の発令があるのかと、ひどく動揺していた。しかも広島への原爆投下後政府内部に和平への空気が急速に高まっているという情報が、藤原咲平の耳にも断片的にではあるが入っていたから、中央気象台の動揺は一層大きくなっていた。藤原咲平が八月十一日に地方気象官署の若干の組織改正と人事異動を行なったのは、戦争の終末を控えた動揺の中では不思議なほど冷静な行政的措置であった。

原爆後広島地方気象台に中央気象台からの郵便がはじめて届いたのは、終戦の翌々日の十七日になってからだったようである。その文書は、終戦前に出されたもので、八月十一日付で発令された若干の組織改正と地方気象官署の台長や所長クラスの異動を伝えていた。その中に、広島地方気象台を広島管区気象台に格上げすると共に、広島地方気象台長平野烈介は高松管区気象台長に転任し、新しい広島管区気象台長には中央気象台から館山の海軍航空隊に出向している菅原芳生技師が発令されたことが記されていた。

この時期の人事異動は、発令があってすぐに赴任するということはむしろ稀《まれ》であった。発令の通知自体が遅れることもあったし、外地の気象台の異動となると、赴任までに二カ月も三カ月もかかることが珍しくなかった。前任者は原則として後任者が赴任して来るまで、従来通りの業務を続けることになっていた。

異動の発令を知った平野は、菅原なら広島の気象台の再建を立派にやってくれるだろうと思った。菅原は、平野より一世代若くまだ四十歳であった。測候技術官養成所本科を昭和三年に卒業し、富士山観測所や南洋の気象台勤務を経験した張り切り男であることを、平野は知っていた。しかし、菅原は海軍に出向しているから、いつ広島に赴任して来るかは不明であった。菅原が来るまでは、平野が広島の台長業務を続けなければならなかった。平野は台員を集めると、訓示をした。

「中央気象台からの通達により、広島地方気象台は広島管区気象台に昇格した。中国地方気象官署の中枢として、いよいよ広島の任務は重要であり、われわれの責任は大きい。

また広島管区気象台の新台長には中央気象台から菅原芳生君が就任することになった。私は高松管区気象台に行くが、菅原君が来るまでは私が留って業務を行なう。諸君、敗戦というこの難局の中で、気を弛《ゆる》めることなく、業務に専念してほしい」

この日台員たちは、陸海軍人に対し戦闘停止の勅語が下されたこと、終戦と同時に総辞職した鈴木貫太郎内閣の後を継いで東久邇宮《ひがしくにのみや》内閣が成立したことを、ラジオの放送で知った。

玉音放送から時間が経つにつれて、敗戦の衝撃は、国内では次第に敵の進駐に対する不安と恐怖という形に変って広まっていった。それはパニックに近い心理状態であった。とくに婦女子を敵の目にさらすことは危険だという噂《うわさ》が流れ、都市に住む人々は一斉に女子供を田舎に疎開させ始めた。

江波山の下に借家住いをしていた北にとっても、妻と三人の子供をこのまま広島に置いておくのは不安であった。広島は中国地方の中枢都市だから、敵がいち早く進駐して来ることは十分に予想された。少しでも辺鄙《へんぴ》な田舎へ疎開させた方がよいと考えた北は、姫路の奥の兵庫県飾磨《しかま》郡鹿谷村の実家に家族を預けることにした。北は台長から休暇の許可を得ると、十七日朝家族四人を荷車に乗せて広島駅まで運び、上り列車に乗った。実家に帰ると、両親は「よう生きとった！」と言って、息子一家の無事を喜んだ。広島は全滅したらしいという話が伝わっていたのである。北が被爆の翌日、郊外の郵便局まで行って投函《とうかん》した葉書はやはり着いていなかった（葉書が着いたのは九月になってからであった）。北は、六日以来の緊張が一気に抜け、急に疲れが出た。

実家で二日休養をとった北は、単身広島に戻った。何日かして（それがいつだったか北にも記憶がないのだが）、北は気象台の玄関ホールでリュックを背負い、脚絆《きゃはん》を巻いた男が入って来るのに出会った。いかにも旅姿のその男は、「中央気象台からやって来ました」と言った。北は驚いて、その中央気象台の職員を台長室に案内し、外出中の平野台長に代って応対した。

「いやあひどいものですなあ、広島がここまでやられているとは思いませんでした。中央気象台では、広島、長崎の戦災の様子が伝えられるにつれて、広島管区気象台と長崎測候所に対して緊急援助をしなければなるまいということになり、当座の業務維持に必要な資金を届けにやって来たのです」

中央から来た職員はこう言うと、リュックの中から現金を入れた封筒を出した。

北は中央気象台が目を向けてくれたことが嬉しかった。気象台の庁舎や官舎を修理したくても、木材一本、ガラス一枚買う金さえ気象台にはなかったし、金融機関の機能麻痺《まひ》で月末の給料の支払いさえどうなるかわからない状態だったから、中央気象台からの緊急援助は、たとえ額はわずかなものであっても有難かった。

「遠路お疲れでしょう。今日はこちらへ泊って身体を休めてはいかがでしょうか」

と北は勧めたが、中央気象台の職員は、「これから長崎に向かわなければなりませんので、すぐに失礼します」と言った。

「では気象台の中だけでも見て帰って下さい」

北は、その職員を気象台の各階や官舎に案内して、被害状況を詳しく説明し、

「ぜひこの状況を藤原先生に報告して下さい。それから観測は欠測なく続けていますから御安心下さいとお伝え下さい」

と言った。


連合軍進駐の日が近づくにつれて、北は気象原簿の保管のことがあらためて気になり出し、平野台長に気象原簿の疎開を進言した。敵は月末にも本土に進駐して来ると伝えられていた。平野も今度は北の進言を受け止めて、台員たちによい隠し場所はないか相談した。

市内では危ないからやはり敵の目の届かない田舎がよいだろうという意見が多かった。誰か、広島からの運搬可能の範囲内に実家があって、大量の気象原簿を保管してもらえそうな者はいないかということになり、結局広島から五十粁《キロ》も奥の三次《みよし》に実家のある金子技術員が預かることになった。

八月二十二日台員たちは、気象台構内の砂地や防空壕《ごう》内横穴に埋めておいた気象原簿の箱を掘り出すと、その一部を大八車に積んだ。量が多いので二回に分けて運ぶことにし、金子が大八車を引いて実家に向かった。

ところで八月二十二日は気象管制が解除され、中央気象台では天気予報を再開した日であったが、気象管制解除の連絡が遅れたことから、広島管区気象台では（ほかの気象台でもそうだったのかも知れないが）、朝の気象無線放送の受信の際にちょっとした騒ぎになった。

午前九時頃、北が事務室にいると、当番の遠藤技手が入って来て、

「変ですねえ、『トヨハタ』がナマで放送されているのですよ」

と言った。北は驚いた。戦争が始まって以来、気象管制によって気象データの公表は禁止され、無線放送もすべて暗号でおこなわれていた。ところが、遠藤の話によると、この日の朝、いつものように無線受信室で中央気象台の無線放送「トヨハタ」の受信を始めると、「トヨハタ」は暗号でなくナマ文で放送されていた。ともかくそのまま受信を続けたが、どういうわけでナマ文で放送されているのかわからないので北のところへ報告に来たのだという。北にも事情がわからず、

「戦争が終ったのだから暗号を使う必要がなくなったのだろうが、中央はどうして何も知らせて来ないのだろう」

と答えるだけだった。ほかの台員たちも、遠藤の話を聞くと、突然の暗号中止に驚くとともに、中央気象台の連絡の悪さに不平を言ったりした。

そのうちに午後になって珍しく中央気象台から電報が届いた。電報の内容は、気象管制は二十二日午前零時で解除されたこと、従って無線放送及び各地からの気象電報はすべて暗号でなくナマのままでよく、気象データや予報の一般への発表もできること、ただし暗号用の乱数表は絶対に敵に知られないようにするため焼き捨てること、などを通達するものであった。

中央気象台では、合同勤務をしていた軍と共に、終戦と同時に乱数表をはじめ重要文書はほとんど焼却してしまったのだが、地方ではまだ戦時体制のままで業務を続けていた。それだけに「トヨハタ」が事前連絡なしにナマ文で放送されたことは地方に驚きを与えたが、その日や

や遅れて届いた電報によって各地の気象台や測候所はようやく平時体制への第一歩を踏み出したのであった。広島管区気象台でも、即日構内の空地で乱数表を焼却した。またこの日は、市の防空本部からの指示で気象台の義勇隊が解散した。

こんな状態の中へ、一週間ほど前に原因不明の病気で高松に帰省した古市技手の父親が訪ねて来た。古市の父親の話によると、古市は半死半生のような状態で高松の両親の家に着き、その後も病状は悪化するばかりで、医者は先があまり長くないと言っているという。そこで官舎に住んでいた古市の身の回りの物を引き取りに来たのだと、父親は言った。台員たちは、古市が広島を発つときすでにかなり衰弱していたことは知っていたが、医者に見放されるほど悪くなるとは思っていなかったから、父親の話を聞いて非常に驚いた。

「古市に頑張るように言って下さい。回復を祈っております」

台員たちは、古市の荷物をとりまとめて帰る父親に対して、口々にそう言った。

古市の病状が思わしくないと伝えられたのとは反対に、一時は屍臭《ししゅう》さえ漂わせていた宿直室の津村は、姉が引き取りに戻った頃からようやく快方に向かい始めていた。玉音放送の日には、姉に助けられてはじめて部屋の中を少し歩いた。立ち上がるとさすがに目まいがしてふらふらしたが、姉に肩を支えられている限り、何とか歩くことができた。それ以後津村は一日も早く田舎へ帰れるようにしようと、毎日少しずつ歩く訓練をした。そのうちに顔面の火傷《やけど》も徐々に乾き始めた。二十日過ぎる頃には、唇や耳にまだ膿《うみ》がたまっていたものの、それ以外はほぼ乾き、体力もついて来た。二十二日になって迎えの漁船が江波の海岸に戻って来たので、翌二十三日朝津村姉弟は、平野台長をはじめ台員たちに礼を言って、木江の実家へと海路を帰って行った。台員たちは奇《き》蹟《せき》に近い津村の回復を心から喜んだ。

八月二十四日、当番の白井技手に家から「父が倒れて危篤状態だ」との連絡があった。しかし、白井は交代要員がいないので、翌朝になってようやく父のいる宇品の妹の家にかけつけた。父は全身に紫の斑点ができ、何度も吐いては苦しんでいた。医者は病名の見当さえつかないと言った。

白井の父は広島電鉄十日市詰所で建物の下敷になって大怪我をしたうえに、しばらく経って原因不明の赤痢に似た下痢を起こしたが、宇品に住む白井の妹の家で療養するうちに、怪我も下痢もよくなっていた。そして、豊橋の実家に一週間ほど帰って静養して広島に戻ったばかりだった。ところが、二十四日の朝突然便所で発作を起こして倒れたのだ。父は、「痛い、痛い」と苦しみ抜いて、白井が駆けつけた朝になって死んだ。

4

昭和二十年は台風の襲来の多い年だった。七月下旬に豆台風が九州北西部を通って山陰沖に進み、八月初旬には沖縄付近を通って九州西方海上を進んだ台風があった。八月二十二日には突然豆台風が関東地方に上陸して、東京などのバラック生活者に被害を与え、天気予報を再開したばかりの中央気象台に〝黒星〟をつけた。

その直後の八月二十五日朝、新たな台風が室戸岬の南方に現われ、北上中であることが、ラジオ放送とナマ文になった中央気象台の無線放送「トヨハタ」とによって各地の気象台に伝えられた。中央気象台が地方気象官署に流す気象情報などの業務連絡は、当時はテレタイプ回線がなかったから、気象管制解除後も何年かは無線放送「トヨハタ」に依存せざるを得なかった。

台風の中心示度は七三五粍《ミリ》（九八〇ミリバール）で、小型の台風であったが、中央気象台は、西日本一帯は警戒するよう呼びかけていた。

広島管区気象台の現業室はにわかに活気づいて来た。当番は高杉技術員と岡原技術員の二人だったが、他の者も原爆被爆後はじめて迎え撃つ台風だけに、現業室に集まって天気図をのぞいたり、観測の手伝いをしたりした。敗戦のショックで気持がゆるんでいた台内の空気が、何となく引き締まるような雰囲気になって来た。

午後台風は四国の室戸岬付近に上陸し、引き続き真直ぐ北上していることが、夕方の「トヨハタ」でわかった。広島でも北々東の風が次第に強くなっていた。雨は大したことはなかったが、このまま台風が北上すれば、岡山方面に進むため、広島付近もかなり荒れ模様になることが予想された。気象台の建物は、いまだに窓ガラスが壊れたままだったから、強い風が庁舎の中を吹き抜けていた。

当番は、気象管制解除後はじめての暴風警報を発令した。発令といっても、放送局や新聞社に電話で速報するわけではなかった。原爆以後ほとんど姿を見せなかった定夫《じょうふ》が珍しく出勤していたので、定夫に暴風警報の指示書を持たせて、市役所に届けさせただけだった。戦時中と変った点と言えば、気象台の屋上に暴風警報発令中を意味する二つの「紅」の信号燈を点燈させたことであった。そんな形であっても、警報を公にするのは、四年ぶりのことであり、強風の中に点《とも》る「紅」の信号燈を見た台員たちは感無量であった。

風は夜に入って風速十米《メートル》を越えた。夜十時過ぎると風向が南々西に変った。それは台風が岡山方面を通り過ぎたことを意味していた。結局台風の規模が小さかったことと広島が台風の西側になっていたことから、広島では風雨共に心配されたほど荒れずに済んでしまった。意気込んでいた台員たちは、気勢をそがれて拍子抜けした気持になった。翌朝になると、「何だ、あっけなく日本海に抜けてしまったな」などと冗談を言い合って一息ついた。

その日（二十六日）夕方になって、中央気象台は再び「トヨハタ」を通じて、新たな台風が四国南方に現われたので注意を要すると指示して来た。台員たちはまた意気込み、屋上に気象特報（現在の注意報）発令を示す「紅」一つだけの信号燈を点燈した。だがこの台風は、幸い本土からはそれてしまった。

新しい台長菅原芳生が到着したのは、その翌日の八月二十七日であった。折悪しく平野前台長は残務整理のため朝から米子へ出かけてしまったため、菅原は平野に会うことができなかった。

菅原は、尾崎、北らの在勤者に挨拶すると、

「広島は原爆で瓦礫《がれき》の山だと聞いておったが、これほどひどいとは思わなかった。東京も焼け

野原だが、広島は本当に何もかも焼かれてしまった感じだな。川べりにまだ腐った屍体があったよ」

　と、広島へ第一歩を踏み入れた驚きを隠さずに語った。

「東京では原爆の被害がどんなものなのか、はっきりわかっていないから、よく調べろと、中央気象台の藤原先生に命じられて来たのだが、この被害は想像を越えたものだ。駅から歩いて来たのでよくわかったよ。それにしても気象台がこれだけの被害で済んだのはよかった」

　菅原は率直に感想を述べた。先に緊急援助の資金を持って来た事務系の職員を別とすれば、菅原は中央から来た最初の責任ある地位の人だった。菅原の言葉は、中央気象台が如何《いか》に広島の実情を把握していないかを物語っていた。

「中央気象台から正式の被害調査に来るまでは、庁舎はできるだけ被爆当時のままに保存しておこうと思いまして、ほとんど修理していません。業務に必要な室内の整頓をした程度です。どうぞ庁舎内を御覧になって下さい」

　尾崎は、気象台の窓枠《まどわく》がいまだにひん曲ったままになっていて、ガラスさえほとんど入っていない事情を説明した。さらに尾崎は、中央気象台から緊急援助を受けたが、その資金では台員の生活を維持するのがやっとであることについても報告した。

「観測業務はどうなっているのだ」

　菅原の問いに対して、北は被爆一週目に帰台した平野前台長に報告したときと同じように、

「台員がみな協力し合って欠測なく観測を続けています」

と答えた。

菅原は満足そうに「御苦労だな」と言った。

これに対し、一緒に居合わせた遠藤技手が少し気色ばんで口をはさんだ。

「北さんの指示でみな頑張っているのですが、職場を放棄して出て来ない人もいるのですよ。欠測なく観測を続けられたのは、若い者がやったからです」

遠藤は一本気な熱血漢だった。遠藤は北の報告に抗議したわけではなかった。気力を失った年輩者に対する反撥を述べたのだった。それは、終戦から日が経つにつれて、若い独身者たちの間にくすぶり始めた不満を代弁したものでもあった。

戦争に敗れてからというもの、尾崎技師は「どうせ負けたのだから、一生懸命やっても仕様がない。田舎へ帰って百姓をやった方がましだ」と、よく口にするようになった。そして、妻を置いている西大寺へ帰ることが多く、それだけ欠勤の日が多くなっていた。幹部として留るべき庶務主任の田村技手も、田舎へ帰ったまま音沙汰がなかった。病気で帰った山根技手と古市技手もその後どうなっているのかはっきりしなかった。欠勤者はいずれも妻帯者だった。妻帯者が出て来ないということは、独身者の反撥を招いた。残った独身者たちは、欠けた勤務を埋めるため五日に一回の割合で宿泊勤務をしなければならなかったから、気象台を守ったのは俺たちなのだという意識を強く持っていた。そうした胸中のわだかまりが、新台長に対する遠藤の発言となって表面化したのだった。

たしかに遠藤の発言には無理からぬものがあった。しかし、それは原爆症の実態がまだ医学的にも社会的にも知られていなかったことに起因する誤解の部分も多分にあった。北にしても、決して帰省者のその後を知っていたわけではなかったが、年長者として帰省者に対してもう少し思いやりを持っていた。

「遠藤君の言うことはもっともですが、やはりそれぞれに身体《からだ》のぐあいや家庭の事情もありますから……」

北は、遠藤の気持をなだめる意味と菅原に対して補足説明する意味の両方をこめて言った。

「まあまあ、今日はそうムキにならんでもよい。ともかく現状の中でこれからの再建をどうするかを考えよう。僕は今夜は台長室に泊って、明日いったん帰る。呉の奥の賀茂郡下黒瀬村に家内と娘を置くことにしたので、そちらをまずきちんとしてから着任することにしたいのだ。そのうちに平野さんも米子から戻って来ようから、九月初め頃には事務引継ぎを受けたいと思っている。平野さんが帰ったらそう伝えてほしい」

菅原はそう言って、その場の話を打ち切った。

一体病気で帰省した台員たちは、その後どのような病状の経過をたどったのだろうか。古市技手については、荷物を引き取りに来た父によって、かなり病状が悪化しているらしいことは伝えられていたが、病名や病状の詳細についてはわからなかった。実は、帰省者たちは、気象台に残った台員たちには想像もつかなかった急性の原爆症と苦闘していたのだった。

古市敏則技手の場合——

「田舎で死にたい」と言って、広島駅まで自転車で送ってもらった古市は、山陽線の上り列車で岡山まで行き、岡山で乗り換えて宇野に出た。衰弱し切っていた古市は、汽車の中でとても立っていることができず、ずっと床に腰をおろしたままだった。身動きもできない混雑の中で、古市は何度も目がかすんで苦しくなり、その度に死を覚悟した。もう何日も食べていないので、あまりにも無茶な帰省だったが、古市は何とか高松までは行こうという意志の力で身体を支えた。宇野から連絡船に乗り込んで潮風を吸い込んだとき、古市はこれで両親の顔を見て死ねると思った。そう思うと何としてでも高松に着くまでは生きたいという願望が一層強くなった。高松に着いたのは翌日だった。高松市内の古市の実家は戦災で焼かれたが、両親の疎開先は便りで知らされていた。両親が仮住いしているのは、高松から十二粁も南の村だったが、古市は最後の力をふりしぼってその道程を歩いた。何度も目まいがして倒れそうになったが、道端に腰をおろして休んでは、歩いた。両親がもうすぐそこに住んでいる、もう少し頑張れば両親の家にたどり着けるのだという思いだけが、古市の足を前へ進ませた。両親の家に帰ることが人生の全目的であるかのように、彼は広島から頑張り通して来たのだった。彼の意識の中にはもはや他の何物もなかった。家に着いたとき、彼は半死半生の状態だった。ばったりと倒れると鼻血を吹き出した。鼻血は止まらず、熱は四十度近くあり、頭の一部が腫《は》れていた。

　両親は驚いて医者を呼んだ。鼻血はいったんは止まっても、ちょっとしたはずみでまた出血するという繰り返しだった。熱は下がらず、食事も受け付けなかった。医者は、赤痢でも肺結核でもない、こんな病気は診《み》たことがない、と言った。医者は栄養剤らしいものを注射するだけで、為《な》すすべを知らず、数日後両親に対して到頭「息子さんはそう長くはありません、何でも好きなものを食べさせてあげなさい」と宣告した。八月末頃、古市は文字通り骨と皮だけになって、死線を彷徨《さまよ》っていた。

山根正演技手の場合――

古市より早く発病した山根は、九日朝台員に見送られて矢賀駅から芸備線の列車に乗ったまではよかったのだが、客車代りの貨車の中は負傷した兵隊ですし詰め状態となり、家畜輸送車の観を呈していた。負傷兵たちの皮膚は化膿《かのう》して悪臭を放ち、真夏の太陽に焼かれる貨車の熱気と重なって、呼吸困難に陥りそうな車内だった。山根は何度も嘔吐《おうと》をもよおしそうになったが、それよりも困ったのは、制御不能になった下痢だった。腹痛が襲って来るのと、たれ流しになるのとが同時なのだった。神経が麻痺しているのか、我慢しようと思っても何の役にも立たなかった。しかも狭い貨車の中は身動きすらできなかった。

途中島根県との県境に近い備後落合駅で松江行きの客車に乗り換え、松江には夕刻に着いた。山根の家は、松江市内の小泉八雲の家の近くにあった。山根が玄関から入ると、妻の真江は一瞬目を大きく開《あ》けて立ちすくんだ。彼女は幽霊にでも会ったような驚愕《きょうがく》の表情を見せていたが、次の瞬間には、

「足がある！」

と叫んだ。広島は全滅したという情報を聞いて、彼女はよもや夫が生きて帰るとは思ってい

なかったのだった。玄関に夫が立っているのを見たとき、彼女は本当に亡霊が現われたのかと思ったのだと言った。

「腹をこわしてしまってな、悪くなるばかりなので帰って来た。熱は下がらんし、ふらふらなのだ」

山根の顔色は蒼白《そうはく》だった。山根は妻に、広島の街は大半焼かれ、恐らく何万という死人が出たが、気象台は街から少しはずれていたので、被害は比較的小さくて済んだ、と話した。山根の体温を計って、真江はもう一度驚いた。四十度もあったのだ。

松江に帰って三、四日経つと、髪の毛が抜け出した。熱は相変らず下がらず、四日周期で四十度に上がった。近所の医者に診てもらっても、「こんな病気は診たことがない。どうして熱が出るのかもわからん」という答えしか得られなかった。嘔《は》き気がして何も食べられず、無理に粥を食べたりすると、直ちにソースのような便となって排泄《はいせつ》された。毎日ブドウ糖の注射を打って、衰弱を防ぐのが唯一の治療だった。山根には、小学校一年の長女を筆頭に、三歳の次女、生後五カ月の長男の三児がいた。妻子を置いて先立つわけにはいかなかった。山根は気力で頑張った。八月末広島に菅原新台長が着いた頃、山根は松江でようやく危機を脱しそうな気配を見せていた。

田村万太郎技手の場合——

田村も腹痛と下痢で十日から欠勤し、そのまま帰省したのだが、その後の病状と経過につい

そして、和田佳子を見つけ、

「和田さん、話って何ですか」

「ちょっとここでは。外来のほうでお話しさせてもらっていいですか」

外来診察室へ行くと、内海知恵が午前診の後片付けと夕診の準備をしていた。

「内海さん、ちょっと外していただける？」

和田が言うと、内海は洗い物を途中で止めて、部屋を出て行った。

「実は」と話し始めた和田が、いきなり、「私、退職をさせていただこうと考えています。まずは先生に報告してからと思いまして」と核心を語った。

「えっ？」

突然だった。それ以上に、和田の病棟での役割を考えて慌てた。

病棟の常勤助産婦は四人。うち一人は婦長で、外来の婦長を兼任しているので実戦力にはならない。実際、婦長は産科病棟の業務を主任格の和田佳子に丸投げしていた。そのため、助産側の布陣は、和田を要《かなめ》に他の二人の常勤者と非常勤の助産婦数人と臨時のパートで、どうにか臨戦態勢が維持されていたのだ。

「春日井先生がお辞めになった時、一緒にと思ったのですが、先生から後のことをよろしくと頼まれて、もう少し頑張ろうと思ってやってきました」

「それなら、もう少しお願いします。今の状況で和田さんに抜けられたら、大変なことになってしまいます」

「私はもともと関東が出身で、春日井先生が以前に勤めていた病院の近くで育ちました」

和田は個人的な事情を話し出した。

「息子が鎌倉《かまくら》にいまして、以前から同居したらと言ってくれています。初孫もできましたし、向こうも少し落ち着いてきた様子なので、そろそろ潮時《しおどき》かなと感じました」

「そうですか。もう決められてしまったのですか。病院側も了解しているのですか」

「私の中では決定事項なのですが、まだ婦長にも看護部長にも言っておりません。先程も言いましたが、まずは菊池先生にお話をしてからと思いました」

「なぜ僕に?」

「私が辞めることで、一番ご迷惑をかけるのは、孤軍奮闘をなさっている先生ですから」

「孤軍って? 夏目先生もいるし、和田さんをはじめみんなで、チームとして周産期医療に取り組んでいるじゃないですか」

和田は考えあぐねている様子でしばらく黙っていたが、やがて思うところを話した。

「私は前の病院の時から春日井先生と一緒にやってきました。春日井先生の後を追ってこの病院に勤めたのも、春日井先生の『お産』に対する考え方、姿勢に共感できたからです。助産婦が推進する、医療介入をできる限りしない自然に近いお産を理解し、実践している医師には、なかなか巡り合わないものです。その点、私は春日井先生と仕事ができて本当に良かったと思っています」

「僕も、最近は、そういう方向性が良いのではないかなと、わかりかけてきています」

「そうですね。菊池先生がそういうふうに診療方針を持たれつつあることは感じていまず」

「そう思ってくださっているなら、申し訳ありませんが、もうしばらく続けてもらうわけにはいきませんか」

「本当は、私もまだ少しはと思うのですが……」

和田は、口ごもった。

「何か、他にも理由があるのですか？」

「夏目先生のことです」

やはりそうか。心当たりはあった。

「夏目先生に何か問題でも？」

とぼけてみせたが、和田には通じず、

「菊池先生は、ご存じと思いますが」

と指摘をされた。

「最近、医療介入が多いということだよね」

「そうです。夏目先生がトップになられて、しばらくは春日井先生の路線を継承して実践されていましたが、近頃は……」

「だけど……」

菊池は夏目の姿勢を弁護する。

「こういう世の中では、患者や家族との信頼関係の構築はますます難しくなっています。トラブルや訴訟のリスクを考えると、自己防衛的な医療姿勢になってしまって、分娩経過に早めに介入してしまうのも、わかる部分もあります」

「社会の風潮が、そのような状況にあるのはわかります。だからこそ、トラブルを減らすためにも、診療、看護、とくに助産に関して共通した考えを、スタッフの間で持つべきです」

「そうだね。そうしないと治療に一貫性がなくなってしまう」

「助産婦が妊婦さんに、苦しいけど頑張りましょう、と励ましている時に、医師が来て、そんな分娩経過では駄目だ、手術をしたほうが良いと言い出したらどうなりますか？」

「患者は、不信感を抱くだろうね」

「それだけならまだ後でフォローできるかもしれません。菊池先生がされていたように。だけど、それによって削《そ》がれた助産婦や看護婦のやる気を回復させるのは、もっとたいへんです」

助産婦には分娩経過を十分に看《み》れているという自負がある。イザという時は医師の力を借りなければならないが、それまでは自分たちでと考えている。医療介入を嫌う傾向にあり、ましてそれが不適切に感じれば、やる気が失せてしまう。

「看護側の士気は、そんなに低下しているのですか」

「はい」

和田はきっぱり言った。

「そういう事態とは、ぜんぜん知らなかった。婦長からも何も聞いてないし、うっかりしていた」

「婦長は、病棟がどうにか回っているうちは、医者側に何も報告しないでしょうね。医師はこんな看護側の台所事情など気にせず、診療だけに集中すべきですから。先生が知らなかったことを気になさる必要はありません」

「僕から夏目先生に話をしてみる」

「それはよしてください。私が何度も夏目先生とは話をしてみました。よく話し合えば理解が得られると思っていましたが、逆に話すほどに、溝《みぞ》が深まってしまいました。夏目先生、まるで人が変わってしまっています」

「どういうふうにですか」

「トップになって責任を負うべき立場になると、仕方ないのでしょうか。以前の夏目先生は図太く大胆で、なにより良い意味で楽観的でした」

菊池も多少なりとも同じように感じていた。

「だが、一時的なものだよ。今の立場としての自信が持てれば、きっと以前に戻る」

「そうでしょうか」

和田はかなり懐疑的だった。

「僕が未熟なせいもある。ちゃんとした右腕として働けるようになれば、夏目先生もややすいだろう」

「菊池先生は、もう夏目先生の右腕以上です。ともかく、今は夏目先生と話すのはやめてください。先生方の間までギクシャクするようになってしまったら、もうお仕舞いですから。私と夏目先生の件は取りあえず置いといて、実は先生に一つお願いがあります。常勤で来てくれそうな子が一人いて、もう少しで口説《くど》き落とせそうなのです。一度会っていただいて、先生からも一言口添えがあると決まるかもしれません」

「いいですよ。会って頼むだけで来てくれるなら、いくらでもやります」

ずいぶん以前から、助産婦は売り手市場だった。資格を持っていても、夜勤などがあるハードな周産期の現場に出ることを敬遠する者も多く、また現場に活躍の場を求める者も都市の大病院に偏在していた。

「先月に二回、夜勤のアルバイトに来てくれた子で、小幡良子って憶えていますか」

菊池は小幡良子を思い出した。平均よりやや小柄、華奢《きゃしゃ》な体格をしていたが、ミディアムショートの少し茶がかった髪を後ろで結って、よく動く娘だった。バレーチームのよく声の出るリベロといった役割が似合いそうだった。

「ええ、あのハキハキとした感じの子ですか。でも、若いですよね」

「二十六歳でキャリア五年です」

「それでは、とても和田さんが抜けた穴埋めにはならない。彼女が手伝ってくれることになったとしても、退職の件は先延ばしにしてくださいね」

　菊池は再度頼んだが、

「よく働く子ですよ。いろいろ当たって、ようやく見つけた逸材です。先生とは上手くやっていけると思います。五年後、十年後のことを見据えて作り上げていくのは、先生にもプラスになると思います。すみません、偉そうなことを言ってしまって。でも私には、これぐらいしかお役に立てることがありません」

　和田の言い方は、すでに去る者の言葉だった。

　菊池のＰＨＳが鳴った。

　川辺がまだかなり痛がっているという連絡だった。

　菊池はナース・ステーションに戻って、

「ソセゴン打ってくれたのだよね」

　看護婦に確認した。

「打ちましたけど、その時からすごく息みまくっていて、分監（分娩監視装置）を付けたのですが、じっとしていないものだから」

分娩監視装置のモニターから繰り出されている記録紙には、心拍の曲線は辛うじて描かれているものの、陣痛の強さを示す陣痛曲線は記録されていなかった。

「まだ息まないように言ってきたのに」

菊池はぼやいた。

「でも先生、もう産みそうな感じですよ」

「まさか」

とは思ったが、和田を連れて川辺の部屋に向かった。

部屋では、看護婦が川辺を落ち着かせようとしていたが、悪態をつかれてもうお手上げ状態になっていた。

「なんとかしろよ」

と、菊池を見て言う川辺に、和田が近づいて行き、

「川辺先生、ちょっと診察をしてみますから、仰臥位になっていただけますか？」

「無理」

「座り込んだままでは診察ができませんよ」

説得されて、どうにか仰向けになり、膝を立てた。和田が内診をする。

「全開になっています」

「すごい」

菊池が言うと同時に、次の陣痛が押し寄せてきて、川辺が怒責《いきみ》をかけた。会陰が隆起して、小陰唇の間から胎胞が見えてきたかと思うと、卵膜が破綻して破水をした。勢いよく羊水が飛散し、菊池もそれを浴びる。

「分娩室に」と指示をするかしないかのうちに看護婦が、「ストレッチャーを取ってきます」と走った。とても歩ける状態ではなかった。

「先生、もう息まなくても、自然に産まれてきますから」

和田が川辺に、分娩室に移動するまでは怒責をかけないように指示をする。仰臥位になったため、心拍が上手く取れていて、リズミカルなモニター音が軽快に聞こえる。

ストレッチャーが押されてくるが、川辺は和田の指示を無視して、大きく息を吸い込み力《りき》んだ。児《こ》の頭髪が見えてる。陣痛の消退とともに奥に戻っていく排臨《はいりん》の状態だった。

「さあ、今のうちにストレッチャーに乗りましょう」

和田が促したが、

「もう無理、ここで産む」と川辺は拒絶。

「分娩セットと道具を一式持ってきて」

菊池は、看護婦に指示をした。頑固な川辺を説得しようとしても時間の無駄だと判断したのだった。部屋での出産の準備をしている間も、川辺は陣痛のたびに息み続けた。準備が整って、和田が介助できる姿勢につく。

「もう息みを入れていいですよ」

と、和田が許可をすると、

「さっきから、そうしているだろ。まだ生まれないのかよ、このガキは」

川辺は悪態をつくのだった。

「初産なのですから、そんなにすぐには無理ですよ。上手くできていますから、もうちょっとですよ」

引き続き和田が声をかける。

川辺が大きく息を吸い込んでから歯を喰いしばった。

一気に児頭が、レモン大の大きさまで見えてくる。和田がそれを押さえ込み会陰を保護する。

陣痛が弱まっていっても、さらに怒責をかけ続ける。

「先生、もう次の陣痛で産まれますから、怒責をかけないでください。会陰が切れてしまいますよ」

菊池が言った。

「何か挟まっているだろう」

「赤ちゃんの頭です」

「早く引っ張り出せよ」

「そんな無茶なことを言わない」

と、菊池がたしなめる。陣痛が押し寄せてきた。

川辺が力みを入れる。

「もういいです」

和田が止めるのも聞かず、そのまま息み続けた。

新生児の全身が、一塊となって飛び出すように娩出された。和田が新生児の鼻孔から気道を吸引している。新生児はビクビクと四肢を動かし、顔をしかめている。

「何で泣かない？」

「今、泣きますからね」

その時、元気な産声《うぶごえ》が上がった。

「五体満足か」

「大丈夫。元気な女の子ですよ」

「女か」

男か女か生まれるまでは知りたくないと言っていたので、川辺には、性別を教えないでいた。

「しっかり抱いてあげて」

和田に言われて、川辺が両腕を広げる。

元気に泣く赤ん坊。

「まったく、苦労をかけさせやがる」

それが、川辺が我が子にかけた最初の一言だった。

胎盤が娩出された後、和田が会陰をチェックして、

「すみません、裂傷があります」

と報告をした。それは、指示に従わなかった川辺のほうに問題があった。

「縫合をします」

菊池が言うと、

「あまり痛くするなよ」

川辺はあくまでもわがままだった。

川辺は産後三日目を迎えていた。

産褥《さんじょく》の日にちの数え方は、出産の日を〇《ゼロ》日目として数える。新生児の日齢も同様で、

川辺の娘は生後満三日となる。

希望会の病院ではとくに異常がない限り、産後五日目を子とともに退院の日としてい

た。

「少しブルーですよ」

その日、川辺を担当している助産婦から、菊池は報告を受けた。

病室を訪れると、川辺はベッドに腰を掛けて、新生児用ベッド《コット》の中の我が子を見つめていた。

菊池が声をかけると、ようやく来訪者に注意を移す。

「母乳、出始めたそうですね」

「ああ、だけど、ミルクで育てようかと考えている」

「どうして？　母乳のほうが良いですよ」

「そんなことはわかっている。だけど、どうせ仕事に復帰したら飲ませられないわけだし」

「搾乳《さくにゅう》して保存をしておいて、子守りの方に飲ませてもらうこともできます。それに、まだ先のことではないですか」

「だけど、一応は、まだ私、独身だし、乳の形が崩れたら嫌だし」

「そんなことは言わない。母になる決意をして産んだんでしょう」

「そうだよ」

川辺の目には涙がいっぱいだった。

菊池は隣りに腰を下ろして肩に手を置いた。

「いろいろ心配なのはわかります。でも、川辺先生にはできるから。立派に産んであげたじゃないですか。しっかり育てられます」

「でも」川辺の頬を涙が一すじ流れた。「見ろよ。こいつ、もう人間だぜ。私、自信がない……」

「できます」

「ちょっと泣いていいか」

「どうぞ」

川辺は菊池の肩に額《ひたい》をつけて、声を出して泣いた。しばらくして、少し落ち着くと、

「産まれるのは簡単だが、人になるのは難しいって言うじゃないか。私は、この子を人にしてやることができるかな」

「川辺先生にはできるって。でも、その言葉は誰の格言ですか」

「フィリピンだったかな。南方のほうの諺《ことわざ》だよ」

それなら初めて聞くのも当然かもしれない。

「私、産後鬱《うつびょう》病かな」

「違いますって」

と菊池は笑った。

「単なるマタニティブルーですよ。誰でもこの時期には、そういう気持ちになります」

「そうか……」

「そうです。一過性の正常な心の変化です」

「専門家が言うなら、そうなんだろうな。なかなか患者に徹するのは難しい。いろいろ手間を掛けて申しわけない」

「いえいえ、先生なんて、まだまだ手のかからないほうです。医療関係者のお産は、自己中心的で注文ばかり多くて、そのうえ見苦しいものになることが多いんです。その点、先生はスマートに産んだ」

そうは言ったものの、五日目に赤ん坊と退院させて二人きりにするには、若干の不安を感じていた。

翌日、ナース・ステーションを和装の婦人の見舞い客が訪れた。その顔を一目見て菊池は、

「川辺さん？」

と声をかけた。

「はい」

「ご案内します」

菊池は、その婦人を伴って、川辺夕子の病室へ向かう。

「お母さん……」

川辺は絶句した。

「夕子。結婚もせずに産むのは勝手だけど、私にとっては孫ですよ。自分で知らせるぐらいはしなさい」

川辺の母親が、孫になる赤ちゃんの顔を覗きこむと、

「いちいち、うるさいんだよ」

川辺は、抱いていた赤ん坊を見せないようにする。そして、菊池に向かって、

「おまえか、このばばあに連絡をしたのは?」

「そうですが」

「守秘義務違反だぞ。いいのかよ、勝手にそんなことをぶっこいてよ」

「夕子」と母親は娘を叱って、人差し指と親指で娘の唇を抓《つま》んで口を閉じさせた。

「相変わらず、そんな口のきき方をして。あなたも親になったのですから、少しは改めなさい」

川辺は顔を横に振って、母親の指を振り払おうとするが、ギュッと抓まれていて解けない。ようやく川辺が、首を縦《たて》に振ると、母親は手を離した。

「痛《いて》えんだよ、ったく」

「こら、また」

また唇を抓まれそうになる。

「わかりました。はい、気を付けます」

「先生は、あなたたちを心配して連絡してくださったのですよ。お礼を言いなさい」

川辺はムスッとして何も言わない。

そして、母親に向かって、

「だいたい、私は、もうお母さんや親父とは関係がないでしょう。親父よ、勘当《かんどう》すると言ったのは」

「本気じゃないのは、あなたもわかっているでしょう。赤ちゃんの写真を撮ってくるようにと、ほら、カメラまで渡されたのですから。はい、赤ちゃんを見せなさい」

菊池は三世代の女性を部屋に残して廊下に出た。

二時間ほどして、菊池のＰＨＳが鳴った。川辺の母親が帰る前にもう一度礼が言いたいという連絡だった。

「先生、本当に、どうもありがとうございました。あんな娘で扱いにご苦労なさったことでしょう」

「いいえ、たいしたことは」

「上の二人の兄は真っ当に育ってくれたのですが、末のあの子だけが、どういうわけか、あのようなタガの外れた娘になってしまいました」

いったい、どういう家族なのだろう。菊池は少し興味を抱いて訊ねてみた。

「お父さんは、何をなさっている方なのですか」

「夕子の父ですか。国立大学で仏文学の教授をしておりました。代々学者の家系で長男も」

話し始めた時、病室から川辺夕子が出てきて、

「母さん、忘れ物だぜ」

紙袋を差し出した。

「いけない、忘れていました」

「まだボケるには早いぜ」

川辺が紙袋を母親に渡そうとする。

「それ、スタッフのみなさんで召し上がってください。うちの隣りにある老舗《しにせ》の和菓子屋のものです。お口に合うかどうかはわかりませんが、どうぞ」

「すみません。患者さんや家族の方からは、物を受け取らない決まりになっています」

「何をくだらない能書きたれているんだ。さっさと受け取れよ。手が疲れるだろ」

菊池が仕方なく袋を受け取ると、川辺は母親に向かって、

「私の昔のこととかを話していたんじゃないよな」

「いいえ、何にも」と母親は答え、「それでは、先生、よろしくお願いいたします」と、

菊池に深々と頭を下げた後、川辺に、

「あまり他人様《ひとさま》に迷惑を掛けるのではないですよ。また来ますからね」

「もう来ないでいいよ」

「いいえ、来ます」

「いいって、言っているだろ」

「来てもらってはどうですか。退院して慣れるまでは、赤ちゃんと二人きりだと大変ですよ」

「うるさい、菊池先生は黙ってて。これは家族の問題です。医療者が介入することじゃないよ」

帰る母親を玄関まで、口論しながらも見送りに行った川辺は、戻ってくると、ナース・ステーションでカルテの記載をしていた菊池に、

「まったく、わがままな親で困る」

と報告をした。そばにいた看護婦が、それを聞いて吹き出していた。

「何がおかしいんだよ」

川辺が咬みつく。

まあ、これだけ元気なら退院しても問題ないだろうと、菊池は安心していた。

川辺夕子が退院してから一週間ほど経った。菊池は和田佳子を交えて、小幡良子と病院近くの喫茶店で会っていた。

「どうして助産婦になろうと思ったのですか」

小幡に訊ねてみた。

「私には二つ年上の兄がいるのですが、母がその兄を出産した時に、病院であまりにも機械的な扱いを受けたそうです。それで私を産む時は、助産院を出産場所に選びました」

「お兄さんが生まれた頃といえば、第二次ベビーブームの終わりの頃かな。産科はどこも工場的なケアをしていたかもしれませんね」

「いまだにその病院は、同じような方法で周産期管理をしています。二カ月間だけですけど、その病院で働きました」

「そうですか」

と応じながら、菊池は少し警戒した。助産婦の中には、過度に人間的なケアの質を求めるあまり、医療的な介入を否定する者もいる。お産自然派信仰者といってもいい人たちだった。

「兄の産後も授乳で苦労をした母が知ったのが、近所にあった助産院でした。そこの先生とは、私が産まれた後も家族で付き合いが続いていました」

「その助産院を開業しているのが、私の知り合いの星原《ほしはら》先生です。星原先生は、この地域の助産師会の重鎮《じゅうちん》です。もう、八十近くになられるのですが、最近までお産を取っていました」

和田佳子がつけ加えた。

「私、助産師学校を出た後、周産期センターのある病院に就職しました。三次救急を受け入れる医療機関だからそれなりの勉強にはなりましたが、自分が関わりたいと考えていた周産期の現場とは違うと感じました」

「どういうことですか?」

「もっと近い距離で、患者さんと接したいと思いました。星原先生の所でお手伝いをさせてもらっていて、よりいっそう、そう思うようになりました。理想としては、出産というイベントだけでなく、患者さんの女性としての人生に接していけるようになったらすばらしいと思っています」

「それなら、開業したほうがいいのではないですか」

と、菊池はあえて意地悪な質問をした。

小幡が不快感を見せるかと思ったが、意に介さずに言った。

「お産に関しては、安全性が一番です。適時必要な医療介入は不可欠と考えています。助産院では、それはできません」

小幡は医者から辛辣なことを言われるのに慣れているのかもしれないと、菊池は思った。

「助産院のようなケアができる病院がベストだと考えているの？」

「そうです。患者さんが求めているのも、それに近いと思います」

より医療介入の少ないお産を押し進めていくなら、小幡のような助産婦は必要だった。だが、本当に医療的側面の必要性を理解できているのだろうか。その点での価値観が共有できれば良いのだが。

「母乳哺育《ほいく》、育児支援などにも力を入れたいと、僕は思っているのだけど、どう思いますか」

菊池は助産婦好みの話題に話を振ってみた。

「まさに私がやりたいと思っていることです」

瞳をキラキラさせていた。まるで恋人に出会えた娘のような輝きだった。

助産婦が天職かのような小幡の純粋な意志を、買ってみることにした。

「小幡さんが良ければ、ぜひ、うちに来てください」

「私程度の者に、お手伝いをできることがあるのでしょうか」

「もちろん、いくらでもあります。一緒にやっていきましょう」

「一緒に……」

小幡は、その言葉を噛みしめるように呟いた。

五

ミレニアム・イヤー。春になり、菊池も医師丸七年目を迎えていた。医師として脂《あぶら》が乗り始める頃といえた。

そして、六月。小幡良子が中部希望会総合病院に入職し、産婦人科病棟に配属された。和田佳子は退職の意思を変えなかったものの、年内に辞めることは見送ってくれた。

菊池は、周産期をチームで行なう医療だと考えていた。もうこの先しばらくは、新たに産婦人科医や助産婦がチームに加わる見込みはない。今いるメンバーの結束を図り、丁寧な医療を提供していく以外に、安全に診療を継続していく方法はないと思っていた。

そして、そのキーパーソンは夏目茂樹だった。夏目がしっかりしてくれなければどうしようもない。菊池は、自分や助産婦、看護スタッフが力量を上げれば、夏目のストレスを軽減でき、そしてそれが、過度に防衛的になってしまっている今の診療スタイルの改善につながると信じていた。

酷暑の夏、真っ盛り。

ブルーな空に積乱雲が、北東から盛り上がりつつあった。病院屋上の看板塔のわずかな日陰に、菊池は立っていた。風向きが変わり、東寄りの風が頬に当たっていた。手を頬に持っていくと無精ひげに触れた。朝方に分娩があり、剃《そ》るのを忘れていたことに気付いた。

階段塔から夏目茂樹が出てきて左右を見回し、菊池を見つけると近づいてきた。

「やっぱり、ここにいたか」

「天気がいいと気分転換に上がってきてしまいます。院内に長くいると息が詰まりそうになりませんか」

「そうだな」

東風《こち》が夏目の長髪を吹き上げている。ずいぶんと白髪が増えたことに、菊池は気付いた。

「なあ、菊池先生。最近、助産婦たちと何をしてるの?」

「それで、僕を捜していたのですか」

「いや」夏目は少し怪訝《けげん》そうな素振りを見せて、「他の件だったけど、PHSが繋《つな》がらなかったから、屋上かなと思って上がってきた」

「すみません。この場所、ときどきPHSの電波が届かないようです。それで何でしたか」

「だから、助産婦と何をしているのかなって」

「助産婦がやりたいケアというのが、どういうものかを聞いたりしているんです」

「なぜ」

「そちらの方が最近の患者さん方のニーズに、マッチしていると考えたものですから」

「どうも話が見えないな」

「サービスを受ける側のニーズに沿った対応をしていれば、医療事故の発生も少なくなります。それに、助産婦が活躍してくれれば、僕らの仕事の負担軽減になるのではないですか」

「それはわかる。具体的にはアクティブ・バースとかか」

アクティブ・バースとは、「病院で産ませてもらう」スタイルのお産ではなく、妊婦を主役として、産む側を主体にお産を捉えた考え方だった。

「そうです」

「フリースタイルとか？」

管理されることなく自由な姿勢、妊婦自身が楽だと思う姿勢で産むことを指す。

「そうですね」

「それをうちで取り入れるの？」

科長は夏目なのだから、そう問われることに菊池は違和感を覚えた。だが、いずれは話し合わなければいけない問題であった。この際だから、と菊池は思い、

「だめでしょうか」

「水中分娩とかもするの？」

「そんなことまでは考えていません。そもそもプールもないですし」

「ようは、どうせやるなら徹底的にやったほうがいいかなと思ってね」

夏目が薄笑いに似た表情を見せる。久しぶりに見る不敵さだった。

「だけど問題は、アクティブな患者ばかりではなく、パッシブ、受け身な患者もいる点だ」

「患者教育が重要になります。それをしっかりとやっていって、それでもうちのやり方に合わない人は、自然と他の施設に行ってもらうようにしていきます」

「ようは、洗脳するんだ」

「教育と共有です」

「一見、患者主体だが、実は選別している」

「選ぶのは患者側です。うちは選ばれる側になります」

「そういうやり方は助産婦好みだから、スタッフも集まるというわけか」

「そうです」

「頭いいね、先生」と夏目は笑った後、「なぜ他の病院はその戦略を取らないのだろうか」

菊池はその問い掛けに答えようとしたが、意外なことに答えはすぐには浮かばなかった。

「気が付かないだけか」

答えたのは夏目自身だった。

「母乳哺育も力を入れるんだろ」

「まさに、そうです」

「まあ、頑張れや」

夏目は拍子抜けするほどあっさりと、菊池の提案を了承したのだが、

「そうだった。肝心《かんじん》の俺の用件な」

夏目の表情が曇った。

「先生、全前置《ぜんぜんち》胎盤の人を入院させただろう」

胎盤が完全に子宮の出口を覆《おお》っている全前置胎盤は、妊娠後期に大出血を起こす。胎児より先に胎盤があるのだから、経膣分娩は不可能だった。

「はい。一〇月中旬が予定日の方です。三七週で帝切しようと思っています。自己血を貯《ちょ》留《りゅう》しておこうと思って入院してもらいましたが、何かありましたか?」

「大丈夫か、どこか大きい所に紹介しなくて」

「どうしてですか。毎年二例ぐらいはある症例ではないですか」

「それはそうだが。病棟に爆弾を抱えているみたいで気になってな」

危険物と判っていれば、取り扱いに注意することができる。しかし、気付かぬ所に潜《ひそ》んでいる地雷のような危機がむしろ産科の怖さではないだろうか。それを口にしようか、と菊池があぐねていると、

「少し気にし過ぎか」

と、夏目が言った。しかし、表情には割り切れなさが残っていた。

それよりも今後の方針に関して、夏目の了解が取れたことが大切だった。さっそく翌日のミーティングで、菊池は、

「次から入院してくる患者さんに了解が取れたら、フリースタイルでお産をしてもらおう」

と提案したのだった。

「いいんですか」

小幡良子はうれしさを表情に出したが、同じ言葉を口にした和田佳子の顔には不安が読み取れた。

次の妊婦の入院はすぐにはなかった。三日が経過した時、予定日超過の経産婦が陣痛発《はっ》来《らい》で入院をしてきた。

菊池はフリースタイルのお産について説明をした。菊池の話の仕方が、暗にそのメリットを強調したものだったことは否《いな》めなかったが、その妊婦は自身が楽な姿勢で出産するこ

とを望んだ。

一三時の入院時に、その患者の子宮口はすでに五センチ開大していた。日勤帯、すなわち一七時までに分娩が終わると思われた。

陣痛室でかいがいしく、生き生きと患者の世話をしている新しく入った小幡をみんなが見守り、見定めようとしていた。

一五時。

経過を訊ねると、「全開になっています」と小幡は報告をした。

そろそろだなと思いながら医局に引き上げたのだが、一七時をまわってもコールがない。その日の当直は夏目茂樹。できたら早めに切り上げて帰宅したいと、菊池は手前勝手なことを考えて様子を見に行った。

陣痛室のベッドでは、掛け布団と毛布を俵《たわら》状に丸めて作ったクッションを抱え込んだ妊婦が陣痛に耐えていた。タライに湯を張って、小幡が持ってきた。

「足浴をさせようと思います」

そしてポケットから小瓶を取り出し、中身の二、三滴をタライの中に落とした。

「何それ?」

「アロマオイルです」

ラベンダーの香りが立ちのぼる。

「少しリラックスをしていただこうと思います」

「一五時に全開だったよね」

菊池が確認すると、

「一四時五〇分に診察をした時にそうでした」

小幡が涼しい顔で言う。

子宮口全開から胎児が娩出されるまでの分娩第二期は、経産婦では平均十五分。一時間以上になると、定義上は遷延《せんえん》分娩だった。

「分監は?」

小幡に訊ねたのは、いつの間にか菊池の背後に来ていた夏目だった。夕診の前に様子を見に来たらしい。

「間欠的に聴取しています」

児の予後という点において、分娩監視装置による児心拍《じしんぱく》の連続モニターが、熟練者による間欠聴取法より優れているという証拠はなかった。そうであっても菊池は、さすがに不安を感じた。だが、ここで我慢をしなければ、新しいことはできない。菊池は、たぶん自分より不安を感じているであろう夏目に、

「付きっ切りで看ているなら構いませんよね。僕も見ていますから」

夏目からは納得できない様子が感じ取れたが、返答は「まあいいだろう」というものだ

った。

夏目はその場を立ち去ったが、菊池は目の届く所で見ていることにした。

やがて陣痛がさらに強くなってくる。

「お尻に力が入る？」

小幡が訊ねると、

「はい」

患者が返事をした。

「好きな姿勢でいいのよ」

患者はクッションを抱え込んで四つん這《ば》いになる。

「ここで構わないですか」と小幡が訊ねるので、菊池は「どうぞ」と返事をした。

小幡は分娩台の脇に用意をしてあった分娩セットを処置台ごと押して来て、ベッドでの分娩の準備を始める。

準備が整い、小幡が四つん這いの患者の病衣をめくると、すでに胎胞が排臨していた。

ドップラー受診器を持った手を患者の腹側に滑り込ませると、軽快な児心音が聞こえてくる。

「もうすぐに会えるわよ」

破水が起こると、そのまま息みも入れないのに児頭が、ズンズンと会陰を押し広げて現われてくる。

陣痛室に戻ってきた夏目がその様子を見て、「ほーう」と感心していた。

他の助産婦たちも邪魔にならないように距離を置いて見ている。

ヌルッと滑るように児頭が出てくる。わずかな介助で肩、ついで体幹が現われる。顔を拭《ぬぐ》った新生児を、膝立ちした患者の股間を通して前に持っていく。そして、患者に仰臥位を取ってもらう。病衣の胸を開くと、そのまま赤ん坊を抱かせた。

「へその緒を、ご自分で切られますか」

母親は頷いてから、臍帯剪刀《さいたいせんとう》で自身と我が子を切り離した。

うつ伏せで胸の上にいる赤ん坊が、勝手にもがいて乳頭に近づいていく。

「すごい」

見守っていた助産婦の一人が言った。

こういうのもありだな、と菊池は確認をした。

菊池と一緒に陣痛室を出ると、夏目は、

「臍帯をクランプ（挟む）するタイミングとか、気道吸引をしないとか、どうも納得できない面もあるが」

少し落ち着きなさげに言ったが、「ようは自然が一番か」と感想を締めくくった。

「安全のために改善すべきところは改善していきます」

「そうだな」

と、夏目は同意をしてくれたのだが、どうも興味なさげにも見えた。

だが、菊池は、夏目が自分に任せてくれているためだと解釈した。


九月に入ってすぐのことだった。

菊池は宿舎のマンションに帰り、風呂の湯張りをしながら、三宅《みやけ》島の全島避難を伝えるニュースを見ていた。湯張り完了を告げる間の抜けたテンポのチャイムが鳴った時、携帯電話の呼び出し音も鳴りはじめた。電話は、当直の夏目茂樹が直接かけてきたものだった。

「前置胎盤の患者さんが出血している。緊急帝切をするから来てくれ」

「多量にですか。警告出血ではないでしょうか。三日前にも少しありました」

前置胎盤の場合、子宮下部の伸展や子宮口の開大に伴い出血することがあり、警告出血と呼ばれていた。これは、妊娠三〇週前後に起こり、自然に消失することが多かった。

「警告出血ではない。いいから、すぐに来い」

病棟に到着すると、バタバタと手術出しの準備が進められていた。菊池は和田佳子を捕まえ、出血の状況を訊ねた。すると和田は、血に染まったレギュラーサイズの生理用品を持ってきて見せる。

「下着とパンツにも付着していますが、シーツは汚れていません」

「まだ続いていますか」

「いいえ」

「そうですか」

もう少し待機することもできそうだと、菊池は思った。しかし、夏目がやってきて、

「病状説明《ムンテラ》は済んだ。外科の守山先生に全身麻酔《ゼンマ》を頼んだ」

手術中に出血が多くなる事態が予測される場合は、全身の血液の循環動態を管理するのに適している全身麻酔を選択していた。

「自己血は一単位（二〇〇ミリリットル）だけだったな。もう一〇単位用意してもらおうか」

決定は下され、緊急手術の流れが進んでいく。その方向で行くしかなかった。

守山新が姿を見せ、「おう」と菊池に挨拶してから、

「最後の食事はいつ？」

患者のカルテをめくりながら看護婦に訊ねた。

「妊婦はフル・ストマック扱いです」

と、菊池は指摘をした。妊婦の胃は子宮に圧《お》し上げられていることなどがあり、胃に内容物がなくても嘔吐、誤嚥《ごえん》をしやすい状態として扱う。

「そうだったな。じゃあ、クラッシュか」

クラッシュとは、満腹状態《フル・ストマック》などでの麻酔導入時に、誤嚥を防止するために選択される導入法だった。

術野《じゅつや》が整い、あとはメスを入れるだけというところまで進んだ。

そこで麻酔を一気に導入する。

執刀する夏目が、麻酔医を務める守山に、「お願いします」と告げた。

麻酔薬《ラボナール》と筋弛緩剤《サクシン》が注入される。

外回りの看護婦が患者の喉を押さえる。クリコイド・プレッシャーといい、胃内容物の逆流を防ぐ手技だ。下顎の筋弛緩《きんしかん》が得られたところで、気管内挿管《そうかん》が行なわれた。

「よっしゃ」

挿管した守山が声を出す。

看護婦がシリンジで空気を送る。挿管チューブのカフ（風船）が脹《ふく》らみ、チューブが気管に固定される。

送気用エアバッグ《ジャクソンリース》を揉んで換気を始める。胸郭《きょうかく》が持ち上がる。

守山が聴診器で正しく人工換気ができていることを確認して、

「どうぞ」

執刀医に許可をした。

「いきます」

夏目は臍下正中《せいかせいちゅう》を一気に切り裂いた。

「三分です」

ラボナールが投与されてからの時間が読み上げられる。

「眠らせるなよ」

小児科の遠藤順が言う。

麻酔薬のラボナールが投与されてから臍帯クランプまでに時間がかかりすぎると、胎児にも麻酔薬が回る。麻酔がかかった状態で生まれてくるので、スリーピング・ベイビーと呼ばれる。投与から胎児娩出まで十分以内に行なう必要があった。

「五分です」

「もう出ます」

夏目が言った。

胎児娩出。

臍帯が切断される。

新生児が遠藤に手渡される。

ここまでは普通の帝王切開と変わりはない。

そして、胎盤が娩出された。

いよいよ出血との戦いの開始だった。

「プロスタ」

手渡された注射器《シリンジ》を使い、子宮に薬を直接打つ。

子宮収縮剤であるプロスタグランディンで子宮は収縮したが、胎盤が付着していた子宮頸部《けいぶ》後面からの出血が止まらない。

子宮体部に胎盤が付着していた場合は、子宮筋が収縮して、その中を通る血管を収縮させることで、止血のメカニズムが働く。

しかし、子宮頸部の場合は筋肉の層が薄く、その止血機序《きじょ》が十分に作用しない。これが前置胎盤の手術において出血が多量になる原因だった。

術野に血が溢れてくる。

菊池が、ガーゼで出血部位を圧迫する。

少しずつずらしては、現われる出血点にZ《ゼット》縫合をかけて、止血を図る。

「渡辺君、吸引をして」

と、菊池は直介《ちょっかい》に入っている渡辺に命じた。

吸い出された血液が吸引ビンの中に注がれていく。

すぐに、「五〇〇ミリです」と外回りの看護婦が、ビンの目盛りを読みあげる。

出血しているのは、点でなく面のようだ。ぐっしょり血に濡れたガーゼを、キックバケツに投げ入れる。

新しいガーゼの束を取り作業を続ける。

「と、止まらない」

夏目の声が上ずっていた。

「ち、血を入れてください」

そう夏目が声をかけた時には、すでに守山は術野の状況を見て、輸血を始めようとしていた。

「一リットルです」

ガーゼが吸った分、術野からこぼれた分、合計すると出血は二リットルに迫る勢いだった。

血液の準備もある。まだ慌てる必要はないはずだが、夏目は周囲の状況も見えないようで遮二無二《しゃにむに》縫合を繰り返している。

糸を締める手に力が入り過ぎ、脆《もろ》くなっている組織にかえって裂傷を生じさせ、事態をより悪化させている。

「先生、落ち着いて」

菊池の言葉も夏目には聞こえていない。

「夏目先生、他の外科医を呼んで俺も手を洗いましょうか」

守山が提案するが、それも聞こえていない。

「いえ、大丈夫です」

菊池が代わりに返事をした。

時間的にそんな余裕はなかった。

出血は続いている。

「ヨードホルム・ガーゼを出して」

菊池が看護婦に指示をした。そして、夏目に言った。

「先生、パッキングをしましょう」

ヨードホルム・ガーゼのビンが開けられ、特有の臭いがしてきた。

「パッキングをしましょう」

もう一度、菊池が強く言って、ようやく夏目はわれに返った。

「あ、ああ」

と、夏目は応じたが、まだいくらか放心しているようで動作が定まらない。

菊池は自分でガーゼの端を取り、それを子宮底から九十九折《つづらおり》に子宮腔内に充填《じゅうてん》していった。それで圧迫止血をするわけである。

三メートル余り詰め込み、反対側の端を膣内に落とす。その端を引っ張って、後で抜くのであった。

「僕が閉じていってもいいですか?」

菊池は夏目に確認した。

「ああ、頼む」

夏目が助手に回った。

その後は順調に閉腹《へいふく》までが済んだ。

「明日、ガーゼを抜いた時に出血しないといいな」

夏目は呟くように言うと、手術室を出て行った。

麻酔の覚醒作業に入っていた守山が、

「夏目先生、だいぶパニクっていたけど、どうしちゃったんだ。産科では、これぐらいの出血はよくあることだろ」

「僕にも、どうしてだかよくわかりません」

夏目がなぜあそこまで慌てたのか、菊池にも見当が付かなかった。

六

月が替わり、シドニーでのミレニアム・オリンピックが閉幕した。

内海知恵が「先生、少しいいですか」と言ってきたのは、夕診の最後の患者が帰った直後だった。

「話があると言われて、うれしい話だった記憶はないよ」

菊池は軽く応じたが、内海は真剣な顔つきをしていた。

「そのとおりです。すみません。先生には申しわけないのですが、今日、看護部長に配置換えをお願いしました」

「そんなの困るよ。すぐに替わるのかい」

「年内には無理ですが、考慮してくれるそうです」

「でも、なぜ？」

内海は、黙っていた。

「夏目先生に関係がある？」

そう訊いてみると、内海は頷いた。

「何があったの、まさかセクハラとか？」

冗談めかして言ってみたが、内海の態度は硬く、

「違います」と怒って否定した。「先生、わかりませんか、夏目先生のことで」

「何が？」

「ほんとにわからないのですか」

困惑の表情を見せる。

「みんなも言っています。おかしいって」

「確かに心労を重ねて、少しまいっているようだけど。気分が浮き沈みするのは、誰しもあることだよ」

「そういう気分的な問題ではなく」

内海の様子は、菊池が理解していないことを、本当に歯がゆく思っているようだった。

そして、

「頭の中がおかしいのです」

「えっ？」

「独り言を言ったり」

「それは前からだよ。納得した時とかに、よし、これだ、とか言うだろ。僕は、それを夏目先生のガッテン症って呼んでいるよ」

「それとは別です。今日の午後も、診察室から夏目先生の話し声が聞こえていたので、電話でもしているのだと思っていたら……」

「独りで話していた？」

菊池が訊ねると、内海は頷いた。

「覗いたのではありません。そこの洗い場から向こうの診察室が見えて。夏目先生は誰も座っていない椅子に向かって話していたのです。気味が悪くなりました」

本当だろうか。何かの勘違いではないか。

「たぶん、厄介な症例があって、その病状説明《ムンテラ》の練習でもしていたのではないかな」

「違います」

きっぱりと否定する。

「なぜ」

「だって、夏目先生は患者用の丸椅子に座って、診察席に見えない医師がいるかのように相談していたのです」

「まさか」

「患者さんも、夏目先生のことを変に感じています。最近だけでも、三件も分娩予約のキャンセルがありました。一度受診した後、来なくなるケースも多くなっています」

内海は驚くほど患者の顔や名前を憶えている。だから、言っていることは確かだろう。

だが、それを夏目の態度に関連付けて良いのだろうか。偶然が重なるのはよくあることだ。このところ、菊池が当直で、小幡が夜勤の夜に、必ず複数の分娩があるような事実と似たようなものかもしれない。

「先生、私が話したって絶対に内緒にしておいてくださいね」

内海はそう断わってから言った。

「赤城琴絵さんって患者を憶えていますか」

何か頭の隅っこに引っかかる名前だったが、菊池が思い出せないでいると、

「里帰り分娩で、他の病院では逆子《さかご》だから帝王切開だと言われて、うちに来られた患者さんです」

「ああ、思い出した。三年ぐらい前だ」

「四年前です。九六年でした」

「その方がどうしたの」

「先週、その患者さんのご両親から、電話で問い合わせがありました。孫に発達障害があるが、それは分娩と何か関係があるかということでした。何もなかったのですよね」

「そうだね、何もなかった。元気に生まれて退院していった。何かあった子だったら、お母さんの名前を聞いただけですぐに思い出したはずだ」

「ともかく用件を夏目先生に伝えて、翌日の午前診の後に面談することになりました。そうしたら、面会していきなりです。夏目先生は、守秘義務があるからご両親にも、本人の許可がないと話せないと言い出しました」

「まあ、理屈ではそうだね」

「そして、俺は何もしていない、子供の障害など一切関係ない、と主張しました」

「それは事実だよね」

「そう、事実ですよね。でも問題は言い方です。いきなり血相を変えて取り乱したように

話したのです。その場にいたら誰だって、夏目先生が何かを隠そうと必死になっていると誤解します。ご両親も来られた時は穏《おだ》やかな表情をされていたのに、帰られる時には不信と猜疑心の塊《かたまり》のような顔つきになっていました」

「もしそうだったら、最悪の対応だ」

「もしそうだったらって、先生は、私が嘘をついているとでも言いたいのですか」

内海は興奮して言う。

「先生、この際だから、夏目先生が頭の中に抱いている妄想《もうそう》を、お教えしましょうか」

「どうして、内海さんには、それがわかるわけ?」

「ずーっと一緒に仕事をさせていただいていて、挙動や発言から、どれだけ変なことを考えているかわかります。先生が気付かないのが不思議でたまりません。それこそ、私が話したら先生もきっと合点がいきます」

何か深読みをしすぎているのではないだろうか。ともかく、聞いてみようと、

「どういう妄想なの」

「先生が秘密結社の一員で、夏目先生を陥《おとし》いれる企みをしている。だから小幡さんを連れてきて、その準備をさせている。私も一味で、先生に命令されて夏目先生を監視している」

「そんな荒唐《こうとう》無稽《むけい》なことを、まさか」

「だから妄想なのです」

「その秘密結社云々《うんぬん》っていうのは、夏目先生が言ったの」

「そうです。おまえも秘密結社の一員かって言われました」

「そうかわかった。注意深く観察してみるよ」

突然のトンデモ話に、菊池はそのぐらいしか言えなかった。

「先生、約束、守ってくださいね」

「約束?」

「この話を内緒にしてくれることです」

どうにも腑に落ちない感じがしたが、

「ああ、わかっているよ」

菊池は返事をしておいた。

「絶対ですよ。もし夏目先生に知られたら、いっそう妄想が構築されてしまいます」

その夜、菊池は医事課を訪ねて、当直職員に赤城琴絵のカルテを探してもらった。しばらく探してくれたが、カルテは所在不明。

「どこか紛《まぎ》れ込んじゃっているみたいですね。よく見つからないことがあります」

医事課の職員は言っていた。

次に、菊池は病棟に行き、助産録と分娩台帳にあたってみた。該当するページだけが抜かれていた。どれも保存すべき書類だった。何が起こっているのだろうか。菊池は、消極的だが、しばらく様子を見るのがもっとも賢明だと判断をした。


二〇世紀も最後の月となっていた。

菊池はあれ以来、夏目茂樹と内海知恵を観察していたが、二人に変わった様子を見出すことができずにいた。内海との会話自体が妄想かもしれない、と突拍子もないことを考えてしまう始末だった。

菊池が図書室で雑誌を見ていると、夏目が近づいてきて言った。

「産み月に入った骨盤位（逆子）の患者がいるだろう」

「はい、います。一五日が予定日の一経産の方ですね」

「これを見たか」

と渡されたのは、イギリスの臨床医学全般の論文雑誌で、世界でもトップの権威がある『ランセット』だった。その雑誌の一一月号。骨盤位経膣分娩に関しての論文が掲載されていた。大規模な症例の検証を行なって書かれたものだった。

そして、その論文では、骨盤位において経膣分娩を試みた場合、帝王切開を選択した場合に比較して新生児死亡率が三倍になる、と結論づけていた。

抜粋《アブストラクト》を読んでみて、菊池は言った。

「以前から言われていたことが、実証されたのですね」

「骨盤位は全例において帝王切開を選択すべきということだ。訴訟大国のアメリカでは、すでにそうなっている」

「この論文は、今、初めて読みましたけど、患者には、新生児死亡率は経腟分娩を行なった場合のほうが明らかに高いことを、従来どおりに説明しています。こういう雑誌で、そう結論づけられたからといって、リスクを承知して経腟分娩を選択された方の意思を尊重しても、何も問題ないと思います。そういうふうにやってきたではないですか」

「この記事では、医者の熟練度が上がっても死亡率は改善しないと結論づけている」

「へーえ、意外ですね」

「だから、これからの時代は、逆子を帝切しないで何かがあったら負けなんだ」

「先生、それは違います。十分な説明をせずに経腟分娩にもっていって何かあったら、負けだということです」

「なんで、そんなに経腟分娩にこだわる。また、『お産は自然がいい論』か」

「先生こそ、なぜ、そんな自己防衛的な医療をするようになったのですか。以前は違いました」

「時代が変わったんだよ」

たぶん二人でいくらこの議論をしても結論は出ないと、菊池は判断した。リスキーな仕事が、夏目を不安定にさせているのは理解できた。まだ夏目が正気なら、それはそれで互いに妥協しながら進めて行くことはできるはずだ。

「先生、赤城琴絵さんの件が気になるのですか」

菊池はそこに触れてみた。

「なんで知っている」

驚く夏目。そして次は、菊池が愕然《がくぜん》とする番だった。

「やはり、おまえらはみんなグルだな。俺を嵌《は》めようとしているな」

夏目の目には、尋常でない光が宿っていた。

「目当ては何だ。金か？」

「先生、何を言っているのですか」

「障害に気付いた時から時計が動き出す。医療訴訟には時効がないのと同じだ。他にも知っているな。目的は、やはり金だな、この野郎」

興奮する夏目をなだめようとして、肩に手を掛けた。

「何をするんだ。警察に俺を売る気か」

「何をわけのわからないことを……」

「ついに正体を現わしたな。おまえらの秘密結社は裏で公安と繋がっているんだな」

もうダメだ。もう自分には手におえない。

菊池は犬飼好昭を院長室に見つけ、事務長の岡田国夫も呼んでもらって、今までの経緯を話した。聞き終わった院長は、

「図書室にはその時、他に誰かいたのか」

疑うような視線で訊ねてきた。

これでは、自分が内海から話を聞いた時と同じではないか、と菊池は思った。あまりにも状況が奇妙で信じてもらえない。

「院長先生、どうでしょう」岡田がお伺《うかが》いを立てる。「まずは夏目先生を呼んで話をしてみては」

それは望むところだ。

しかし、院長からは、

「菊池先生には少し席をはずしておいてもらおうか」

との言葉が出たのだった。仕方なく院長室を出て病棟に戻ることにした。途中の廊下で夏目と出くわしてしまった。院長室に呼ばれたらしい。

すると夏目は、

「悪かったな、さっきは。変なことを口走ってしまって」

正常さを取り戻している。

「いいえ、気にしていません」

そう答えながら、まずいことになったと思っていた。

そして案の定、夏目の後で、入れ違いに院長室に呼び戻された菊池は、院長から、

「確かに夏目先生はずいぶんと疲れている様子だったが、先生が言うように気がふれているような感じではなかったぞ」

と、言われてしまったのだった。

「では、どうするお考えですか」

「もう少し様子を見てはいかがでしょうか」

岡田が提案をする。いつもの如《ごと》く何もしない気だと、菊池は思った。

「事故が起きますよ。僕は夏目先生がまともでないことを報告しました」

「まともでないとはなんだ。仮にも君の上司だぞ」

「上司だろうと関係ありません。トラブルが起こったら、お二人でちゃんと責任を取ってください。僕はちゃんと報告をしたのですから」

さらに念を押した。

二人は顔を見合わせて困り顔をする。

「夏目先生に休むように言ってください。そして応援の医師の手配をしてください」

「応援に来てくれるような産婦人科医はいない。君は私が何もしてないように思っているかもしれないが、常に探してきた。ほんとうにいないのだ」

すでに産婦人科医は、絶滅危惧種《きぐしゅ》などと言われている。

「なら、僕が一人でやります。だから夏目先生を休ませてください」

菊池は腹をくくって訴えた。だが、「何を理由に」などと、院長は間抜けたことを言っている。

「疲れているようだから休め、と命令すれば良いことです」

「そう言われても、科のトップを簡単には……。まあ、応援も含めて一度本部に相談をしてみる。できるだけ早く対応するようにする」

ようするに決断力がないのだった。

「今日の夕診と当直は、夏目先生です。早くしてください」

「そんなすぐには無理だよ」

情けないことを言う院長に呆《あき》れて、菊池は、

「早くお願いします。事故が起きてからでは手遅れですから」

捨て台詞《ぜりふ》を残して院長室を後にした。

夕診の時間が迫っていた。菊池は夏目を見つけて提案をしてみた。

「先生、だいぶお疲れのようだから、今日は僕がやります」

しかし、夏目は、

「いや、そんな気遣いは無用だよ」

と言って取り合わなかった。

菊池は夕診が無事終わるのを見届けてから病棟へ行き、夜勤に入る小幡良子に告げた。

「分娩があったら僕を呼んでくれ。夏目先生は呼ばないように頼む」

小幡も一緒にいた夜勤の看護婦も、菊池に理由を訊こうとはしなかった。

気付いてなかったのは自分だけだったのかもしれない、と菊池は思った。

七

菊池が連絡を受けたのは、午前二時を少し回った頃だった。

通話ボタンを押した携帯電話から、夜勤の看護婦の声が聞こえてくる。

「すぐ来てください。夏目先生と小幡さんが大変です」

切迫した口振りに、何が起こっているのか訊ねる余裕がなかった。

慌てて着替え、上着を羽織ってマンションを飛び出した。走って病棟に駆け上がると、電話を掛けてきた看護婦が廊下に立っていた。菊池を見ると、駆け寄ってきて言う。

「逆子の患者さんが陣発《じんぱつ》で入院してきて、そろそろ先生に連絡しようかと小幡さんが言っていたところに夏目先生が現われて、患者さんの前で、二人が喧嘩を始めてしまいました」

分娩監視装置のモニター音が軽快に響いているナース・ステーションに入る。陣痛室、分娩室につながる開け放たれたドアの前に言い争う小幡と夏目、そして二人の間に入って制止をしている当直婦長がいた。

まずは婦長が菊池に気付き、表情に安堵を見せた。続いて婦長の視線を追った小幡の顔つきも少し穏やかになる。最後に菊池を認識した夏目が激昂《げっこう》して叫んだ。

「おまえらの陰謀どおりにはさせないぞ。この患者は俺が切る。帝王切開《カイザー》だ。カイザー」

そして、菊池の後ろにいた看護婦を指差して命じた。

「おまえ、早く準備をしろ」

その看護婦が、とんでもないというふうに顔の前で手を横に振ると、

「ようは、おまえも秘密結社の一員か。よーしわかった、俺も仲間を集める」

そう言うと、ナース・ステーションを出て行った。

「おーい誰か、カイザーするぞ。手伝う者はいないか」

照明が薄暗く落とされた廊下を触れ回る夏目の声が響く。

「婦長、他の当直スタッフを使って、夏目先生をどこかの部屋で落ち着かせてください。僕らは分娩に入ります」

「いったい何がどうなっているのですか」

「夏目先生、少し精神状態がおかしくなっています」

菊池は声を落として告げた。

「まさか」

婦長は絶句したが、夏目の異様さを目にしたせいか、それ以上は何も聞かずに菊池の指示に従った。

菊池が小幡を連れて陣痛室に入ると、陣痛で呻《うめ》いている患者の腰を擦《さす》っていた夫らしき男性が立ち上がった。

「何があったのですか」

抗議口調だった。

怒って当然だ、と菊池は思ったが、すぐには答えず、小幡に状態を確認した。

「一時に入院、三センチで一〇〇パーセント、胎胞が緊張してきていました。一時四〇分に怒責《いきみ》感の訴えで内診、五センチでした。先生に連絡しようとした時に……」

「もういいよ。診察してみよう」

菊池が内診すると、子宮口はすでに全開、胎児の臀部《でんぶ》を触れた。

「全開だ。分娩台へ」

小幡に指示をした後、患者の夫に向き合った。

「心配ありません。順調に経過しています」

「だが、さっきの医者は、手術しないと赤ん坊が危ないと言っていた」

「そんなことはありません」

「絶対にか」

臨床に絶対などあり得ない。「絶対」「一〇〇パーセント」「間違いなく」などといった断定的な言葉は使用すべきではなかった。しかし、病院側の不手際で与えてしまった余計な心配を払拭《ふっしょく》するために、ここは太鼓判を押すしかなかった。

「大丈夫です。絶対に」

菊池は断言をした。

患者が砕石位《さいせきい》に固定された時には、すでに胎胞が会陰に見え隠れしていた。

「逆子《ベッケン》を取ったことはある?」

菊池は小幡に訊いた。

「いいえ、ありません」

骨盤位分娩を扱ったことのない産婦人科医がいる時代である。まして助産婦は、正常な分娩しか扱えない。小幡の返事は当然だった。

「僕が後ろにいるから、前に立って」

「えっ?」

「いいか、出てこないようにするのが、コツだからね」

後日、小幡は「教えてもらうのは嬉しかったけど、ああいう状況ではどうかなと思った」と菊池に言うことになるのだが、菊池がそうした目的は他にあった。教えるためではなく、自分自身を落ち着かせるため、それと患者や夫に危険な事態ではないことをアピールするためだった。

「体幹が出てきたら横八字法、それで頭部はホワイスメリ法ですか」

小幡が骨盤位分娩の牽引介助法をおさらいして小声で言う。

「お尻が出てきたら背中を上にする。首までできたら、赤ちゃんをお母さんのお腹のほうに持っていけばいい。牽引なんかしない。逆に押さえるぐらいでいい」

当直婦長が入室してきて、菊池に耳打ちをする。

「夏目先生が見当たらないのですが」

「もっと捜して」

陣痛間欠時にも胎胞が会陰に出たままとなっている。胎胞が発露の状態だった。

「破膜しますか」

「いや、しない。濡れたガーゼで押さえつけて、出てこないようにするのだ」

患者が息もうとする。

「できるだけ力を入れないで、ゆっくり出してあげるようにしてあげてください」

と患者に教え、「もうすぐですよ」と、立ち会いの夫に笑顔を見せる。だが、菊池は、顔の筋肉が強張《こわば》るのを感じていた。

「ダメーッ、もう、力が入っちゃう」

「力を抜いて、息を吐いて、そうです。上手いですよ」菊池は患者に声を掛け、小幡には「押さえて、押さえて」と指示をする。

もう胎胞はソフトボール大まで腫脹《しゅちょう》していた。

次の陣痛で胎胞はさらに膨《ふく》らみ、患者が入れた息みで、胎児は卵膜に包まれたまま飛び出してきた。受け止めた小幡の両手の中で卵膜が破れ、少し間があってから、新生児は泣き声を上げた。

小幡は一瞬、何が起こったのかわからず呆然としていたが、すぐにいつものように手を動かしはじめた。だが、実は、一番たまげていたのは菊池だった。早産ならまだしも、正期産でも、胎児が卵膜に包まれたまま一塊となって出てくることもあるのか。患者には申し訳ないと思いつつも、犬の出産を思い浮かべていた。

泣き声を上げていた新生児は母親の胸に置かれると、その心音に安心したのか泣き止む。

「なんか、あっけなく産まれるのですね」

ホッとした夫が感想を言う。

いつもそうだといいのだが。菊池は思った。だが、すべてが安全なら、産科医は要《い》らない。

いつの間にか、夏目が分娩室内に入ってきていた。ボーッとしたまま、

「赤ん坊は、この世に生まれてきたことを悲観して泣くか」

と呟いた。

当直婦長も入ってきて、夏目に言う。

「先生、ここは菊池先生にお任せして、行きましょう。患者さんがお待ちですよ」

「おう、そうか」

夏目が納得して、婦長に連れられて行く。

「何ですか、今のは」

夫がムッとして言う。

「シェークスピアですかね」

菊池はわざと見当違いのことを口にした。

「いや、たぶんゲーテでしたよ」

そう言う夫の注意は、もうすでに我が子に向いていた。

朝になり、午前診が始まった。

菊池は、あれから数時間、夏目の姿を見かけていなかった。当直婦長から連絡を受けたのだろう、院長たちが朝からバタバタとしていた。菊池はもう診療だけに集中していたかった。不気味なほど何もなかったように日常の業務が行なわれて、時間が経過していった。

院長室に呼ばれたのは、午後も半ばを過ぎた頃だった。

「夏目先生にはしばらく静養してもらう」

院長が菊池に告げた。

「これで先生が、昨日おっしゃっていたとおりになります」

岡田が、さも自分がそう計らったかのように言う。

「では、早急に応援の医師を探してください。一人では限界があります」

「もちろん、そういたします。夏目先生も、少し診療から離れてのんびりすれば復帰できるでしょうし」

「そう精神科医が言ったのですか」

「たぶん、そうだろうと……」

「もしかして、まだ精神科を受診させてないのですか」

中部希望会総合病院には精神科はなかった。

「必要なら本人が受診をするだろう」

院長は病院管理者としては無責任なことを口にする。

「普通ではないのですよ」

「休めば回復してくる」

「家族には連絡をしたのですか」

「子供ではないのだから、本人がしているだろう」

呆れたものだ。もう何を言ってもこの二人には通じない。だが、

「夏目先生のこと、しっかりしてあげてください」

と岡田に注文だけはつけた。

「僕が行くと、たぶん病状にはよくないと思うので、よろしくお願いします」

岡田が、「ご心配なく」と返事をしたので、菊池はその場を辞した。


夏目から連絡があったのは、その三日後のことだった。

外来中にＰＨＳが鳴り、それを取ると、「外線で夏目先生からです」と交換手が告げた。

診察中の患者に断わってから、席を外した。

「菊池先生……」

夏目の声は小さく、ボソボソと話すので聞き取り難《にく》い。

「警察が、包囲をしている。もう死ぬしか……」

「夏目先生、早まったことをしないでください」

「助けてくれ……」

「すぐに行きますから、何もしないと約束してくれますか」

返事はなかった。

菊池は、「緊急事態なので」と、診察を打ち切った。すぐに、総務課に行き、来客中だ

った岡田を引っ張り出して宿舎のマンションに向かった。

「しっかり見ておくと約束をしたでしょう」

菊池は語気を強めて岡田に言った。

「うちの若いもんを、毎日行かせていました」

「うちの若いもん？　あんたはどこかの親分さんか。どうして自分で行かない」

「いろいろと忙しくて」

「まあ、今となってはどうでもいい。それで若いもんは、何と言っていた？」

「外に出たがらないので、食料を買ってドアの所に置いておくと、次の日にはなくなっていると」

「動物の餌付《えづ》けじゃあるまいし、人をおちょくっているのか」

「仕方ないじゃないですか。ドアを開けてくれないということでしたし。でも、本当に自殺なんかするのですか」

「するよ。可能性は十分だ。それより合鍵は持って来ているよな」

かつてこの病院でも、一人暮らしの医師と連絡が取れず、自宅で冷たくなっていたという出来事があった。以後、総務で合鍵を保管することになっていた。

「もちろん、ここにあります」

岡田は鍵の束を取り出した。

「何号室かわかっている？」

「えっ」

岡田が慌てる。

「五〇二だ。僕の部屋の上」

「知っているなら訊かなくとも。先生も人が悪い」

人が悪いのはどっちだと思ったが、それ以上岡田とくだらない問答をしていてもしようがないと、菊池は黙って部屋に向かった。

五〇二号の玄関ドアノブには、コンビニの袋がぶら下がっていた。

「昨日分は、摂取していませんね」

「何を観察日記みたいなことを言ってるんだ」

ドアホンを押したが返答はない。

「鍵をよこせ」

菊池は岡田から鍵を奪い取り、キーを回した。チェーンロックがかかっていないことを期待してドアを引いた。

むぁーんと饐《す》えた臭いが鼻孔に入る。室内温は外気と変わらず冷えていた。窓には厚く新聞紙の目張りがしてあって暗い。廊下の電灯を点けた。ゴミが踝《くるぶし》から膝の高さまで堆《たい》積《せき》している。臭いから生ゴミも含まれているのがわかる。玄関のたたきには、コンビニ弁当が入った袋がいくつか放置されている。堆積物の上には割られたガラス片や竹串などの尖《とが》った物が、侵入者を防ぐためか玄関方向に向かって斜めに突き立てられている。

「夏目先生、菊池です。上がりますよ」

返事がないが入っていく。

「靴を脱がなくてもいいですかね」

と岡田。

「脱ぎたきゃ、脱げよ」

と菊池。

靴底でガラス片がミシミシと言う。

「夏目先生」

何度か呼びかけたが返事はない。奥のベランダに面したリビングに人の気配が感じられた。

「誰だ」

部屋の奥から声がした。

「菊池です。電気を点けてもいいですか」

「もう一人いるな。誰だ」

「事務長の岡田さんです」

返事がないので、菊池は、

「電気を点けます」

そう言って点灯した。

夏目は腰の高さまで積まれた土嚢《どのう》の壁の中にいた。土嚢はレジ袋に種々の物を詰めて形成されている。砦《とりで》の中のスペースは半畳ほど。土嚢の城壁の上には包丁、千枚通しに錆《さ》びた鎌《かま》まで、武器が並べられている。電灯の光を眩《まぶ》しがる夏目に、菊池は諭《さと》すように話しかけた。

「先生、その手に持っている、危ない物を置きましょう」

手にはカッターナイフがあった。

「どうやって入った」

「合鍵を使いました」

「警官隊が取り巻いているだろう、さっきまでそこのベランダにもいたぞ。しっ、ほら、隣りから聞こえてくる、無線機だ」

「何を言っているのです、この人は?」

いまだに状況の深刻さを認識できていない岡田は言う。

「黙っていろ」

菊池は低く怒鳴った。

「捕まって殺されるのか」怯(おび)える夏目に、

「もう大丈夫です。僕が助けに来ましたから」

「やっぱり、おまえが、ヤツらや警察の手引きをしていたのか」

「いいえ、僕はヤツらから先生を守るために派遣されていたのです」

どう対応したら良いのか皆目見当が付かず、菊池は夏目のストーリーに合わせて会話をした。

「警察は?」

「先生を守っていたのです。もう引き取ってもらいました」

「さっき飲んだ水道水は?」

話についていけない。部屋にはペットボトルが散乱していた。

「変な味でもしましたか」

適当に言ってみた。

「そうだ。毒だ。体が痺《しび》れてきた。だから注意していたんだ」

「もう飲み物がなくなって飲んだのですね」

「そうだ。だけど、コップ一杯だけだ」

「それなら、すぐに解毒剤を注射すれば間に合います。一緒に病院へ行きましょう」菊池は言い、岡田に、「病院の車をマンションの前に回してもらえ」と命じた。

夏目は意外にもあっさりとその話に乗ってきて、マンションを出た。三人を乗せて車が走り出す。

「うちの病院へ行くのではないのか？」

病院と逆方向に向かう車に気付いて、夏目が指摘をした。

「毒に関しての専門家がいる宝山荘病院に行きます」

と菊池は説明した。

宝山荘病院の外来時間は終わっていたが、あらかじめ中部希望会総合病院から連絡が入れてあったので、すぐに診察室に通された。

診察室にはヤギのような顔の精神科医がいた。ヤギは夏目を、そして菊池を、値踏みするように観察している。菊池はどのような経緯で夏目を連れて来たのかを説明した。話をしている途中で、夏目が気付いた。

「おまえ、俺が統合失調症《プシコ》だというのか。早く解毒剤を打たせろ」

興奮し始めた。

「夏目さん、落ち着いてください。こちらの方のお話を聞きましょう。薬はそれからでも遅くはありませんよ」

ヤギが諭す。

「早く打て」

夏目はコートのポケットからナイフを取り出した。それを菊池に向けて、

「早く薬を打つように言え」

「夏目さん、危ないですよ」

ヤギは穏やかに言い、何かを押したようだった。

屈強な男が二人、どこからともなく、まるでアラビアンナイトの魔人のように現われ、夏目を両脇から抱え上げる。夏目はもがき、叫び、暴れ続けるが、二人の男は手馴れたものだった。そのまま運んで行く。

「菊池、てめー、嵌めやがったな。チクショーッ、離せ、離せー！」

反響する夏目の声が次第に遠ざかっていく。まるで魔窟に落とされていく生贄《いけにえ》のように、菊池には聞こえた。そして、その生贄の儀式を執《と》り行なった司祭は、目の前にいるヤギではなく、自分自身だと感じていた。

「措置《そち》入院の手続きを取ります」

ヤギが言い、

「連れてこられるまでに、自傷他傷の恐れを感じましたか」と訊ねるので、夏目の部屋での様子を話した。

「それは危ないところでしたね。連れてこられたのは良い判断でした」

「これからどうなるのですか」

「たぶん、しばらく眠っていないと思うので、まずは薬を使って眠っていただいて、それからです」

「どのくらいの期間がかかりますか」

「入院にですか、それとも職場復帰にですか」

「両方とも知りたいです」

「入院は最低でも二カ月程度。仕事への復帰に関してですが、彼のためにポジションを空けておくとお考えなら、他の医者を探すことを勧めますね」

「そんなに……重症ですか」

「そうですね、こういう年齢での発症ですしね」

そして最後に、医者の決まり文句を口にする。

「あくまで今の時点での印象からの話です」

菊池は、考えていた以上に夏目の容態が重いことに、自分の認識不足を感じていた。

「先生、あまり思い詰めないでください」

と、帰りの車窓から外を眺めている菊池に、岡田が言った。

「もっと早く気付いてあげるべきだった」

「また、そんな」

「リスクのあることを避けたがっていたのを、僕が無理に押し通していった。夏目先生の力になろうとしていた自分が、逆にストレスを加えていたんだ。皮肉なことだ」

「もともと夏目先生には発症する素因があったのです。先生が自分を責める必要はありません」

現場に激務を強いてきた病院側にも責任はあると感じたが、病気は個人的な問題としたい岡田と話しても仕方なかった。菊池は大きく溜息をついた。

「しっかりしてください。お願いします。菊池先生まで何かあったら、産婦人科が潰れてしまいます」

結局、事務方のトップが重視していることは、診療がどんな形にしろ継続することだった。

「僕は大丈夫だ」

「そうお願いします」

病院のためではなく、夏目のためにも自分には続ける義務がある、たとえ一人でも、と菊池は思った。そう、ひとりでも。

そして、診療に関して菊池が全責任を負う、一日二十四時間三百六十五日の拘束《こうそく》が始まった。

第四章　産科病棟閉鎖

一

二一世紀初めの月の一日付けで、菊池は医長になった。

産婦人科医は菊池一人なのだから、同時に科のトップ、科長にもなったわけだ。

内海知恵は新しく産婦人科外来の担当になる看護婦に引き継ぐために、新年になってからも菊池の診療に付いていていた。

夏目がいなくなり、転属する理由はなくなったのだが、内海は一週間後には内科病棟に配置換えになった。内海から夏目の件に関して話を聞いた時に、菊池がそれを信じず彼女を疑ってしまったことが、転属の希望を取り消さなかった理由だろうと、菊池は思っていた。

和田佳子は昨年いっぱいで退職をしていった。

小幡良子は、夏目が休職に至る最後の過程に関わったことで、一時ショックを受けていたが、忙しさに元気を取り戻していた。そして以前にも増して、他の助産婦や看護婦を引っ張って、より自然なお産と母乳哺育に取り組んでいた。病棟婦長はそんな働きぶりを見て、和田の替わりに、年少ではあるが小幡に病棟業務を任せることが多くなっていった。

フリースタイルの分娩が多くなり、分娩室に一番近い病室が和室に改装された。

菊池が助産婦たちの希望を聞いて、病院側に頼んだのだった。日頃は出費の掛かる案件は進まないのが常であったが、その要望はすぐに実行された。他の産婦人科医の手配がつく見込みがまったくない状況で、菊池の機嫌を損《そこ》ねたくないと事務長あたりが考えたためだろう。

和室はLDR（陣痛・分娩回復室）として使用されていた。

菊池はローリスクと判断した症例を、極力助産婦に任せることにした。助産婦たちにしてみれば、医者にはなるべくお産に関わってもらいたくない。だが、何かあった時には、ただちに現われてほしいというのが本音であろう。それならそうしようと、菊池は考えたのだ。事実、助産スタッフは、小幡を先頭によく働いてくれていた。病棟には活気が膨れ上がりつつある。

ひとつだけ菊池が気になったのは、夏目が現場を離れた件に関して、小幡が「上手《うま》く厄介払いができた」と言っていると、噂で聞いたことだった。ただ、そこは女性の職場、やっかみや人間関係からあらゆる噂が飛び交うことも、承知していた。自分と小幡の間に親密な関係があるという噂も耳にしたが、多忙のため、すぐに忘れていった。

川辺夕子が復職してきたのは、ジョージ・ブッシュがアメリカ大統領に就任して間もない二月だった。

「ほんとは、もっと早く仕事に戻る予定でいたんだが、ガキがなかなか乳離れしやがらないし、例の件の裁《さば》きが一二月に下るっていうんで待っていたら、いつの間にやら一年以上経ってしまったよ」

　復職した日に屋上で会うと、川辺はそう話をした。

「例の裁きって、五十嵐るりさんの件ですよね。どうなったのですか」

「半分勝ちかな。私が言ったことと自殺の因果関係は否定されたよ」

「よかったじゃないですか」

「まあな。五十嵐さんがリストカットをした動機は、彼氏との喧嘩だった。そのことはあの夜に話をして知っていた。彼女は病院を抜け出す前に、彼に電話をして仲直りをしようとしたらしい。だけど、彼からは、別れ話を切り出されたそうだよ」

「なぜ、そんなことがわかったのですか」

「彼氏がだいぶ経ってから謝りに来たそうだ。ガキができる前に一度、月命日に線香を上げに行った時に、るりさんの両親から聞いた」

「そんなことを話してくれるのに、訴訟になったのですか」

「彼氏が来たのは提訴の後だよ。そいつも、黙っていて辛《つら》かったんだぜ、きっと。当事者同士が会うのはいけないのだろうけど、私が行ったら線香を上げさせてもらえて、茶菓子まで喰わしてくれた。ご両親はまともな人たちだぜ。結局、許せなかったのは、病院が隠《いん》蔽《ぺい》しようとした事実だよ。負けた分は、事実を隠そうとしたことに対する慰謝料と、自殺未遂患者の経過観察での注意義務違反だ。やっぱり最初に言やよかったんだぜ」

「失礼ですけど、いくらになるのですか？」

「一四五万プラス年利五分」

「何です。その半端な数字。算出根拠は何ですか」

「知らねぇよ。相場なんだろ」

と、川辺はその話を締めくくった。

中部希望会総合病院の内科は、川辺が産休の間、岩谷登と定年後も継続して勤務している高齢医の常勤二名と、非常勤四名で、どうにかやりくりをしてきていた。そのため、川辺の復帰は貴重だった。

「当直にも入るのですか」

子供が小さい間は当直をしない女医もいる。

「入るよ、もう明日から。ガキは院内保育所で預かってくれるからな。だけど金を取るんだぜ」

「また訊いていいですか。いくらなのですか」

「七五〇円」

「一時間？」

「のわけねぇだろ。一晩だよ」

「なら安いじゃないですか」

「高い安いの問題じゃないだろ。私は当直しているんだよ。ただで預かって当然だろ。なのによ、初めは一五〇〇円って言いやがった」

「値切ったのですか」

「それこそ算出根拠は何だって、訊いてやったよ。そうしたら、夜勤に入る看護婦から光熱費と夜食代で七五〇円もらっているので、私は医者だから倍の一五〇〇円だと。ふざけるな、うちのガキが人の二倍喰うかよって言ってやったら、オカラの馬鹿が同じにしておきますだと」

「先生、ガキ、ガキって、なんという名前にしたのですか」

「名前って、内祝の熨斗《のし》紙に書いてあっただろ」

出産祝いは渡したが、お返しの内祝はもらってなかったので、菊池は困ってしまった。

「あっ、そうか。先生には特段の手間をかけたから、別にしようと思って忘れていた。今度パーッと飲もうぜ、奢《おご》るからよ」

「最近あまり飲めなくて」

「そうか、一人になっちゃったんだってな」

「そうなんです」

「まあ、いいじゃない。先生がベロベロでも、ガキに酒が回るわけじゃないし。たいがいのガキは勝手に出てくるだろ。あっ、うちのガキの名前な、夕子の『夕』を二つ取って『多《た》』恵《え》。多い恵みだよ」

「そういうのを親の字を取ってというのですか。何かのクイズみたいじゃないですか」

「なんだ、おまえ。他人様の子の名前にケチを付ける気かよ」

川辺夕子は相変わらずだった。


年度が替わり、外科部長と若手外科医の二人が系列病院に転勤になった。

その二人は一月から、一般外科がすでに崩壊しているその系列病院に応援に行っており、そのまま戻らぬ人となったのだった。二人が応援に行っている間、部下の二名の外科医と三人で留守を預かっていた医長の守山新は、五月に外科部長となった。

「五人でやっていたのを、三人でやるのは無理だと思っていたが、無理を続けていると、いつの間にか無理が普通になってしまうな。これでいいのかどうかはわからない。菊池先生はどう思う」

守山はそう言うと、タバコを吸って、煙を黄砂《こうさ》で黄色く染まった青空に向かって吐いた。

「無理が普通になる、ですか。確かに慣れますね」

菊池にも実感できた。

「ただ良いことだとは思いません」

「そうだよな。二一世紀になる頃は、医者余りの時代が来ると聞かされていたが、少なくとも、うちの系列には関係ないことだったようだな」

「勤務医はどこも不足がちです。とくに産婦人科医はもういませんよ。どうするつもりだろう、今、手を打たないと、うちだけでなく、日本の周産期医療は崩壊してしまう」

「崩壊するまで官僚機構は手を打たないさ。大東亜《だいとうあ》戦争で軍部がしたようにな」

菊池は大東亜戦争から軍艦を連想し、軍艦模型を持っていた青野美紀のことを思い出した。以前噂で聞いた市民病院で、まだ働いているのだろうか。

「だが、三年後には流れが変わって、うちにも新人が来るようになるかもしれない。それまで、俺たち最前線の兵は留まるしかないな」

二〇〇〇年一二月に、医師法等の改正法案が成立しており、二〇〇四年四月から新しい医師臨床研修制度が始まることが決まっていた。

研修指定病院に認定されれば、新人医師の入職が期待できた。その制度によって、それまでは医学部卒業後はほとんど大学医局に入局していた新人医師が、市中の病院で研修するようになると考えられたからだ。

人手不足は小児科も直撃していた。

中部希望会総合病院で、唯一大学医局から医師派遣を受けていた小児科では、派遣の打ち切りに伴い二名の医師の引き上げがあった。その結果、遠藤順も一人科長となった。

「一人になったら一人のやり方がある」

遠藤順は言った。

「どうするのですか」

訊ねた菊池に、

「入院は極力させない」

「でも、病院の方針が」

「そんなもんは関係ない。できないものはできない」

遠藤は言い放った。確かにそういう手段もあると、菊池は妙に感心をしたのだった。

「だけど、帝切の時とかはお願いしますよ」

「そういう時は手伝うのが当たり前だ。喜んでやらせてもらう」

病院としての機能は医師個人の努力によって支えられていた。

この年の暮れ、東北の公立病院に勤めていた産婦人科医が自らの命を絶った。激務に追われ、人員が欠員し、残った者の負担が増す。命を絶つ前、九カ月半で取った休みが、五日と二時間。責任感の強い医師が、心身の負担の限界の末に選んだ選択だった。ただ、それは東北の小さなニュースに終わり、その時の菊池は、それを知らずにいた。

二

アメリカ同時多発テロから一年、テレビには、世界貿易センタービル跡地で営《いとな》まれる慰霊祭の模様が流れていた。二〇〇二年九月のことだった。

「ずいぶんと伸びましたね」湿らせた髪を櫛《くし》で梳《す》きながら、床屋が言った。「どのくらいまで切りましょうか」

「短めにお願いします」

鋤《すき》バサミが入ると、バサバサと髪が落ちてくる。黒い髪に混ざって白い髪もあった。

「染めましょうか」

床屋が提案したところで鏡の前に置いてあった携帯電話が、ブルブル震えて滑っていく。

「すみません」

断わってから電話に出ると、

「先生、お産です」

「えっ」

ほんの少し前に、何もないことを確認して病院を出てきたばかりだった。

「ごめんなさい、急用ができました」

菊池は散髪マントを自分で取りながら言った。

「おいくらですか」

「戻っていらした時でいいですよ。その髪型では困るでしょう」

鏡の中の自分を一瞥《いちべつ》して、それほど悪くはないと思ったが、

「では、また後で来ます」

床屋を出た。

病院は線路を挟んで目と鼻の先だったが、迂回《うかい》して地下道を通らねばならなかった。走って五分で病棟に着いた。

分娩室の入り口には脱ぎ捨てられた片方の靴、それから一メートルほど入ってもう片方、さらに奥に行ってパジャマのズボンと下着。点々と続く痕跡《こんせき》を追って分娩台までたどり着くと同時に、

「はい、産まれました」

と、小幡良子が赤ん坊を取り上げた。

「ぎりぎりセーフでした」

それが、お産した妊婦に向けられた言葉か、自分に対してのものか、菊池にはわからなかった。

「はい、男の子ですよ」

赤ん坊をパジャマの前を開いた母親の胸に乗せる。出生直後からの母親とのスキンシップ、いわゆるカンガルーケアだった。近くにいた看護スタッフに声を掛けようとした菊池だったが、名前が出てこない。

「看護婦さん」と呼びかけて、「そこの温めてあるバスタオルを取って」と指示をした。すると、

「先生、看護師さんです」

小幡から訂正が入った。

二〇〇一年に保健婦、助産婦、看護婦に関する法律が改正されて、〇二年の三月から職種呼名がそれぞれ保健師、助産師、看護師に変わっていた。半年経っても、菊池はときどき「婦」を使ってしまう。

「お二人目でしたよね」

菊池は患者に話し掛けた。

「はい」と返事をする患者の向こうから、「ママ」と声がした。分娩台の反対側には、三

歳ぐらいの男の子がいた。

「カー君、おとなしくしていてね。弟ができたのよ」

「子供さんを預けて来ようとして、時間が経っちゃったんだ?」

菊池が推測して言うと、

「違うのですよ。お昼の後片付けをしていて、お腹が張ってきたから、少し横になろうとお布団を出していたら、だんだんと痛くなって」と説明をしていて、「うっ」とうめき声を上げた。

「後産《あとざん》です」

小幡が言い、出てきた胎盤全体をクルクル回して、付いている卵膜を紐状にして娩出させる。

「それで、なんだか、ただごとではない感じがしてきて、あわてて」

廊下を流れる院内アナウンスが聞こえてくる。

「ご来院の皆様にお車の移動のお願いを申し上げます。赤のトヨタ……」と車種とナンバーが読み上げられると、患者が、「あっ、私の車だ」と言った。

「自分で運転してきたの?」

菊池は呆れて訊いた。

「はい」患者は答え、「キーは、付いていますから」あっけらかんとしている。

子宮底をマッサージしていた小幡が、

「先生、出血が多いです」

胎盤を入れた大きい膿盆が、血でタプタプとなっている。

「収縮は？」

「いまひとつです」

「エルゴメトリンを静注して」

子宮収縮剤の投与を指示しながら、菊池は手袋をはめた。

「クスコを貸して」

クスコ膣鏡を入れると、凝血塊《ぎょうけっかい》がドバッと飛び出してくる。ガーゼで拭うと、子宮頸部はそこにあった。裂傷はなく、子宮口からの出血が続いていた。子宮底は臍上《へそうえ》にあった。収縮不良による弛緩出血だった。菊池は、左手を膣内に入れ、双手《もろて》で子宮を圧迫した。

「血管を確保、乳酸リンゲル《ラクテック》液にアトニン五単位を入れて輸液して」

「小幡さーん」と、ナース・ステーションから看護師がこちらを覗き込んで言う。「さっき電話のあった、デロ何とかさんだと思うのですけど」

「もう一人来るの？」

菊池が小幡に確かめると、小幡が「はい」と返事をした。

「その方が下に見えていて、もう産まれそうだと、医事課の人が言っていますが」

看護師は、重要なことをのんびりと伝えた。

「小幡さん、君が行って。僕は手が離せないから」

まさに手が離せなかった。

血管が確保され、輸液が始まる。圧迫を続けていると、先ほどの看護師がまた顔を出して、

「先生、小幡さんからの連絡で、もう頭が出ているので下で産ませるそうです」

「下って、一階のどこ？」

「ちょっと待ってください」

しばらく間があってから、

「タクシーの後部座席だそうです」

緊迫感のない返事。

「小児科の遠藤先生に行ってもらって」

「はーい。了解でーす」

とマイペースだった。

圧迫していた手をゆっくり離す。出血は止まったようだった。あらためてクスコ膣鏡を挿入して、止血を確認した。

赤ん坊の泣き声が聞こえ、遠藤順が現われた。素手で抱いてきた新生児を新生児処置台《インファント・ウオーマー》に置く。

「この子は問題なさそうだぞ」と言い、菊池をマジマジと見てから、「そういう髪型が今、流行《はや》りか。何かパッとしないな」

ストレッチャーでその子の母親が運ばれてきて、横付けされた分娩台に自分で移床する。小幡が患者を砕石位にすると、胎盤が娩出されてきた。

「出血は？」

「今度は大丈夫です」

「デ・ローレスさん。おうちで我慢していたの？」

菊池はそのフィリピン人の患者に訊いた。

「ちがう。ダンナにデンワ、なかなかこないから」

「でも良かったね。赤ちゃんは元気だよ」

「はい、よかった」

しばらく様子を見てから、菊池は分娩室を出た。

分娩室の外には、初老のタクシー運転手が立っていた。車の中で出産があったのなら、汚れてしまって、今日は商売にならないかもしれない。気の毒に思い、声をかけた。

「たいへんでしたね。でも、おかげで、母児ともに元気です。失礼ですが、もしかして、支払いをお待ちですか」

「嫌だな、先生。私ですよ。加藤《かとう》です」そう言って、タクシー乗務用の帽子を取って頭を下げた。「どうもありがとうございます」

いつも外来に付き添って来ていたデ・ローレスの夫だった。

「いつもと格好が違うので気付きませんでした」

日頃はド派手なアロハなどを着ている。制服にネクタイ姿とのギャップがあった。

「先生、これでしょ。ここが見えないからわからなかったのでしょ」

加藤は自分の河童《かっぱ》のような頭頂部を叩いた。

「加藤さん、よかったらどうぞ中に入って、奥さんと赤ちゃんに会ってあげてください」

「いや、私は結構です」

「いいのですよ。遠慮なさらずに、どうぞ」

「でも、本当に結構です。女が命を懸けている所でしょ、男は外でいいです」

そういう考え方もあるのかと、菊池は妙に納得をした。

ナース・ステーションの掛け時計を見た。一六時五分前だった。一七時から夕診である。

「間に合うかな」と呟いてから近くにいた看護師に、「散髪中だった。ちょっと行って来るから、中の人たちに伝えといて」と言った。

それを聞いて加藤が、「お送りしましょうか」と申し出てくれた。

「いや、とんでもないです」

今度は、菊池が遠慮をする番だった。

床屋はちょうど客の切れ目だった。

菊池は鏡の前に座ると言った。

「おじさん、もう全部剃っちゃってください」

「剃る？　髪をですか」

「はい、そうすれば、染める手間も要《い》らない」

「いいんですか」

「お願いします」

バリカンが軽快な音を立てて、頭髪をばっさりと落とした。

翌朝、菊池が医局のトースターでパンを焼いていると、居合わせた守山新がその頭に気づき、

「菊ちゃん、どうしちゃったの。何か不祥事でも仕出かしたんか」

守山の言葉に反応して、遠藤順が、

「まさか、昨日、俺が髪型をけなしたから剃ってしまったのか」

「違います。あの時は散髪中だったんです。ちょっと、サッパリしようと思って。それに

これなら、しばらく床屋に行かなくてもすみます」

「それならいいが。だが人相悪く見えるぞ」

「いや、いいよ。極道みたいで」

守山は笑っていた。そして、

「ところで、先生、今夜、空いている？　時間あったら『有楽』に来いよ。川辺先生と飲んでいるからさ」

そう誘うのだった。

「さあ、いつもと同じだから、どうなるかは……」

しかし、その日は九時を過ぎて手があいたので、菊池は「有楽」に行ってみた。

守山と川辺はすでにデキ上がっていて、

「マスター、生中《なまちゅう》三つ」

菊池を見て、守山がオーダーをする。生ビールの中ジョッキが三杯運ばれてくる。

「誰の？」

菊池は訊ねた。川辺と守山は氷の入った透明な液体を飲んでいた。

「先生の分に決まってるだろ」川辺が続けて、「私たちは焼酎《しょうちゅう》を飲んでいるの。パーッといきなさいよ。今日は、私の奢りだからね。私の酒を飲めないってほざいたらケリ入れるよ。はい、カンパーイ」

「先生、最近暗いだろ」と守山が言う。「だから、川辺先生と激励会をしようということにしてね」

「別に暗くなんかないです」

菊池はジョッキを半分ほど、一気に飲んでみせた。

「最近、俺たちが誘っても、あまり出てこないじゃないか」

「それは時間がないからです」

「でも、この間、老犬とオカラと一緒に飲みに行ったよね。知ってんだから、私」

「来てくれそうな産婦人科医がいたので会いに行ったのですよ。飲みましたけどね」

「そんで、来てくれることになったの？」

川辺が枝豆をぱくつきながら訊く。

「いいえ。全然無理でしたね。うちの給与では金輪際《こんりんざい》、産婦人科医は来ませんよ」

「だけど、うちの給与って、そんなに悪くはないでしょう。同期で公立に勤めているヤツのなんて、のけ反《ぞ》るぐらい安いぜ」

川辺が言う。

「そうかもしれないけど、産婦人科医は不足しているから、相場が上がっている。僕のところにも、どうかって話が来ますよ。うちよりかなり高給です」

「ヘッドハンティングかい。結構なことだね。行ったほうがいいんじゃないの」

守山が言った。

「でも、金だけじゃないから」

「そうだよな」と、守山は激しく同意して、「きっと、心意気のあるヤツが来てくれるよ」

「だけど、本当に絶対数が少なすぎです。産婦人科学会に入っているのって、一万二千人ぐらいかな。実際に周産期の現場にいるのは、その半分強ですかね。年齢も半分は五十以上だし、若いのは半分が女医だし。あ、別に女医が悪いってわけではないです」

「わかるよ、言いたいことは。あまり夜中とか働きたがらないからな、女医は」川辺は言い、「でも、私は、乳飲み子抱えてても、当直しているけどね」と胸を張った。

「乳飲み子って、まだ卒乳《そつにゅう》はできてないのですか」

「ああ、結局母乳だけでやってきて、ときどき、愚図《ぐず》った時にはまだやっているよ。乳は出るしな」

「なら、あまり飲まないほうがいいですよ」

「なんだよ、こいつ。真面目ぶって、気に入らねぇの。私はビール飲みながら、乳をやっていたよ。文句あっかよ」

「ただ、医者としてアドバイスしただけですよ」

菊池は二杯目のジョッキに手を付けた。

「生中一つね」

守山が注文する。

「せめて飲み終わるまで待ってくださいよ」

「じゃあ、とっとと飲めよ。ガキに乳やってないんだろ、おまえはよ」

「でも、お産があるかもしれないし……」

「いつも言ってんじゃないか、先生はよ。産科は結果がすべてだってさ。なら、飲んでいようが素面《しらふ》だろうが、結果が良ければいいんでしょう」

「それは、ちょっと乱暴なご意見です」

「飲酒運転は違法だが、飲酒診療は禁じられていないな」守山も無茶を肯定する。「まあ、ともかくだな。俺たちの言いたいことは、息を抜く時は、ちゃんと息抜きしろってこと。そうじゃないと燃え尽きる。隣りの県の市民病院の産婦人科は閉鎖だろ。最後に残った先生が燃え尽きて終わったんだろ?」

「詳しくは知らないけど、そんなところでしょうね」

「先生には、俺たちがついているから心配すんな。じゃあ、そういうことで俺は先に」

「何ですか、飲め飲め言っておいて先に帰るのですか」

菊池が抗議をすると、川辺が、

「女房の乳が吸いたいんだよ。いじめずに帰してやれよ」

と許すと、その隙に、守山が逃げて行った。守山は半年ほど前に結婚をしていた。たまたま相手が数年前に守山が虫垂炎の手術をした人だったので、「患者をたらし込んで」とか「不謹慎」とか、その人が資産家のお嬢さんだったのでやっかみもあり、よくからかわれていた。

結局、菊池はずいぶんと酔った川辺を送って行くことになった。といっても川辺は、菊池の右下三階に住んでいたので、部屋に置いていくだけだった。

「上がっていけよ」

帰ろうとする菊池に、川辺が言った。

「子供さんは」

暗くて人気《ひとけ》のない中を見て、菊池は訊ねた。

「いるわけねぇだろ、保育所だよ」

「病院の?」

「そうだよ。悪い? 飲みに行く時ぐらい、いいだろ」

「じゃあ、お茶でも」

菊池が上がると、

「よし来い」

川辺は玄関左手にある寝室に、菊池を引きずり込んだ。

「上がったからには抱いてけよ」

「無茶苦茶な」

「うるさい。脱げ。それとも何か、乳やってる女は抱けないとでも言うのか」

「そういうことではなく」

「私は欲情してんの。感情的でなく、動物的な情動よ」

そこまで言われて、引き下がることもできなかった、菊池は肚《はら》を決めて関係を持った。

川辺は行為の最中も乱暴で騒がしかった。マンション中に響き渡るのでないかと心配になる騒々しさには辟易《へきえき》したが、その他は概《おおむ》ね良好だった。

「ああ気持ち良かった。すごく久しぶりだよ」

ようやく、息の整った川辺の感想だった。

「僕もですよ」

「でも、先生は、ナースなんかと、よろしくやってるんだろ?」

「いやー、ずいぶんないですよ、僕も」

「だけどよ、よく噂を聞くぜ。先生が引っ張ってきた助産師とできてるとかな」

「そんなのばっかりですよ。先生が妊娠した時、相手は僕だとか聞いたこともあります」

「そう、それ私も聞いて、のけ反ったな。だが、助産師の件は当たりだろ。ボーイッシュな感じで活きの良さそうな女だもんな」

「たぶん小幡のことですね。いいえ、違いますよ」

「ふーん、産科に往診に行った時とか観察していて、これはできてると踏んだけどな。少なくとも、あの女は満更《まんざら》でもないんじゃないかな」

「そんな、自分とこのスタッフとはあり得ませんね。一緒にいるスタッフをそういう対象で見たことないです。患者さんに対するのと同じです」

「わかるけど、院内は結構ドロドロしている面もあるから、その手の噂がすぐ出るよな」

「先生のことも、そういう対象で考えたことがなかったから驚きました」

「その言い方、ある意味失礼だぜ。私に女の魅力がないってことかよ」

「すみません、そういう意味ではなくて」

「わかってるよ。私も先生をそういう対象に見てなかったから、反対にセックスを楽しめると踏んで誘った」

「それは、お互いさまで良かった」

「だけどよ、肉欲ってあるんだな」

とは、川辺の意見だった。

三

菊池が独りで産婦人科を切り盛りするようになってから、二年が経過していた。

一時期は、年間二百九十八件まで落ち込んでいた分娩件数が増加傾向にあった。

夏目茂樹が退職するまで、中部希望会総合病院の産婦人科の評判は、あまりパッとしないものだった。

医者がどうのこうのという問題ではなく、産科としての特色がなかった。売りとしてアピールする点が欠けていた。

妊婦が分娩場所を決める理由の一番は自宅から近いこと、二番目が評判だった。

評判で評価されるポイントは、施設、設備がきれいなこと、食事がおいしいことに始まり、五番目ぐらいに助産師やスタッフが親切なことがきて、医者はその次だった。

希望会が評価される要因としては、総合病院だから小児科がある点と、分娩費用が安いことぐらいだった。

妊娠に関わるもの、すなわち妊婦健診料、検査料や分娩費用は、健康保険の給付対象外で、すべて患者の自費となる。自由診療であるため、価格設定は施設ごとに勝手に決めることができた。

しかし、一般的には地域の産科医会がおおよその価格を決めていて、それに基づいて設定されていた。希望会の場合は、その価格を健康保険組合から支給される出産一時金（当時三〇万円）以内に定めていたので安値感はあった。

また、評判が広がる媒体として、インターネットなどもあったが、やはり口コミが重要だった。ご近所での評判である。そして口コミでは、ネガティブな噂ほどすぐに広まるものだ。医者がすぐ辞めていなくなるとか、些細《ささい》な対応の悪さなどでも、尾ひれが付いて大きくなる。

反対に良い噂を広めるには、地道な積み重ねが必要だった。分娩件数の増加は、小幡良子が中心になって取り組んできた「より自然なお産」「母乳による哺育」が評判になり始めてきたからだった。そういうスタンスの希望会産婦人科の診療が、患者の間で評価されているのは、ネットの掲示板等からも窺《うかが》えた。

さらに、分娩件数の増加要因となったのが、勤務医の退職などによる近隣病院の産婦人科の閉鎖や分娩取り扱いの中止だった。加えて、個人の産婦人科医院の閉院もあった。医師が高齢あるいは病気になったことが理由だった。

「大曽根《おおそね》産婦人科の助産師さんからの電話です」

菊池がPHSに出ると、交換手がそう告げた。

大曽根産婦人科は隣接する市のクリニックだった。

「産婦人科の菊池です」

と名乗ると、

「先生、急なことで申しわけありません。患者様をご紹介したいのですが」

「いいですよ。どういった患者ですか」

「一人ではなく、えーと、その」と要領を得ない。「実は今朝、うちの院長が亡くなって」

「お亡くなりになられた？　事故か何かですか」

「いえ、朝起きてみえないので、奥様が様子を見に行かれたら、ベッドで冷たくなられていて……」

三十七歳の菊池でさえ、自分の歳で独りで周産期医療に携《たずさ》わるのはきついと感じていた。例えば、六十歳を過ぎてからお産に関わることは、精神的というより肉体的に大変厳しいものだろうと、容易に想像できた。

医師の平均寿命は、一般の人と比べて十年は短いともいう。中でも産婦人科医は、さらに十年は短いとの話がある。

過度のストレスが、人を蝕《むしば》むのは明らかだった。

通話を終えた菊池は、近くにいた小幡良子にそのことを告げた。

「あそこの先生って、まだ六十前です」

「そのくらいの年齢で逝《い》く産婦人科医って結構多いよ」

「それで先生、うちに患者さんが紹介されてくるのですか」

「そんなに多くはないと思うけど、何人かくると思う」

「先生、ちょっと来てください」

小幡は菊池の腕を取って、患者の入っていない和室のＬＤＲに連れていった。

「先生、今の患者さんの数でも、もうスタッフの限界を超えています」

小幡は訴えた。

小幡は四月の人事で主任に昇格していた。それまでも事実上、看護スタッフを引っ張って病棟を切り盛りしていたのは小幡だった。だが、助産師の中では一番の年少なので、やりにくそうにしている場面も見ていた。本来、医者は看護部の人事に口を出さないのだが、そんな事情もあり、菊池は院長を通して、その人事を後押ししたのだった。

「以前は五百件近くやっていたよ」

「昔のようなやり方なら可能です。分監つけて置いといて、全開したら分娩台で息ませて、出なければ、押したり引いたり。そして、産まれたら定時にミルク」

「言っていることは理解できる。今のうちのケアはすごく手厚い、誇れるものだよ。お産もそうだし、母乳哺育に対する小幡さんたちの取り組みにも頭が下がる」

以前の菊池は、授乳などは人間が哺乳類である以上、放っておいても本能的にできるものだと考えていた。

実際に何の教えも受けることなく、こともなげにできる褥婦《じょくふ》もいる。だが、お産がそうであるように、授乳も助産師の手伝いを必要とする褥婦も多い。刻々と変化する乳房と新生児の状態を診て、授乳確立のために、時にはマンツーマン的なケアを必要とした。

飲みたがっている赤ん坊と母乳が出なくて困り果てる母親。逆に母乳は十分に出ているのに吸い付いてくれない赤ん坊。マタニティブルーで精神的に追い詰められていく母親もいる。

　昔は大家族の中で新米の母親も周囲からのサポートを受けられたが、現在は核家族化が進行している。その役割まで病院に期待されてきている。

　授乳の確立のためには、産後のカンガルーケア、可能な限り早期に乳頭を含ませることなど、母児の絆《きずな》の形成から助産師が積極的に関与することが重要だ。さらには妊娠中から両親への情報提供と教育、産後帰宅してからのケアまで、丁寧なサービスを提供していこうとしたら人手はいくらでも必要だ。

「だが、患者数の増加がもう少し具体的に見込めないと、ケアの質を落とさないためと言っても、病院側に掛け合ってスタッフを増員してもらうことはできない。人数が増えれば夜勤だって、今の二人体制から三人にできる」

「数だけでなく、質も大切です」

「もちろんわかるよ」

「いいえ、わかっていません。人が育つには時間が必要です」

「だけど、ここは実績主義だよ。結果を上げていかないと現場の要求はなかなか通らない」

　しばらく間を置いてから、

「先生、分娩数を制限してください」

最近のスタッフの疲労の度合いなどを見ていて小幡が考えたことだろう、と菊池は思ったが、

「僕も一人で頑張っている。だから」

「私たちに、もう余裕はありません」

「わかっているよ。僕もいろいろと考えてみた。今の状況を打破するには、真っ当なことをしていくしかないと思う」

「どういう意味ですか」

「他に比較して高いわけではない給与。仕事量は反対に多い。産科医も助産師も看護師だって、売り手市場だ。こんな状況では、仮に病院側が増員を許可してくれても、現状のままでは人は集まらない。唯一手段があるとすれば、患者側に魅力的な医療を提供していくしかない。そうすれば、より活気のある、働く側にも魅力のある、やる気の出る職場になっていく。そして、きっと同じ志《こころざし》を持った者が集まるようになる」

「わかります。でも、その前にみんなが疲労してしまっては、元も子もありません」

「そうならないようにはするよ。ただ今は分娩を制限しない。今が峠だよ。それに通院していた所がいきなり閉鎖になって、行き場に困る妊婦さんを受け入れないというのは、病院の理念からも、僕の医療観からもできない」

「わかりました。ここを乗り切れぱと思ってもう少し頑張ってはみます。でも、限界があることは忘れないでください」

小幡は了解してくれた。そして、

「それから、私は先生の体を心配しています。あまり無理をしないでください」

「君もだよ」

菊池は応じたのだった。

四

オリンピックが、アテネで開催される年だった。

菊池はその年になって初めて、三年前の暮れに東北の病院の産婦人科医が自殺していた事実を知った。それが過労死に当たると労災認定されたことが、ニュースになったからだ。身につまされる思いがした。過労からくる鬱《うつ》、そして自殺。そんなコースに陥らないように注意をしないといけない、と菊池は思った。

小幡もそのニュースを知っていて、

「先生、たまには食事にでも行きませんか」

誘ってくれた。

「いいね。どこにしようか、といっても病院の近くだけどね」

「先生の行きつけの居酒屋は嫌ですよ」

行動パターンを読まれて釘をさされたので、駅前に新しくできた小料理屋に行くことにした。

店内は、内装のために使われた塗料かボンドの薬品臭がわずかに残っていたが、内装自体は小粋《こいき》で白木《しらき》のカウンターは清潔だった。

約束の時間より十分ほど早く着いた菊池は、品揃え豊富な日本酒のリストを眺めていた。

時間きっかりに来た小幡が、病棟スタッフに声を掛けたが、その日に急に決めたことなので都合のつく者がいなかったと告げた。

「日本酒でいいかな」

菊池が訊ねると小幡は「お任せします」と答えた。燗《かん》をされた信州の酒を猪口《ちょこ》についで乾杯をした。小幡は、盃《さかずき》をクイッと空けた。

「飲めるほう?」

「あまり飲めません」

小幡は盃を重ねると、すぐに眼元を朱《しゅ》に染めた。

料理はいい味付けだったが、いまひとつボリュームに欠けた。その分、品数を食べられたが、値段は周辺の相場を考えるとやや高めだった。だが、親睦《しんぼく》を深める機会としては有意義な時間を過ごすことができた。

　小幡と話していると、随所にお産や子育てに関する話が出てきた。彼女は助産師になるために生まれてきた人だと、あらためて思った。

　産婦人科医の過労死が話題になると、小幡が言った。

「先生は独り身だから、すべてが仕事にならないように気を付けてください」

　店を出ると、小雨が降っていた。小幡の住む病院寮までは歩ける距離だったが、タクシーを使って菊池は送った。降りがけに小幡は、

「お茶でも飲んでいきますか」

と提案した。

　菊池は川辺のお茶を思い出して、口角に笑みを漏らしてしまった。

「いや、いいよ。おやすみ」

と応じてから、その言葉が変に思われなかったかが気になった。

　若葉の季節。

　新医師臨床研修制度がスタートし、中部希望会総合病院にも新卒の研修医が三名入職した。

新卒の医師の入職は、菊池が入って以来だから十一年ぶりだった。

この制度が始まり、大学医局に入局する新人医師が極端に減少した。結果として、大学医局からの派遣に医師の確保を依存していた地方の公立病院で、医師不足が深刻化することになった。

新制度のもとでは、主要四科、すなわち内科、外科、小児科、産婦人科の研修は必修だった。

九月になると、研修医の金沢信吾が産婦人科研修にまわってきた。

菊池の金沢に対する印象を一言で表現すると、「脱力系」だ。覇気はまったくなく、何を訊ねても、「はあ」という感じで反応する。自分から動こうとはしないタイプで、研修委員長になっていた守山新に、「うちが取らなければ、どこも行く所がないだろう」と言わしめた男だった。

金沢の産婦人科研修が始まってすぐ、菊池は数人の病棟スタッフと金沢を誘って飲みに出た。

「先生、何を飲む?」

菊池が訊ねると、

「自分は、先生と同じものでいいです」

飲み始めても、何も話し出さない金沢に、

「結構飲めるほう?」

菊池はおざなりに訊ねてみた。

「ぼちぼちです」と答えるだけで、会話が続かない。

生ビールを三杯ほど飲んで、顔が真っ赤になった金沢に再度、菊池は話し掛けた。

「どうしてうちの病院を選んだの?」

「自分の実家が近くなんで。電車で二駅です」

「将来は何科を選ぶつもりなの?」

「今、考え中です」

金沢のような者でも産婦人科を志望してくれたらありがたい。だが、たとえそうであっても、初期研修に二年、その後の産婦人科研修に五年、一人前の産婦人科医ができるまでには少なくとも十年が必要だ。

そして、毎年新しく志望する者より、引退や死亡で現場から消えていく者のほうが多い。問題となっている少子化よりも産婦人科医の減少の速度のほうが速かった。周産期の現場に留まる医師の数は多く見積もっても八千人。一人の産婦人科医が年間に扱う適正分娩数が百件とすると、日本で産婦人科医が適正に扱える分娩数は八十万件。実際は少子化が叫ばれる中でも百万人が生まれている。

「でも、産婦人科はないです。たぶん」

と、金沢は言った。

「どうして？」

「労働環境が悪くないですか」

長時間拘束、頻繁にある当直。

「そうだね。あまり良くはない」

菊池は認めざるを得なかった。

「それに何かあると、すぐに訴えられるじゃないですか」

「確かに訴訟に巻き込まれるリスクは高い。幸い、まだ僕は経験していないけどね」

この年の産婦人科に関わる訴訟件数は、医師千人あたりで十二・四件。ちなみに外科で十・九件、内科は三・八件、最も少ない歯科では〇・九件。産婦人科は歯科の十四倍のリスクがあった。十年間臨床に携わっていたら、十人に一人以上の確率で訴訟に関わることになる。

菊池の携帯が鳴る。病棟からの呼び出しだった。自分が席を立つのを見て、金沢も腰を上げるかと期待したが、

「たいへんですね、先生」

金沢は我関せずだった。

患者数は着実に増加傾向だった。

菊池と小幡の間では、卵が先かニワトリが先かに似たような議論が、たびたび繰り返されていた。小幡は、人員を確保しておいて、予想される患者の増加に対応できる準備をしておくべきだと主張する。菊池は、まずは実績を見せつける必要があるが、持論だった。

「院長には伝えてくれているのですよね」

「何度も掛け合っているよ。現状でも稼動病床数に対する看護スタッフの数は、他の病棟に比較して多いそうだ」

「当たり前です。ここでは分娩を扱っています。単純計算で比較できることではありません」

「当然そうだよ。その点は、ちゃんと指摘したよ。産婦人科の営業収益が黒字だという事実も強調した。それを踏まえた上で、もう少し様子を見させてくれと病院側は言う」

小幡は、いつものように、どうどうめぐりに陥る話し合いに、うんざりしたように溜息をついた。

「だから、結果を見せて、有無を言わさずに納得させたいんだ」

と菊池は抗弁する。

「先生が努力を評価してもらい、実りを得たい気持ちは理解できます。だけど、ここは会社の営業部ではなく病院です。医療の質が落ちて至らないことが起これば、迷惑を被《こうむ》るのは患者さんです」

「わかっているよ。その時は責任をとる」

「責任をとるのは当然です。でも、もし命に関わる事態が起こったら、それを元に戻すことはできないんです」

「そうだね、君の言っているほうが正論だよ」

菊池にもわかっていた。しかし、たとえ司令部の戦況認識に問題があっても、もうしばらく現存する戦力で前線を維持するしか方策はないとも考えていた。

自分たちがやっている医療に間違いはない。

それなら、必ずや道は開けるはずだ、と信じていた。


一二月中旬。

その患者はすでに妊娠一八週だったが、中部希望会総合病院を受診するのは初めてだった。母子手帳を見ると、他の二カ所の産婦人科で妊婦健診を受けていることがわかった。

「今日は、どうされましたか」

菊池は患者、白沢みどりに訊ねた。

夫の達哉がぴったりと寄り添っていた。

「分娩をどこでするかを、いろいろと健診を受けてみて決めようと思っています。この病院は家からは少し遠いのですが、アクティブ・バースや母乳哺育に力を入れているという評判を聞いたので来てみました」

白沢みどりはハキハキと答えた。

「まず初めに、診察をさせてもらってもよろしいでしょうか」

白沢みどりが診察台に横になる。

「えーと、予定日が五月二〇日と」と、菊池はエコー装置に入力しながら、「旦那さん、そちらのほうに行かれたほうが画面が良く見えます」

と達哉に言った。画面に胎児が現われる。

「まず、ここにお顔が見えてきました」

「わあー、ほんとだ、はっきり見える。見て達ちゃん、ほら」

「見えているよ」

「元気に動いていますね」

ひと通りの計測を終えた菊池が探触子《プローブ》を置こうとすると、

「先生、性別はわかりますか」

達哉が訊ねてきた。

「わかりますよ、確認してみましょう」

菊池がプローブを下腹部に当てなおすと、

「先生、教えないでください」

みどりが言った。

「達ちゃん、最初の子は、どっちだっていいじゃない」

達哉は不満げだったが、妻の言うとおりにした。みどりは服装を整えて椅子に腰を下ろすと、

「先生、お産の仕方などで、いろいろと訊きたいことがあるのですが」

メモ帳を取り出した。

「そうですね。まず助産師のほうから話をさせていただいて、その後でまだ質問があったら、僕のほうから説明することにしましょう」

菊池は言い、小幡を呼んだ。

「今、手は空いている?」

「はい」

「じゃあ、白沢さんご夫妻に分娩室などをお見せして、うちのお産の方針を説明してあげてくれ」

午前中の診療が終了してしばらくしてから、小幡が戻ってきた。

「僕のほうから説明することはありそう?」

「いいえ、もう帰られました」

「そう、ならいいや」

「あんなに自分のお産のことをいろいろと考えて、勉強している人はすごいわ。患者さんがみんな、あのぐらい真剣だといいのだけど。うちを選んでもらえたら、素晴らしいお産をさせてあげなくっちゃ。だけど」

「だけど、何？」

「本人が一生懸命な分、ご主人との温度差が気になります」

「旦那さんまでお産にこだわりがある夫婦は、あまりいないのではない？」

白沢みどりは希望会病院で出産することを決め、夫を伴って土曜日に定期的に受診するようになった。そして、熱心な妻と少し冷めた夫という印象は、いつも変わることはなかった。

五

新年に入ると、分娩が立て込み始めた。分娩予約状況を見ても、増加傾向は続くように思えた。昨年いっぱいで、一番近くにあった総合病院の産婦人科が分娩の取り扱いを中止した影響も出ていた。

二月中旬のことだった。

「先生、みんな、もうできないと言っています」

小幡から報告を受けたのは突然だった。

「みんなとは？」

「助産師全員と看護師も三人います」

「なぜ？」

菊池にとって予期していなかった出来事だった。

「きっかけは、今月いっぱいで北山《きたやま》さんが辞めることが知れてしまったからです」

「一人で辞めていってくれればいいものを」

「先生、勘違いしないでください。北山さんが他の人を誘ったとかではありません」

小幡は少し怒って言った。

北山は小幡の次に若い助産師で、小幡の右腕的な役回りで頑張ってくれていた。夫の転勤に伴い退職するので、それ自体は致し方のないことだった。ただ実際問題として、北山が欠けると、助産業を含めて病棟業務が立ち行かなくなるのだった。

一人が病気で倒れても組織全体が機能不全に陥る、そんな状態でやってきたのが問題だった。

ぎりぎりで持ちこたえている前線に身を置くうちに、いつの間にか、菊池は兵站《へいたん》を考えないようにしていた。補給なしの前線維持が不可能なことも承知のうえだった。

だが、北山から退職の話を聞いた昨年の一二月からは、菊池と小幡は可能な限りの手を尽くして助産師の確保に奔走してきた。しかし、いまだ目途《めど》が立たないというのが実情だった。

「無理無理でやってきていて、北山さんの件がなくても、結局、誰かがもうできないと言い出すのは時間の問題だったのです」

「系列病院から助産師の応援が来るから大丈夫だと、みんなに説明してみてくれないか」

「そんな当てもないことは言えません」

系列病院への応援依頼は、北山のことが出る前から看護部を通じて行なっていた。しかし、どこも台所事情は似たようなもので、手を差し伸べてくれる所はなかった。

人材派遣会社を介して助産師に来てもらったことが二度あったが、従来型の分娩台でのお産を行なおうとしてトラブルが生じそうになった。助産師といっても、中部希望会総合病院の取り組み方に合うとは限らない。

患者の求めるお産、良いケアを提供していくことで取り入れたフリースタイルの分娩、母乳哺育重視の看護がネックになっていた。そういう診療スタイルについていけるスタッフは、簡単に見つかるものではない。結果としてその点が、人材確保を妨げる要因として働いていた。

この診療スタイルを始めようとしたとき、夏目が口にした、なぜ他の病院はその戦略を取らないのだろう、という問いの答えを、菊池はようやく知ったのだった。良い医療とはわかっていても、効率や融通性《ゆうずう》のなさが、その方針での医療の提供を阻《はば》む一因であった。

「みんなに集まってもらってくれないか。僕から話をしてみる」

夕診が終わった後に、菊池は助産師たちに説得を試みた。すでに辞表を用意している者もいて、戦友としてともに戦ってきたつもりでいた菊池には悲しいことだった。

「せっかくここまでみんなでやってきて、誇れるケアができている。もう少し頑張ってもらえないか。人員のことは必ず何とかするから」

「先生、失礼ですけど、一年前にも同じことをおっしゃっていました」

一番年長の助産師が指摘した。

「どうせ、やった分だけ苦しくなる」

そう言う者もいた。我慢に我慢を重ねてきて、嫌になったら、もうどうしようもなく嫌という感じか、と菊池は思った。

「患者さんのことを考えてくれないか」

「そういう言い方はずるいと思います。だから私は、三月三一日付で辞表を書いてきました。猶予と考えています」

そう指摘する看護師は、褥婦のケアに熱心に取り組んできた仲間だった。目には涙を溜めていた。

「今入っている予約分は仕方がないが、その後は分娩数を制限する。そうすれば業務の軽減になる」

菊池は提案したが、何を今さらといった感じで、何人かが首を横に振った。

もうこれ以上、この場で話し合いをしても無駄だろう。

「もう一度、一週間だけ考えてくれないか」

「変わることはないと思います」

「それでもいい」

ともかく時間的猶予が欲しかった。その間に何か打つ手があるはずだった。

この件は、翌日には看護師長、看護部長を通して院長にも報告が上がった。噂は院内にも広まっていた。

「なんか産婦人科病棟が大変なことになっているみたいだけど、大丈夫か」

守山からそう訊かれたのは、菊池が午前中の診療を終えて、医局に戻った時のことだった。

「今、手立てを考えているところです」

答える菊池に、医局の隅にいた院長が気付いて声を掛けてきた。

「菊池先生、ちょっと来てもらっていいかな」

院長室に招き入れると、

「いったい何が原因で、いっせいに辞めると言い出したんだ?」

「燃え尽きたのですかね。みんな一生懸命ぎりぎりでやっていて、やはり無理があったのだと思います。気が付かなかった僕に責任があります」と答えてから、「それと、努力した分が正当に評価されていないと思っている面もあります」

これは、菊池自身も感じている不満だった。

良い周産期ケアを行なっているとの自負があった。給与などの待遇での見返りを求めているのではなく、一言でも、ねぎらいや良い評価の言葉を聞きたいのだ。しかし、院長は、その意味を汲《く》み取れずに、

「責任云々《うんぬん》はいい。何とか乗り切れる策はないのか」

「助産師がせめて二人でも残ってくれたら、分娩数を制限して、どうにか維持できると思います」

「残ってくれそうな者はいるのか?」

「今はまだ、みんな辞めたい気持ちが前に出ているので、少し冷却期間をおいて、一人ずつ口説いてみるつもりでいます」

「よし、わかった。私が説得してみよう」

そう言い出した院長に、困り果てていた菊池は頼んだ。

「一度、彼女たちと話をしてみてください。そして、今まで頑張ってきたことを褒《ほ》めてやってください」

ところが、そのことが余計に事態を悪化させることになった。

院長はその日のうちに日勤者を院長室に呼び出して、看護部長を交えて説得を試みようとした。

頑《かたく》なに意志を曲げない彼女たちに業《ごう》を煮やした院長は、

「君たちの仕事はちゃんと評価してやっている。少しは患者様のことを考えろ」と、怒鳴ってしまい、「自分のことしか考えないのか、プロとして無責任過ぎる」

とまで言い放った。

実際に現場にいて、患者に対する責任を一番感じている彼女たちの気持ちを逆撫《さかな》でする発言だった。

翌日には全員が、三月三一日付の辞表を看護部長に提出してしまった。

そのままの状態で、三月に入った。結局どうするかの決断は、菊池に回ってきた。分娩の取り扱いを中止するなら、少なくとも二カ月の猶予期間は必要だと思われた。

「どうするのですか、先生」

と、小幡が訊ねる。けっして諦《あきら》めずに、スタッフの説得を続けている小幡は疲れ切っていた。精神的な疲労は菊池も同じだった。そして、その時は、緊急手術が二晩続いて身体的にも疲れていた。そういう状況で重要な決断をすべきではなかった。だが、菊池は、オール・オア・ナッシングで決断を下してしまった。

「四月いっぱいでお産を止めよう」

「先生……」

「それで彼女たちを説得してみよう。一カ月間なら、誰か手を貸してくれるだろう」

「せめて五月いっぱいまでは……」

小幡が涙を流す。

「六月、七月でも続けたい。だが、もう無理だよ」

「私がいます。月に五件でも十件でも、縮小して続けましょう。一度閉じてしまったら、再開は困難になります」

後で思えば、そういう選択も十分考慮に値《あたい》するものだったが、心労が頂点に達していた菊池にはまともな判断力がなかった。結局、分娩取り扱いを中止することが、これで決定したのだった。

後は期日をいつに切るかという問題になった。できるだけ通院中の患者に迷惑をかけないかたちでそれを行なうという点では、辞めていく決心をした者からも理解が得られた。

そして、分娩予定日が五月末日までの患者に対しては責任を持つ、ということで話がまとまった。それ以降の予定日の患者には順次他の病院を紹介していくこととなった。スタッフは四月三〇日で退職、五月中は分娩の数に応じて何人かがパートとして勤務をしてくれることになった。

他院を紹介されることに納得せず、ゴネる患者もいた。家族が怒鳴り込んでくる事態もあった。

「無責任」「いい加減」と辛辣《しんらつ》な言葉に、菊池はただ頭を下げるしかなかった。小幡も、患者の説得には一役も二役も買ってくれた。しかし、彼女自身も諦めがつかないようで、たびたび、なんとか継続してお産を扱っていく方法はないか、話していた。


五月二八日。

妊娠四一週一日を迎えた白沢みどりが受診していた。

前日に、三一日が予定日の患者の出産があり、白沢みどりが最後に残った未分娩の患者になっていた。

「どうですか。先生」

菊池が内診室から戻ってくると、達哉が訊ねた。

「子宮の入り口の準備も整ってきているし、もうそろそろでしょう」

「先週もそう言いました」

「まあ、いつ産まれるのかを知りたい気持ちはわかります。でも」

「そうよ、達ちゃん」

内診室から出てきたみどりが、靴の踵《かかと》を直しながら言う。

「赤ちゃんが出てきたくなったら、産まれてくるわよ」

「でも、まだ待っていて問題ないのですか」

「この前もお話ししたように、妊娠四二週を越えると過期産《かきさん》といって、胎児側のリスクが増します。白沢さんの場合は基礎体温を付けていて、排卵日から予定日が正確にわかっています。超音波で羊水も十分にあり、NST《ノン・ストレス・テスト》でも異常はありません。待っていて問題ないというより、待つべきですね」

「いつまでですか」

「達ちゃん」

と、夫の態度をたしなめるようにみどりが言った。本人は待つことに焦《あせ》りを感じていない。あえて期限を切る必要はない。しかし、夫が気にするのもわからないでもない。菊池は、二人に提案した。

「来週になって、月が替わっても産まれていなければ入院してもらいましょう。その日で四一週五日です。その時に陣痛を誘発するかどうかを、お話ししましょう」

それで達哉も納得した。二人が診察室を出て行こうとした時に菊池は、

「でも、その前に必ずお会いすることになると思います」

と告げた。一両日中には陣発すると診立てていたが、口にはしなかった。

そして、みどりに陣痛が訪れたのは、その日の夜のことだった。

入院させるかは微妙な診察所見だったが、心配をする達哉に配慮して、菊池はみどりを入院させた。

だが、お産を進める有効な陣痛が出現してきたのは、ほぼ丸一日後のことだった。

「わあ、もうダメーっ」

分娩室の厚い扉を通して、みどりの声が漏れてきていた。菊池は重い扉をそーっと押した。

そして、産婦人科医にとって悪夢のような出来事が始まった。

飛び込み分娩の尾張由里が搬送されてきて、その緊急手術中にみどりの分娩経過が急変したのだった。

第五章　かなしき諍《あらそ》い

一

白沢みどりと尾張由里の緊急手術の夜が明け、朝を迎えていた。

尾張由里と和雄の赤ん坊を抱きかかえながら、小幡良子が菊池に言った。

「こんなことを言っては不謹慎だけど、一生懸命に産むことに真剣になっていた白沢さんの赤ちゃんがあんなことになって、妊娠の自覚もないまま飛び込んできた人の赤ちゃんがこんなに元気だなんて、不条理です」

他の新生児を診ていた菊池は頭を上げた。

「確かに不公平さは否《いな》めない。でも神様は、きっとどこかで帳尻《ちょうじり》を合わせてくれる」

「先生、何か信仰でもお持ちなのですか」

「いいや。だけど、神頼みでもしたくなるだろう。白沢さんの子供が元気になってくれるように……」

「やはり厳しい状況なのですか」

「さっき、県の新生児センターに電話してみた。まだ予後を推測する段階ではないが、退院できたとしても、何らかの障害が残るだろうということだった」

「退院できたとしても……ですか？」

「だが、新生児は未知数だから、奇跡的な回復もあり得るよ」

　そう言ってみたものの、自分にもそれが空虚に響くのだった。

「尾張さんの赤ちゃん、お部屋に連れていってもいいですか」

「いいよ。さっき診察をしたから。そうそう尾張さんのことを妊娠の自覚もなく、と言ったよね」

「はい」

「夫はどうかわからないけど、本人は十分に自覚していたと思う」

「どうしてそう思うのですか」

「ERで、僕が妊娠していて陣痛が来ていることを告げた時、彼女の驚き方に不自然さを感じた。今までにも何人か、妊娠に気付かずに週数が経過してしまった人を診たことがあるが、彼女のそれとは微妙に違っていた。どこがどうというわけではないがね」

「もしそうなら、無責任過ぎる」

　小幡の表情からは、珍しく憤《いきどお》りの感情が読み取れた。

「でも、本人たちには言うなよ。あくまで僕の印象だからな」

念を押したのが気に入らなかったようで、

「わかっています」

小幡は強く言った。

翌五月末日、手術後一日目のことだった。

菊池はいつものように午前中の外来を行なっていた。分娩は扱わなくなったが、婦人科としては外来、入院と手術を行なっていくことになっていた。まだ新しい病院を紹介できていない妊婦もいたが、ほとんどがもうすでに他の病院の産婦人科の患者となっていた。

外来患者数も午前中で四十人余りだったのが十数人に減っていた。

小幡が外来診察室に入ってきた。

「白沢さんが、県の新生児センターに行きたいと言っているのですが、いいでしょうか」

と菊池に訊ねた。

「歩いて行くの？」

「いえ、車椅子のほうがいいかなと思っています」

「いいと思うけど、旦那さんは？」

「ご主人は、まだ安静にしていたほうがいいとおっしゃっていますが」

「そういう意味ではなく。一緒に行かれるのかって意味だよ」

そう言うと、小幡が目を丸くして、

「先生、患者さんが一人で行くと思ったのですか」

菊池はその朝、一人でしっかりと立っている白沢みどりを見ており、なぜか彼女が、タクシーか何かで行く姿を思い浮かべてしまっていた。

「順調な回復だけど、まだ一人で行けるはずはないよな」

午後、車椅子を押してナース・ステーションを通りがかった白沢達哉は、菊池の姿を認めると、

「連れて行っても大丈夫ですかね」

念押しで訊ねた。

「大丈夫だってば」

みどりは言うが、まださすがに痛々しさがあった。菊池は白沢夫妻に付き添っていた小幡に、

「そのまま一緒に行ってきてくれないか」

「いいのですか。病棟に誰もいなくなってしまいます」

「いいよ。僕が看《み》ているから」

菊池は答えて三人を見送ると、そのまま独りナース・ステーションにポツンと残っていた。

病棟にいる患者は、尾張由里と翌日退院の褥婦だけだった。二人とも母児同室をしてい

るので、新生児室は空っぽだった。

ケースワーカーが入って来て、不思議そうに菊池を見ていた。

「何かご用ですか」

「看護師さんはいませんか」

「もういないよ。助産師なら、あと二時間ぐらいで戻ってくるかな」

「先生でもいいかな」

ケースワーカーはもうお願いをする素振りを見せている。

「いいですよ。僕にできることなら」

「この患者さんなのですけど」

相談票を見せる。尾張由里の名前があった。

「ご主人の和雄さんから、入院費用に関してのご相談を受けました」

「健康保険に入っていないとか？」

「そうなのです。国保なのですけど、もうずいぶん前から保険料を払っていないそうです」

帝王切開での分娩、入院は、健康保険の給付対象だった。

「ちなみに自費で払うとなるといくらぐらいのものですか」とケースワーカーが訊ねてくる。「医事課に行って確かめれば良いのですが」

と付け加えて、手間を省《はぶ》いていることを正直に言うので、菊池は答えた。どうせ時間を持て余していた。

「休日深夜の手術で輸血もしているから、七〇万円は確実に超えるよ」

「やっぱりそのくらいはいきますよね。月一万では駄目ですよね」

「月一万って？」

「それくらいなら払えるとおっしゃるのです」

「そういうのって、よくあるの？」

「ええ、ときどきですけど、あります」

「そうやって、ちゃんと払う人もいるんだ」

「中にはいます。でも多くは途中で滞《とどこお》ってしまいます」

未収入金が、病院全体で数千万円に上るという。産婦人科でも百件に一件程度、最近では二件ぐらいが料金を払って行かない、「産み逃げ」であった。

「それは困るね」

「困ります」

ケースワーカーにも妙案はなさそうに見えた。

午後四時近くに小幡たちは戻ってきた。

病室に白沢夫妻を送って小幡が戻ってくると、菊池は訊ねた。

「問題なかったかな?」

「創痛《そうつう》があったので、今、坐薬《ざやく》を使いました」

「赤ちゃんは、どうだった?」

「自発呼吸をしていましたが、四肢には痙攣様《けいれんよう》の動きがときどきあるくらいでした。フィーディング・チューブ(経鼻胃管)が入っていて、搾乳ができたら母乳を持ってくるようにとのことだったので、今からオッパイを看てきます」

脳性麻痺《CP》の新生児は、一定の割合で生まれる。多くは原因の特定ができなかったが、分娩進行中の低酸素脳症に起因するものもあった。その場合には、医療側の過失の有無を問う訴訟に発展する可能性があった。菊池自身もCP児に関わる経験はあったが、白沢みどりの場合のように緊急の手当てをしても救うことができなかったのは初めてだった。

夕診が終わってから菊池が病室を訪れると、みどりは一人で背を起こしたベッドにいた。

「旦那さんは?」

「どうしても片付けておかなければいけない仕事があるからと帰りました」

床頭台《しょうとうだい》には、何枚ものポラロイド写真があった。一枚を菊池が手に取った。

「小幡さんが、カメラを持ってきてくれて撮ってもらいました」

赤ん坊はどこにも問題なく眠っているように見える。ただ鼻孔から胃に挿入されているフィーディング・チューブが、頬っぺたに可愛いイラストのシールで留めてある。それが可哀想でならなかった。

「白沢さん、ごめんなさい。信頼して任せていただいたのに、元気な赤ちゃんを抱かせてあげることができなくて、すみませんでした」

菊池は写真を持ったまま頭を下げた。

みどりは何も言わなかった。

涙がこぼれそうになって、もう一度詫びてから部屋を後にした。今はまだ心の整理が付いていないのだと、みどりの沈黙を解釈した。いずれ詰《なじ》られるのだろう、と菊池は思っていた。

帝王切開の場合、八日目退院を標準として菊池は治療をしていた。尾張由里は一日早く、七日目に現金一万円と念書を置いて退院していった。白沢みどりは標準の八日目に、産科の最後の患者として退院をしていった。

菊池と小幡は、白沢夫妻を病院の外まで見送っていった。みどりは、

「お世話になりました」

と頭を下げたが、達哉は何も言わずに軽く会釈しただけだった。

夫妻から入院中に治療の経緯について、あらためて説明を求められることはなかった。

しかし、夫妻の乗った車が見えなくなってから、菊池は、

「子供の障害が固定した頃に何か言ってくるよな」

と呟いた。

「たぶん何も言っては来ないと思います」

「なぜ」

「少なくともみどりさんは、私たちがベストを尽くした結果、致し方ないことになってしまったことを理解されていました」

「小幡さんがそう言うなら、本人はそうかもしれないけど、身内には、いろいろと焚《た》きつける人もいるかもしれない」

「だけど、やれるだけのことはやりました。ただ……」

「ただ、何？　この際だから言いたいことがあったら言ってくれ」

「私はあの時に、尾張さんを受け入れるべきではなかったと思います。転送する時間はあったのではないですか。もしあの時、先生が尾張さんの手術をしていなかったら、あと十分は早く白沢さんの赤ちゃんを娩出できたのではないですか。あの赤ちゃんの状態は、その十分でも違いがあったのではないでしょうか」

「そうかもしれない。だけど、それは結果論だ。イフがありだと言うなら、逆に白沢さんがすんなりお産をしていて、尾張さんの子宮が転送中に破裂していても、同じように悔《く》やまれる」

「言ってはいけないけど、私はまだそれのほうが受け入れられます。先生が言っていたように尾張さんは妊娠に気付いていたと思います。そしてギリギリまで放っておいた。彼女の場合は何かがあっても自業自得《じごうじとく》ではないでしょうか」

「それも結果がわかってから言えることだ。その場では、ベストと考えられる対応を選択していくしかない。先にあるものを、誰も知ることはできない」

梅雨の前だからか、晴天の空が重く感じられた。

二

「お産」を扱わない産婦人科医は、手術をしない外科医のようなものだった。

仕事量は約四分の一に減少していた。しばらくはのんびりとやっていこうと考えていた菊池だったが、心に生じた空洞は、予想もしないほど大きかった。その消失感で、羽を伸ばす気力も出てこない始末だった。

小幡良子は病棟や分娩室などの片付けをチャカチャカとしていた。

尾張由里と白沢みどりの産後一カ月健診が終わったら、小幡は退職する予定でいた。

「いつでも再開できる状態にしておきます」

小幡は明るく言ったが、やはり築き上げてきたものを失って、大きな寂しさを感じているのが窺えた。

「先生、しばらく休養してから、二人で月に一件からでも始めませんか」

とも提案をするのだが、菊池は、

「一件でも十件でも、二十四時間拘束されるのは同じだ。どうせ再開するなら、ある程度の人手を集めてから始めるほうがいい」

そう答えるのだった。

人手がなくて閉じたのだ。人手を集めてからというのは、再開などできないと言っているようなものだった。それを聞いて、小幡は悲しげだった。それがまた、菊池には辛かった。どうすべきか、中止を決断してからも悩んでいた。

白沢みどりと尾張由里は、同じ土曜日に産後一カ月健診のために来院した。時間では、尾張が先だった。健診の結果は、いたって良好だった。

「最後に何か訊いておきたいことはありますか」

菊池は訊ねた。

「もう普通に生活してもいいのですよね。お風呂も構いませんか」

「いいですよ」

「あと一つは輸血のことです。もし仮に輸血をしていなかったら、私は死んでいましたか?」

「結果的に言えば、輸血しなくても、死ぬようなことはなかったとは思います。でも、輸血を始めるタイミングとしては、あの時点で正解だったと思います。でも、どうしてですか。何か宗教的なことなどで不都合がありましたか」

「いいえ。でも、できたら輸血をしてほしくはなかった」

「そうですね。僕が患者でも、そう考えると思います」

「何か見ず知らずの他人のものが、体の中をまわっていると思うと……」

「そんなふうには考えないほうがいいと思います。赤血球はやがて寿命に達し、代謝されていきます」

それ以上、輸血に関しては何も言わず、尾張由里は、「ありがとうございました」と一礼して診察室を出ていった。

白沢みどりは一人で来ていた。

「旦那さんは?」

「仕事です」

「体調で気になったことはなかったですか。悪露《おろ》（産後のオリモノ）の具合はどうですか」

菊池は、問診から始め、手順に沿って診察を済ませた。白沢の経過にも問題はなかった。

訊ねにくいことだったが、菊池は訊いた。すると、白沢は、少し笑顔を見せて答えた。

「手足は、まだ上手くは動かせないけど、ときどき笑うような仕草をみせるんですよ。体重も生まれた時よりは、少し増えました」

その前日に、新生児センターの医師から電話で経過の報告を受けてはいた。

MRIを行なった結果、白沢夫妻の子供の脳はかなりの度合いで萎縮《いしゅく》をしており、重度の運動麻痺と知的発達障害が予想されるとのことだった。

白沢みどりも同様の説明を受けているであろう。それなのに気丈だった。

「おうちで看られるように、いろいろと教えてもらっているところです。リハビリも開始しました」

「たいへんだと思いますが、無理をしないように頑張ってください」

「はい」と答えて、「それから、オッパイのことで相談をしたいのですが」

「わかりました。小幡がいるので看てもらいましょう」

白沢みどりは小幡と小一時間ほど話をしてから帰っていった。

「また相談事があるといけないので、携帯の番号とメルアドを交換しておきました」

小幡は、そう菊池に報告をした。

翌週のことだった。

菊池は院長から呼び出しを受けた。

白沢みどりの件かもしれないと、菊池は考えて、院長室に入った。事務長の岡田国夫もいて、

「尾張由里さんと和雄さんから、診療に関してのクレームがきています」

菊池に告げた。

「えっ、尾張さんからですか」

「輸血の同意を取らずに輸血されたという内容ですが、そうなのですか、先生？」

「術中に口頭で同意を得ています」

「憶えていないとおっしゃっている。手術の後で輸血のことを聞いて愕然《がくぜん》としたらしい」

と院長が言う。

「手術看護記録にも、同意を得た旨《むね》が記されています」

菊池はテーブルの上に尾張由里のカルテがあるのに気付き、それも捲《めく》って記録を示した。

「口頭で得るなら、オペ台の上の患者からでなく、外にいた夫から取るべきだったな」

「しかし、院長、止血作業中です」

「手術室に入っていただいて、作業をしながら説明することもできる」

「それはそうですが、あの状況では」

言いかけて、菊池には疑問に思ったことがあった。確かに一カ月健診の時に輸血の話をしていたが、なぜ今になって言ってきたのか。

「患者との関係は良好でした。どうして今頃になってクレームを言ってきたのでしょうか」

「ひと通りの治療が終わるまでは、先生との関係を考えて言い出せなかったそうだ」

「悪質だと思います」

菊池は思ったことを口にした。飛び込み分娩だったこと、入院費用も未払いな点も指摘した。

「先生が言うように、悪質な患者かもしれない。だが、飛び込みの患者だからこそ、手術の同意書を取った時に、輸血の同意書も一緒に取るべきだったのではないか」

院長は、カルテにある手術の同意書の和雄の走り書きを指して言う。

「それに先生は、輸血をしなくとも大丈夫だった可能性があったと話したそうだね」

「はい、確かに言いました。でも、それは経過を後で振り返って言えることです。輸血の同意書を取らなかったのは、普通の帝王切開では、輸血をしたことなどないからです」

「深夜に救急、切迫子宮破裂という状況は普通と違うのではないか」

と、院長が意見を述べる。

「確かにそうですね」

菊池は認めながらも、「だけど、これは言いがかりじみています」とも主張はしたのだった。

すると、院長は、

「先生の言い分を理解できなくもない」

「院長、この件には、毅然《きぜん》とした対応をお願いします」

「そうはしたいが、法的なこともあるので、まずは本部で、法律顧問の先生の意見を伺った上で対応を考えていこう」

院長は、結局いつものように判断を避けたのだった。

このことを菊池から聞くと、小幡良子は、

「ふざけているわ」と憤慨をした。そして、理不尽な文句を言われる菊池に同情をしたのだった。

しかし、その小幡も、それから一週間後に去っていった。

空虚感が菊池を満たしていた。

暇ができたらやろうと思っていたことにも興味を感じない。読もうと重ねておいた本にも手が出ない。用事のない夜は、独りでテレビを眺めながら酒を飲んでいた。そのまま簡易ソファーで眠ってしまうこともあった。

その朝、菊池はソファーの下に落ちた状態で目を覚ました。寝違えたらしく、左を向くのが難しかった。左肩を揉みながら立ち上がると、胃がムカつき吐き気を覚えた。

出勤すると、外来の看護師に言われた。

「飲み過ぎですよ、先生」

「酒臭いかな?」

「ええ。それにお顔が赤いし、まだ酔っているみたいです」

指摘された。

慌てて歯を磨《みが》き直して、マウスウォッシュをしてブレスケアを使った。

閑散とした外来で、ボツボツと来る患者を診る。やる気が出ず惰性《だせい》で動いているようだった。午後、日差しが和《やわ》らぐ頃になると、胃の調子がやっと落ち着いた。

菊池は頼まれて、外科の手術で麻酔を担当していた。ボーッとしている時に、「閉腹します」と執刀医の守山に告げられ、ハッとして麻酔ガスの濃度を落としてしまった。

閉腹作業が終わって、ガーゼが患者の腹部に置かれる。すると突然、患者が動き出した。苦しがって腕を曲げ、挿管《そうかん》チューブを抜こうとする。

「はい、ちょっと待って、今、抜きますから」

患者に声を掛けた菊池は、開眼した患者と視線が合ったように感じた。右腕を固定していたバンドのマジックテープが力で解《ほど》ける。そして、自己抜管し、咳き込む患者。

「はい、口を開けてください」

気道の分泌物を吸引しようと、指示をする菊池。しかし、患者はそれには従わず、自分で顔を横に向けて痰《たん》と唾《つば》を吐いた。頬を伝わる唾液を、菊池はガーゼで拭った。

「痛くないですか」

「痛い」

ザラついた声の返答を受けて、菊池は鎮痛薬のアンプルを切った。

「ナイスなタイミングで覚醒させてくれて、ありがとう」

と守山に皮肉を言われる。

「すみません」

菊池は一言詫びた。

「先生、後で行こうか」

守山がパウダーの付いた手を口元に持っていって、クイッとやる。


生ビールが冷たく喉をすべっていき、胃に落ちると、ようやく胃も元気を取り戻す。菊池はそら豆を口に運んだ。その日、最初に摂取した固形物だった。

「いやー、いい飲みっぷりだな。お産がなくなって、先生ものんびりできていいでしょう」

守山は言う。

「でも、あまりのギャップに身を持てあまし気味です」

「それぐらいが普通でいいんだ。働き過ぎていたんだから」

「だけど、酒ばっかり飲んでしまって」

「だいたい、先生は行動範囲が狭すぎだよ。車でも買ったら」

「そうですね」

菊池は応じた。そして、そのとおりにした。

翌週、菊池は空き時間に車を取りに行って、その新車を運転して病院に戻ってきた。駐車場のロボットゲートで券を取ろうとした時、発券機をガードしているポールに、ゴツンと当たった。あわてて降りると、右のバンパーが可哀想にへこんでいた。

菊池が医局に戻ると、窓から外を眺めていたらしい守山が、

「あれ、買ったの」

と訊ねてきた。

「へへ、いいでしょう」

「でも、何でヴィッツなの」

「色が気に入って。スカイ・ブルーですよ」

「ふーん、なんか曇り空みたいな色だな」

守山は失礼なことを言って、

「ところで先生、さっきゲートの所で何かしていなかった？」

「ええ、ちょっと、ポールに当てちゃって」

「正解だな。あんまり高い車を買わなくて」

この頃から、菊池は他の病院や個人医院の当直や休日の日直に出掛けるようになった。

初めは持てあました時間を潰すためと、現場の勘を忘れない目的で、頼まれた時にスポットで手伝いに行っていた。だが、次第に依頼も多くなり、土日のほとんどと、平日も週に一、二回はどこかの病院やクリニックで当直をするようになっていった。

一一月、最高裁である判決があった。逆子《さかご》の経膣分娩に関するものだった。両親の希望を考慮せずに逆子の経膣分娩を行ない、子に障害が発生し、その後に合併症で死亡した案件に関して、医師の説明義務違反を認め、慰謝料の支払いを命じていた。

骨盤位の分娩テクニックも、胎児の頭に鉗子《かんし》をかけて牽引する鉗子分娩を行なう医師が減って、伝承されなくなってきたのと同じように、過去のものになっていく。

リスクを冒《おか》すよりは、どんどん帝王切開をしたほうがいい。夏目が言っていたように、そんな時代になっていくのだろうか。

その日も、菊池は「有楽」にいた。

「お疲れさま」

と、乾杯をする菊池の声を聞いて、守山が言った。

「風邪でもひいているのか」

「ちょっと、喉が痛いです」

「酒やけだろ」

「確かに飲み過ぎだとは自覚していますが、なんか最近体調が優《すぐ》れなくて」

「分娩に追い立てられていた時は、気が張りつめていて体もついてきていたんだ。今の先生はバイトで無理に忙しくしているだけで、気が張りつめてないから体もまいるんだよ」

守山は、菊池が他院でバイトをしていることを知っていた。

「バイトでも、分娩は気が抜けませんよ」

「だが、医長として責任を負っている時とは、気の張りつめようが違うだろ」

「それは、そうですけど……」

「あまりバイトしないほうがいいよ。そんなに稼いだって税金で持ってかれちゃうだろ。なんでそんなに働くの」

「頼まれると、どこも苦しいのがわかるから、つい受けちゃって」

「自分の時は手伝ってもらえなかったのに。先生は義《ぎ》侠心《きょうしん》があるね」

どうして自分をそこまで忙しくさせるのか、菊池自身にも本当の理由はわからなかった。

「それともう一つ。余計なことだけど、酒量もそうだが、飲み方もひどい。とくに、ドカ飲みするのは止めたほうがいい。週末バイトをしてきた月曜日に飲む量、最近半端じゃないぜ」

「それも自覚してます。この間の職員検診の結果を見て愕然としました。これでも気にはしています」

「そういえば、この間の眠剤、効いた？」

菊池は酒を飲まないと寝つきが悪いため、酒量を減らす方法の一つとして、守山から睡眠導入剤を処方してもらっていた。医者が自分自身に薬を処方することは、民法で禁じられている。病院勤務医の場合は、互いに処方をし合って薬を手に入れていた。

「酒と一緒に飲むと効きますね」

「それじゃ、意味がないだろ」

菊池はそれも十分に承知していたが、タバコは止められても、酒は減らすことがなかなかできないでいた。

「ちわー」

川辺は店に入ってくると、マスターにそう挨拶をした。

「なんだよ、あいつ。運送屋じゃあるまいし」

と言う守山の隣りに川辺は腰を下ろして、

「俺にも生中」

と注文をした。

「おまえな。自分のことを、俺とか言うな。仮にも一児の母だろ」

最近、一人称に俺を使いだした川辺に守山が苦言をたれるが、

「おまえに、おまえ呼ばわりされる憶えはない」

川辺に切り捨てられる。

やがて川辺が酔いだす頃に、守山は消えるように帰っていった。

「あいつ、また逃げやがった」

守山が座っていた座布団の端に一万円札が挟んであるのを見つけて、川辺が断定した。

菊池が川辺を部屋の前まで送ると、

「今日はお茶を飲んでいけよ」あれ以来、川辺に誘われたのは、それで三回目。菊池のほうから誘ったことが二回あった。

「そうさせていただこうかな」

と菊池は応じた。

最初の日と逆に、今度は菊池が川辺を押し倒して縺《もつ》れた。唇を吸い合ったまま衣服を乱暴に脱がしあって、ほぼ全裸になった時、菊池は異変に気付いた。

「どうした?」

「いや別に」

菊池は焦っていた。

川辺の手が股間に伸びる。

「ちぇっ、貸してみな」

川辺はそれを口に含んだ。二、三分、菊池はそれに身を委《ゆだ》ねたが、どうにも駄目だった。

「先生、もういいです」

と諦めた。

「飲みすぎたんだろ」

「そんなには」

「やる気はあるのか」

「あるから焦ってしまって」

「まあ、あまり気にすんなよ。そういう時もあるよ」

「すみません」

「いいったら。……ほんとにお茶でも飲んでいくか」

川辺は枕もとに丸まっていたガウンを羽織ると、寝室を出て行ったが、すぐに戻ってきた。

「寒いから、茶を入れるのが嫌になった」と、缶ビールを差し出しながら、「コーラがいいなら自分で取ってきて。俺は、ビールでいいから」

缶のプルトップを引いて、川辺は毛布に入ってきた。

菊池も缶を開けた。

「僕も先生が一人称で俺を使うのは馴染《なじ》めないな。多恵ちゃんが真似をしたら、どうするんですか」

「ガキの前では女言葉を使っているよ」

「ほんとに?」

「いちいち人んちのことに口を出すな。それより最近、おまえさ、てんぱってない? 何かやっているのかよ」

「何かって? 薬とかですか」

「ゲエッ、おまえの発想はいかしているけど、そういう意味ではなくて、プライベートな時間に何をしているのかってこと」

「まあ、バイトですか」

「おまえ、いかれているよ。せっかく羽を伸ばせるようになったのに何を考えているんだよ」

「守山先生にも同じことを言われました。少し疲れてきているので、年末年始の頼まれている所が済んだら、その後は少しずつ整理をしていこうと考えています」

「もう正月のバイトが決まっているのかよ。先生は人がいいから、いいように利用されてんじゃないの。大丈夫かよ」

「そんなことはないです」

「ならいいけどよ。あと、引っ越しでもしたら」

「えっ、引っ越しですか、どうして？」

「煮詰まりそうな時は環境を変えるのもいいぜ。引っ越しすれば、いろいろすることも出てくるだろ。それに、こんな職場のそばに住んでなくてもいいんだろう、先生はもう」

川辺の携帯電話が暗いメロディーを奏《かな》でる。

「ちぇっ、病院だよ。ったく」

と電話を取って、「川辺です」と返事をしてから、「はい……はい……わかりました……はい……行きます」とだるそうに話をして、通話を終えた。

「末期の爺さんがステッちゃった」

「ステルベン」はドイツ語の「死」からきている名称、それを動詞化して言っているのだった。

「おまえをリラックスさせて、もう一度トライする魂胆《こんたん》だったんだけど、お預けになってしまった」

川辺は脱ぎ捨てられた服を集めていた。そんな様子を、菊池はうらやましく眺めていた。

自分の仕事には充実感がない。そう感じていた。

三

川辺のアドバイスにしたがい、菊池は転居した。病院から車で二十分弱の所、空港が近く、飛行機の進入路にあたるためか、やや格安感のある新築マンションだった。そして、引っ越しの片付けをしている晩に、そのニュースを聞いた。

福島県大野《おおの》病院で産婦人科医が逮捕されたのだった。

二〇〇六年二月のことだった。

前置胎盤の帝王切開での、母体死亡例。

業務上過失致死容疑だった。

成功率が低い手術にも、命を救うために医者は挑む。患者も承知で身を預ける。だが、万全を尽くしても及ばないことがある。医術は魔法ではなかった。

二〇世紀初頭、アメリカで医療事故が刑事訴追の対象となった時代があった。その結果が招いたものは萎縮《いしゅく》医療、すなわち医師はリスクを避けたのだ。そして、患者が不利益を被《こうむ》る事態になった。

そこから学んだ教訓は、医療に刑事介入は馴染まないということだった。だから、現在は、こんなことが罷《まか》り通る国は世界中どこにもない。

菊池が医局のデスクで自分のパソコンの画面に見入っていると、午後一時過ぎに午前診を終えた川辺が引き上げてきて、

「おっ、携帯も買ったのか」

と、机の上の携帯電話を見て言った。

「でも、変な色」

「スカイ・ブルーですよ。人の好みにケチを付けないでください」

「マンションを買って、ＰＣに携帯か。人間らしい買い物ができるようになって、よかったな。で、何を真剣に見ているんだ」

川辺は菊池のＰＣの画面を覗き込もうとする。

「ちょっと、ちょっと」

菊池はそれを隠そうとした。

すると川辺は楽しげに、

「見せろよ。Ｈなサイトを見てたんだろ」

無理やり画面を見た。だが、それが医師の転職サイトだとわかると、

「なんだ、面白くねぇの。それで、いい所あったかよ」

「別に、あまり本気で見てはいないし」

「それは、そうだろうよ。本気で転職を考えているヤツは、そんなもん、あまり見ないよな」

川辺が言うとおり、まったく縁のない所より、何かの伝《つて》を頼って就職先を探すのが普通だろう。

「川辺先生、ちょっとお願いなのですが、薬を処方してもらえませんか」

菊池は用意しておいた自分のカルテと処方箋を渡した。川辺はカルテのページを捲《めく》って、

「何を出せばいいんだ?」

「安定剤と眠剤をお願いします」

「眠剤は、一週間前に守山新から二週間分出してもらっているな」

「安定剤がなくなったのです。眠剤はついでです」

「ふーん」

と、川辺は過去処方を写し始め、

「俺も、一時期飲んでいたけど、こんなに多くは飲まなかった」

そして、ニヤッとして、

「この爺薬《じじい》はいいのかよ」

「あっ、それはもういいです」

川辺の言う「爺薬」とは、八味地黄丸《はちみじおうがん》のことだった。体の弱った機能を補《おぎな》い、元気をつける目的で使用する。とくに、足腰や泌尿《ひにょう》生殖器など下半身の衰えに効果がある、と言われている。

「先生、変なことを人に言わないでくださいよ」

「言うわけねぇだろ、守秘義務があるんだから」

面白そうにしている。

菊池は、川辺に頼んだことを後悔していた。

この頃には、菊池はアルバイトを断わり、のんびりしようと心掛けていた。とにかくリラックスをしたかった。

廊下ですれ違った院長が、菊池を呼び止めた。

「菊池先生、少しいいかな」

菊池は院長室に入ると、

「尾張さんの件ですか」

患者側からはその後に再度抗議があっただけで、それからは何も言ってきていないと、昨年末に事務長からは聞かされていた。

「そう。あの件だ」

「結局、そのままですか」

「そうだ」

「僕は、支払いの滞っている入院費用を、こちらから請求したほうが良いと思います。そうしないと、ああいう人たちだから、あそこの病院は踏み倒せるとか、自慢げに吹聴《ふいちょう》するかもしれません」

「ことを荒立てても、余計に面倒になるだけだ」

「結局、事なかれ主義をつらぬくわけだ」

自分の言葉が怒気をはらんでいるのに気付いて、菊池は驚いた。

「まあ、そう言うな」

「勝手にしてください」

菊池はそう言って部屋を出た。話を続けていたら何を言い出すかわからないほど苛立っていた。尾張由里の件は腹が立つだけではなく、すっきりと忘れるわけにはいかない理由が、菊池にはあった。

桜の開花宣言があった日。

菊池が目を覚ましたのは明け方前だった。眠剤と安定剤をウイスキーで飲んで眠ると、それまでは朝まで起きることはなかった。

枕元の時計で時刻を確認してもう一眠りしようとしたが、焦燥《しょうそう》感のようなものが押し寄せてきて眠りにつく体位が定まらない。

それがイライラに変わった時、ベッドを出た。キッチンでグラスに水を注ぎ、リビングのソファに腰を下ろした。ふと、夏目茂樹のことが頭を過った。人はみな、夏目に素因があったと言うが、菊池には誰にでもその可能性があると思えた。自分もおかしくなるのではないか、という恐怖感が襲ってくる。息が詰まるような思いがして、サッシを開け、ベランダに出た。柵越しに下を見た時、衝動的に自殺に走る人の心がわかった。

午前中の診療中に気分の晴れない日が続いた。そして、夜、酒を飲み始める頃に一番気が楽になった。

四月末。いつものように飲酒を始めたが、いっこうに気分が優れない。それどころか、また明け方に目が覚め、あの何ともいえない感情に襲われるのかという不安が、寝しなに現われるようになった。

翌日、守山に処方を依頼した。

「抗鬱剤《こううつざい》まで飲むのか。そうは見えないけどな」

守山は言った。

「早朝覚醒、予期不安に、午前中の気分の落ち込み。典型的な症状があります」

「そういうのは誰にでも多少はあるだろ。俺はその方面に詳しくはないが、気分が不安定なら、先生のように自分の症状を、他人事《ひとごと》みたいに評価はできないのではないか」

「ともかく、そういった症状で悩まされているのです。処方をお願いします」

「仕方ないな。どれだけ出せばいいんだ。俺はこの類《たぐい》の薬の加減はわからないぜ」

「とりあえずは、二〇ミリグラム一錠を一カ月分処方してください。後は自分で調整します」

「まあ、先生は更年期とかで鬱っぽい人に処方して使い慣れているだろうから、そのへんは任せるが」

守山はしぶしぶといった感じで処方してくれた。

ゴールデンウィーク中に考え抜いて、五月八日の月曜日午後一時近くに、院長室にいた犬飼に、菊池は辞表を押し付けてから、手術室に入った。卵巣嚢腫《のうしゅ》の予定手術を執刀するためだった。その患者が退院したら自分も去る考えでいた。

守山がいきなり手術室に入ってきて、言った。

「先生、なんで辞表を出したんだ」

どうしてこんなに早く守山が聞きつけたのだろうと、菊池は思った。

「どうしてだ。ちゃんと手術だってできている。例の薬は服用したのか」

「先生、腰麻《ようま》です。患者さんに聞こえます」

　菊池は守山に注意をしてから、「後ほど」と続けた。

「待っているぞ」守山は応じ、手術前室でウロウロしながら待っていた。手術が終了して、患者が運ばれていくと、

「どういうつもりなんだ？」

　すぐに詰め寄ってきた。

「少し休もうと考えました」

「それなら休暇をとれ、退職することはない。あの薬は飲んでいるのか」

「いいえ、まだ服用していません。それより仕事を休むほうが先かと思いました」

「もし鬱なら、大きな決断をするのはよけいに良くないのではないか」

「だけど、そう決めてみたら、ずいぶん気が楽になりました」

　守山が反論しようとした時、手術中の一番手術室から看護師が声を上げた。

「守山先生、来てください」

「また後で話そう。院長は辞表を受け取ってないからな。辞表は、俺が預かっている」

「先生は、僕の上司ではないですよ」

「だが仲間だ」

　守山と川辺、遠藤順が、懸命に思い止まるように説得してきた。院長と事務長も慰留し

てきたが、菊池の意志はそのたびにより固まっていった。

そして、周囲の人間がそれなりに納得してくれるまでに、二週間ほどが掛かった。

菊池の気分はその間は不思議と落ち着いていたのだが、辞められることが決定事項となると、その先の身の振り方を悩み始めたりして、再び自分の心の浮き沈みを扱えなくなっていった。

抗鬱剤を服用し始めたのは五月の下旬からだった。

そして、五月二九日、あの日から一年が経過した時、突然、証拠保全のためのカルテの差し押さえがあった。

差し押さえを受けたのは、白沢みどりのカルテだった。

四

原告は、白沢健太《けんた》とその母みどり。

健太が生後からほぼ寝たきり状態の重度の障害を負ったのは、帝王切開のタイミングが遅れたための低酸素脳症によるものだとした。

主治医であった菊池堅一と雇用主の医療法人・中部希望会総合病院を被告として、慰謝料、治療・介護費用など総額一億二〇〇〇万円の支払いを求めていた。

「話し合いの余地もなく、なぜいきなり訴訟を起こしてくるのですか」

菊池が問うと、希望会の顧問弁護士、鍵屋《かぎや》定晴《さだはる》が答えて言った。

「最近は問答無用で、いきなり訴訟というのも多くなっています。どちらにせよ、この案件は医療側に過失があるとは考えられない。話し合って解決を見るようなケースではないと考えられます。このお子さんは気の毒だとは思いますが」

「はあー」と菊池は溜息を吐き、「最初に尾張さんを転送しておけば良かった」

「それは違う」

院長の犬飼好昭が言った。

場所は院長室、他に事務長の岡田国夫が同席していた。

「救急を断わらないという希望会の診療姿勢に間違いはない。それで救われている命も多い」

「しかし、現実問題としては、僕が緊急手術をしていたことによって、胎児の娩出が遅れ、それが脳性麻痺《CP》の原因だと言われています」

「だから、それは言い掛かりに等しいというのが、私たちの見解だ」

犬飼は、珍しく力を入れてはっきりと言っていた。

「その道理が通るなら、当直医が時間外の患者を診ている間に病棟で急変があったら、その当直医が悪いという話になってしまう」

「相手側の主張はそういうことでしょう。院内の急変に対応できる余力がないなら、院外の救急患者を受け入れるな、ということです」

「すみません、こんなところで口を挟ませてもらって」

岡田が言う。

「医学的なことはよくわからないので質問させてもらいたいのですが、菊池先生、その十分やそこらで、その子の容態に違いが出るようなものなのですか」

「十分早く出していたら元気だったとは言えないが、そこまで重篤《じゅうとく》でなかった可能性はあります」

「そんな短時間のことまで言われたら」

「だから周産期は怖いのです」

「まあ、みなさん」

鍵屋が話し始める。

「現実の世の中では二者択一《たくいつ》の状況というのは存在していて、選ばなかったほうの『もし』が正しく思えても、実際のところの正解は誰にもわからない。しかし裁判では、そういう不確実なものを判断するわけです。倫理的な話ではないのです。どちらがもっともらしいことを言えるかを争うのです。どちらが正しいとか、正義であるかを決めるわけではありません。だから、菊池先生、今後は、しなければ良かった的な話は、一切しないでください。感情的なことは、横に置いておいてください。さっきも言いましたが、この子が気の毒だと思うのは、みな同じです」

「だったら示談にしたらいい」

「その金は、どこから出ます？　先生や病院が加入している医療賠償保険は、正当な医療行為の結果として、残念な事態になったとしても何も出ません。病《やまい》が招いた結果に対して、保障がないのは当然ですよね。保険金が支払われるのは、示談にせよ判決にせよ、医療行為に過失が認められた場合です。先生は自身が行なった医療行為に過失があったとお思いですか」

「いいえ」

「それなら戦うしかありません」

「日本にも無過失賠償制度があればいいんだ」

　菊池は言った。

　ＣＰは、軽いものを含めると分娩千件あたりに二件は発生する、との統計がある。産科医側に責任があると、明らかに判断される場合も少なからずある。しかし、厳密に、その原因を特定することが困難なケースも多い。

　実際、白沢健太の症例においても、手術の遅れと健太の障害の度合いの因果関係を証明することは、正確には不可能であった。仮に、一分の遅れもなく、急速遂娩《すいべん》をしたとしても、同じ結果であったかもしれない。極端に考えれば、健太は胎内ですでに異常な状態を獲得しており、最終的にそれが、単に分娩の段階で、児心音《じしんおん》低下という形で現われただけなのかもしれない。

そういう性質のものを、裁判で争うのには無理がある。そして、裁判は、患者側から見ても、敗訴すれば何も得るものはない、残酷なものであった。

そういう観点から、CPに関しては過失の有無を争うことなく患者を救済しよう、というのが無過失賠償制度である。すでに諸外国では当たり前の制度であった。また、CPに限らずあらゆる医療事故に無過失賠償制度を導入している国も少なからずある。

「残念ですが、日本にはないのです、菊池先生」

「わかっています」

「そして、こんな言い掛かり的な案件でも油断は禁物です。CPに関する案件では、患者救済型の判決が出ています。それらは医療側の過失を認めることで、患者側を救済することが目的といってもいいような判決です。そして、ここの地裁には、明らかに患者側に立っての判決を下していることで有名な判事がいます。プロ市民や自称市民派と言っている弁護士は、そういう事情に精通していて、定例の人事異動で、そういう判事が担当に回ってくるまで判決を引き伸ばしたりします。幸い、今回の相手側の弁護士は、そういった輩《やから》ではないようなので、よかったと思います。そういう連中が絡《から》んでいると、もうこういった提訴の段階でも、マスコミ関係者が殺到してきます。どんなことでも利用してきます。念のため、マスコミ対策も指導しておきましょう」

普通の人が知らない世界で、普通の人が関わった事柄が扱われていくことに、菊池は違和感を憶えていた。

小幡良子から連絡があったのは、その日の夜のことだった。退職後も小幡は、ときどき病院に菊池の顔を見に立ち寄ることがあった。だが、そういえば、二、三カ月前からは会ってはいないことに気付いた。もう白沢みどりの件を聞きつけたのかと思った。しかし、用件は別だった。

「先生が希望会を辞めると聞いたのですが」

電話で話すよりも直接会って話したいと思ったので、小幡の都合を訊ねてみた。そして、翌日に会うことにした。

昼食時を避けたのだが、その全国でチェーン展開している喫茶店は混んでいた。止め難《にく》い駐車スペースしか空いてなく、苦労して縦列駐車していた分だけ、約束の時間に遅れた。

先に席にいた小幡が訊ねた。

「先生、昼食は？」

「済ましたよ」

食欲がなくてそう答えてから、ウェイトレスにアイスコーヒーを注文した。

小幡は、「私、まだなので」と言って、レモンティーとミックスサンドを注文していた。

「先生、どうして辞めるのですか」

「うーん、疲れちゃってね」

「燃え尽きたのですか」

「まあ、そんな感じかな」

話してみると、とくに伝えたいこともない自分に、菊池は気付いた。

「どこからか引き抜かれたわけではないのですね。それで、これから、どうされるのですか」

「少しのんびりしてみるよ」

「私も燃え尽きに近い感じで、なかなか身を入れられる仕事が見出せなくて、パートを掛け持ちでしている状態です」

ボリュームのあるミックスサンドが運ばれてきた。チラッとメニューを見ると、どれも量がありそうな写真が載っている。何も頼まなくて正解だったと、菊池は思った。

「ところで、白沢みどりさんのことを知っている?」

「離婚をされたことですか」

「えっ」

それで原告に達哉の名前がなかったのかと菊池は納得をした。

「えって、先生。そのことではなかったのですか？」

「違う。僕と病院を訴えてきた」

菊池は経緯を説明した。

聞き終わると、小幡は険しい顔つきをして言うのだった。

「健太君のために過失があると認めてしまうわけには……いきませんよね。病院にとっても、いつでも誰でも診るという診療理念に関わることだし、誰も悪くはないから辛いですね」

「だけど、白沢さんとは何度か会っているの？　ずいぶん個人的な事情まで知っているようだけど」

「会ったのは三回、いえ確か、四回です。メールのやり取りはよくしています」

「なんで旦那さんと別れたのかな」

「私がみどりさんから聞いたかぎりでは、ご主人の、こんな子なら生を受けないほうが良かった、みたいな一言が、最終的に彼女を決心させたこと。それと」

「それと？」

「あとは、私の憶測です」

「どんな？」

「彼女の基礎体温表を見ましたか？」

「分娩予定日を再確認する時に見せてもらった。たいへん几帳面《きちょうめん》に付けてあった」

「丸印が排卵日近くにしかなかった」

丸は性交渉を持った日につける印だった。

「たぶん、ご主人は、みどりさんを本当に愛していたのだと思います。だけど、みどりさんは、子供ができる前から、子供一辺倒だったのではないかと思います。だから、受精の可能性のない日には交渉がない。その価値観のズレが原因ではないでしょうか」

「なるほど。では、離婚をされてから、訴えてきた理由についてはどう思う？」

「うーん。訴えるという話は、まだ健太君が入院しているうちから、ご主人の親族側からはあったようでした。私に会うのも慎重でした。でも、みどりさんは、そういう気はまったくなくて、だから私とも繋がりを持てるのだし、先生のことも悪く思ってはいません」

「それを聞いて、少し気が楽になったよ。恨《うら》まれていなければ、それだけでいい」

そう言ったものの、医療訴訟の被告になっている事実にはかわりない。そのことだけでも、かなりのストレスを感じていた。

「だけど、それなら、離婚後に訴訟に走るのが、より不可解になる」

「たぶん、現実問題として女手一つで育てていくには、やはり先立つものが必要なのではないでしょうか。独りで育てていく決心ができたから、離婚にも訴訟にも踏み切れたのではないですか」

小幡は自身の推測を述べた後、思い立ったように、

「私が会って、直接聞いてみましょうか」

「もう、会わないほうがいい」

「どうしてですか？」

「君も被告側の関係者だ。当事者同士はもちろんだが、関係者も相手方の当事者には会うべきではない。そういうものらしい」

「そうですか。争うわけですから仕方ないのでしょうけど、悲しいことですね」

別れ際に、小幡が、

「先生、産科を辞めないでくださいね」

「そんなに落ち込んでいるように見えた？」

「いいえ。ふと、そんなことを考えただけです。先生に産科を辞められたら、また一緒に働けなくなりますから」

「本当にそう思っているの？」

「えっ、なぜ」

「君が、あれだけ打ち込んで作り上げていったものを、結局は、最後に僕が下りて終わりにしただろう。だから恨んでないかと」

「もし、そうだったら、その後も、こうして会ったりしません」

小幡は見つめてきて、

「私にできることがあったら、何でもしますから言ってください」

と言った。だが、菊池は、そんな小幡の態度を気には留めずに、

「確かにそうだ。ごめん、変なことを言って」

と、応じた。そして、なぜそんなことを急に訊いたりしたのかを考えた。猜疑心まで強くなってきたのかと思った。


六月に入って、気温の低い日が続いていた。そんなさっぱりしない日に、守山と川辺が菊池の送別会を主催してくれた。

菊池は仕事を休んでおり、ただ有給休暇日中なので六月二〇日までは中部希望会総合病院の職員の身分ではあった。

「絶対に負けるなよ」

酔いで血走った目をした守山が、菊池に訴える。

「おまえを訴えたことは、俺たちがぎりぎりの状況で救急を受けていることへの挑戦だ」

「しかし、先生はかつて、無理に何でも受けるのは、患者の期待権の侵害につながると言っていましたよね」

菊池は指摘をした。

適切な診療が行なわれたなら救命されたか、または後遺症を残さなかったと、相当程度の可能性があると判断された場合、診療そのものには過失がなくても、患者の期待権を侵害したと、賠償を認めた事例が複数あった。

すなわち、病院は救急隊からの報告で、ある程度は患者の病態を把握した上で救急車を受け入れているのだから、その時点で患者には、当然受けられるであろうレベルの治療を期待する権利がある、というのだ。

「俺が言っているのは少し違う。うちの老いぼれは、何でも構わずに救急を受け入れろと言うだろう。例えば、眼球に損傷があると報告が来ているのに、目医者の手配も付かない状況で、搬入を承諾するようなことだ」

「そうね。先生の件は理不尽な要求よ。断固撥《は》ね除《の》けるべきだ」

川辺の意見も同様だった。

「だけどね、障害が残った子供のことを思うとね。僕の個人医院なら、さっさと非があったことにしちゃうのにな。ああ、せめて、無過失賠償制度でもあれば」

「おまえの言っていることはわからなくもない。現に、無過失賠償制度も議論されるようになってきてるし。だけど、俺たちは現行のシステムの中で医療をしている。その観点だと、おまえの考え方はおかしいぞ」と、川辺が反論する。「優しすぎるというか、お人よしのお馬鹿さんだ。癌の手術をした患者が、術後の合併症で肺炎を起こし、敗血症で治療の甲斐《かい》もなく死んだら、おまえは可哀想だから自分に非があったと言うのか」

「そうです」渡辺剛も言う。「先生は全力を尽くしていたではないですか。だいたい最近の世間の風潮がおかしい。病気で亡くなっても病院のせいでしょう」

「そうだ、社会が悪い」

それまで静かに飲んでいた遠藤順にスイッチが入った。

「公園で遊んでいる子供がズッコケて、杭《くい》に頭をぶつけようものなら、そんな所に杭を打った公園管理者が悪いと訴える。タワケだ」

「そういう親が子供を育てているのですから、小児科はたいへんですね、先生」

と、内海知恵が言った。

「まったくその通り。子供を診るより親に気を遣うことが多い。俺はその点、毅然とふざけた親を叱りつけている。だが、最近の教師は子供や親の言いなりだ。まったくこの国の将来が思いやられる」

「だいたいな。親とか先公だけでなくてよ、子供を全身全霊で受け止めようとする大人がいなくなっているんだよ」

熱く語るのは川辺だった。

やがて、その場の議論を聞く限りは、この人たちが日本を動かしているのかと感じるほど、論点は巨大化し討論は白熱していった。

会が河岸《かし》を替えて、カラオケ屋になったあたりからの菊池の記憶は、断片的になっていた。タクシーに乗って帰る時、守山が、

「早く前線に復帰しろよ」

と言い、川辺が、

「俺たちは不撤退で待っているからな」

と、そう言ってくれたのだけは鮮明に覚えていた。

翌日、昼に目が覚めた。

菊池は二日酔いと極度に落ち込んでいる気分を自覚した。鎮痛剤、制吐剤、胃散に安定剤を内服した。

日々が無為《むい》に過ぎていった。

たびたび襲ってくる不安に、抗鬱剤の増量ではなく、安定剤の内服回数を極端に増やして対処した。一日の三分の二を眠ったり、ウトウトして過ごしていると一日が終わっている。

六月が瞬《またた》く間に過ぎ、七月に入った。さすがにこんなに怠惰《たいだ》な生活はいけないと思い、何かしようとするのだが、意欲が出ない。旅行でもしようかと考えるのだが、行きたい場所を思いつかない。旧友でも訪ねようと思い立ったが、踏ん切りがつかない。

抗鬱剤を増量した。それまでは怠薬《たいやく》することもあったが、毎日欠かさず飲むように心掛けて、自分を半ば強制的に奮《ふる》い立たせていた。

第六章　たった一人の抵抗

一

冷夏気味の夏が、一転猛暑となってきたのは七月末だった。

午後の暑さが少し収まり始めてきた時刻。菊池はマンションから車で十分ほどの距離にある森林公園にいた。

林の中の木道を歩いている。涼風が吹いてくる。連れていたヨークシャーテリアが、木の遊歩道の隙間を越えるたびにわずかに歩みを止める。

丘の上からランニングをする女性が駆け下りてくる。木板の軋《きし》み音が、菊池の横を通り過ぎてから止まった。

「堅一？」

菊池は聞き覚えのあるその声に驚き、振り返った。

「あ、美紀」

「やっぱり、堅一だ。久しぶり」

「うん。なんか元気そうだね」

「ううん、それほどでも」

汗の滲《にじ》んだ胸元が、早い呼吸で上下している。青野美紀は視線を落として菊池の連れている犬を見た。

「結婚したんだ」

「いや、まだ独りだよ」

「でも、堅一の犬でしょう」

「ああ、こいつか。僕の犬だよ。いろいろあってね。今は仕事をしていないから飼えると思って、先月ペットショップで一目惚れして買ったんだ」

「私もいろいろとあって、今は復職へのリハビリ中」

ギュッと締まった上下肢の筋肉。以前より健康的に見える。

「病《や》み上がりには見えないね」

「病気にもいろいろとあるじゃない」

と、美紀は笑顔で言った。それも健康そうだった。

「美紀。時間があるなら少し話がしたいんだが、いいか?」

「いいよ。池のほうに風通しの良い東屋《あずまや》があるの。知っている?」

「いや、ここは今日初めて来たから」

池は周囲が一キロほどで、灌漑《かんがい》と治水のために昭和初期に造成されたものだった。平成になってから整備され公園の一部となっている。

「美紀は、青野さんのまま？」

「そうよ、私も独り。私も犬を飼いたいけど、ペット禁止なのよ、うちのアパート」

そう言いながら、犬を抱き上げる。

「今、どこに住んでいるの？」と訊ねてから、「訊いて、よかったかな」と、菊池は付け加えた。

「別にいいよ」

美紀が教えてくれた場所は、菊池のマンションの近くのようだった。そこで菊池が、自分のマンション名を告げて、知っているかと訊くと、

「やだ、知っているわ。建てている時から見ていた。何階なの？」

「十階」

「それなら、うちのアパートが見えるわよ。ところで、この子の名前は？」

「パクパクだよ」

「なにそれ」

「餌《えさ》を食べている時にパクパクするんだ」

「雄《オス》？」

「女の子だよ」

「じゃあ、余計に変な感じ。ねえ、パクちゃん」

顔を近くに持っていくと、パクパクが美紀の鼻をペロッとした。

菊池は美紀との会話にぎこちなさを感じていた。美紀も同じようで、

「守山先生は？」

「まだ希望会にいるよ。部長になってね」

そんな他愛《たわい》のない共通の話題を探して、互いに話をつないでいた。菊池が自分のことを言わなかったように、美紀もいろいろとあったことには触れなかった。

最後に菊池が、

「また、会えるかな」

「うん。火曜と金曜は、雨が降っていたらジムに行くけど、降っていなかったらここで走っている。いつもはもう少し遅い時間、夕方近くかな」

携帯電話の番号が変わってないかとか、メアドを訊いたりするのは野暮《やぼ》だと思った。雨の降らない火曜や金曜の夕方はいくらでもあった。

次の火曜は雨だった。憂鬱《ゆううつ》な気分の中で菊池は、次に美紀に会ったら自分のことを話そうと思っていた。

金曜は曇りだった。

公園に向かう車のフロントガラスに、わずかの間、細かい雨が当たった。東屋にいると日が差し、それが傾き出すと、次第にその場所は林の丘の影に入っていった。

今日はジムに行ったのかなと思い、携帯の番号を訊いておけば良かったと菊池が後悔し始めた時に、美紀が走ってきた。

「ごめん、遅かったよね。あ、別に待っていたわけじゃないか」

美紀は息を切らしながら、笑顔で言った。

菊池は美紀の息が整うのを待ってから、

「今日は僕がどうして仕事をしていないか、話を聞いてもらおうかと思っているんだけど」

「そうなの。長い話?」

「少しね」

「私も長い話になるけど、どうしてリハビリ中なのか聞いてもらおうと思っていた」

美紀は足にまとわり付いていたパクパクを、膝の上に乗せた。

「今の僕には時間がいくらでもあるから」

菊池は話を始めた。辺りが薄暗くなると、外灯と東屋の照明に光がついた。

話し終えると美紀が、

「そうだったの。それで今の気分は？」

「自分では落ち着いていると思うけど、美紀の目にはどう映る？」

「うーん、まだ、よくわからない」

「そうか、まあいいよ。じゃあ、美紀の話も聞かせて」

「私は鬱でなくて、アル中よ」

苦笑してから、話し始めた。

美紀は希望会を辞めた後、菊池が噂で耳にしたように市民病院に就職をしていた。配属されたのは集中治療室《ICU》だった。

「私にも、それなりにやってきたプライドもあるし、できると思うところもあって……」

美紀の働きぶりは医者には評価されたが、古参の看護師とは衝突したという。

「主任とか役職がなくて、一看護師としてならそれほどストレスがないと思っていたけど、少し甘かった」

いったんは断酒していたが、人間関係からくるストレスで再びアルコールを口にするようになった。飲酒を再開して三カ月もすると、酒量は以前よりも増し、酔いが残ったまま勤務に入っても気にならなくなったという。

「たった三カ月で、もう依存状態？」

「そうよ」

「そんなに早く?」

「驚くでしょう。自分でもびっくりした。お酒なしでいられなくなるなんて思ってもいなかった。しまいには、朝に頭がガンガンするから、ビールを飲んで勤務に入っても気にしなくなったわ。昼休みにもこっそり飲んだ。ICUってマスクしていることが多いじゃない。少しぐらい酔っていても誤魔化《ごまか》せた。でも、挙動に出るようになって、そうしたら、一番仲の悪かったヤツから酒飲んでいるだろうと指摘されて、切れちゃった。殴り合いになったわ。相手は頬骨の骨折。私も中指骨《ちゆうしこつ》を折った」

「すごい」

手拳《ナックル》による強打の衝撃で起こる中指骨の骨折は、ボクサー骨折と呼ばれている。

「今思うと、本当にひどかった」

「それでクビ?」

「になりそうになったわ。でも、労災みたいなものだと思ったの」

「労災?」

「仕事上のストレスでアルコール依存症という病《やまい》になったのだから、診断書出して、そう主張してゴネたわ。そうしたら休職扱いになった。それで今、リハビリ中。先月から週に二日だけの外来勤務だけど、働き始めたわ」

「しっかりしているね」

菊池は感心した。

「あなたのだって、労災じゃない」

「僕が発症したのは、暇になってからだし」

「でも仕事に関連してのことでしょう。主治医の先生は何と言っているの」

菊池はまだ専門医に掛かっていないことを告げた。

「まあ、呆れた。自己診断で、自己治療をしているの?」

「そういうことかな」

「私の先生を紹介するわ。掛かりなさいよ」

それから駐車場に歩いていく途中、美紀はしきりに受診を勧めた。菊池の車は外灯の下にあった。離れた暗がりに一台、人が乗っている気配のある車があった。そういうスポットなのかと、菊池は思った。

「そのヴィッツ、あなたのだったの」

一台分のスペースを置いて駐車してあった軽が、美紀の車だった。

「ボコボコじゃない」

「修理に出したのは、最初の一回だけ。その後は直してもすぐに擦《こす》りそうで、そのまま」

「ナンバーが8989《バクバク》なんだ」

「これは偶然なんだよ」

菊池は携帯の番号を交換してから別れた。

二人が再会してから一カ月ほどが経った頃、神奈川の産婦人科病院が無資格助産の容疑で捜査された。

日本産科医会は、医師の診療下において看護師が内診行為を行なうのは合法だとしてきていた。実際、そういう診療体制に支えられて、日本の周産期医療は成り立ってきた。だが、それが捜査対象となるということは、医師と助産師以外の者が内診行為を行なうことが違法だということだった。

菊池は、周産期医療が崩壊しようとしている時期に、事実上黙認されてきたその診療体制にどうしてメスを入れるのか、理解できないでいた。

その報道があった頃、菊池は美紀に付き添われて、心療内科を受診しようとしていた。だが、医院の駐車場まで来ても二の足を踏んでいた。

「本当に必要かな。もうだいぶ落ち着いてきているし……」

「何を言っているのよ。予約もしたのに」

美紀に言われてしぶしぶ車を降りた。

待合室には俯《うつむ》き加減の人が多く、菊池はやはり間違った所に来たと感じた。

「どうだった？」

診察を終えて出てきた菊池に、美紀が訊ねた。

「別に。まず抗鬱剤を増やせと」

「鬱でいいの？」

「いいんじゃない。抗鬱剤を増やせと言うのだから」

それっきりマンションに送ってもらう間も、菊池は黙っていた。

「着いたわ」

「ありがとう」

「ねえ。堅一、患者になり切ったほうがいいよ。医者を信頼して治療を受けなよ」

「だけど考えてもみなよ。あの医者は、今日、初めて僕に会ったんだ。普通の僕がどこにあるのかを判断できるのは、結局は自分だけだろ」

「はっきり言って、あなたは変だと思う。私の知っている菊池堅一ではないわ」

「どう変なの」

「口では表現できないけど変よ」

菊池は涙が込み上げてくるのを感じた。

「苦しんでいたんでしょう。泣きたい時は泣いたほうがいいわ」

美紀にもたれて、菊池は咽《むせ》び泣いた。

「私で良かったら、見ててあげるわ。あなたが普通に戻ったかどうかを」

「頼む……君にならお願いできる」

やっと糸口らしいものを見出せた。わずかではあったが安堵というものを、心の中に捜し当てた気がしていた。鬱というのは、独りで挑むには性質《たち》が悪い病だ。

二回目の通院から、診察時に美紀が同席をした。

「薬を増やしてみてどうでしたか?」

「彼女がいろいろしてくれるので、ずいぶんと落ち着いてきたと思います。ジムに運動に行くようにもなりました」

「それはいいことですね。お酒はどうですか?」

「あまり減らせなくて」

飲み過ぎた次の日には、気分がかなり沈み込むことを自覚していた。

「普段の時を十とすると、今はどのくらいですか」

「十、ですかね」

菊池は答えた。

「青野さん、菊池さんが薬を増やしてからの二週間を見ていて、どう思いますか」

「私は、五か六ぐらいだと思います」

診療を終えて待合室に出ると、菊池は文句を言った。

「結局、君のほうが正しいと判断された」

「主観的なものより、客観的なものを判断材料にしただけだわ。当然じゃない。私に頼むと言ったのだから、おとなしくしていなさいよ」

美紀が医師に九か十ぐらいだと言ってくれたのは、一〇月下旬の頃だった。

「このままの状態を維持していきましょう」

「どのくらいですか」

「六カ月」

「そんなに長く。では仕事は?」

「あまりストレスのかからないことなら、いいでしょう」

そして菊池は、診察後に、美紀にこぼすのだった。

「ストレスのない産婦人科医の仕事なんてないぜ。わかっているのかな」

「まだ仕事を考えなくても、生活に困窮するわけでもないでしょう」

「うーん」

菊池は納得できないでいた。

そして一カ月後。

その日は「調子はどうですか」とは訊ねられなかったので、菊池は自分から言った。

「調子はいいですね。とくに変わりはないです」

「それは見ればわかります。髪を短くされましたね。表情もいい」

しばらく髪を構ったことがないのに気付いて、前日に理髪店に行ってきたのだった。まったく見ていないようでちゃんと観察をしているのだ。ようやく医者を信頼できるようになって、患者になれてきたと感じた。

「ぶっちゃけた話、菊池先生が、自分が薬を飲んでいて今こういう状態にいるということを理解できていれば、とりあえずは安心です」

その医者の言葉に、菊池と美紀が一息つくと、

「でも油断は禁物ですから、勝手に薬を減らしたりは絶対にしないでくださいね」

釘を刺すのを忘れなかった。しかし、

「はい」と答える菊池には、医者の言うとおりにする覚悟がすでにできていた。


南西の夜空が地と交わる辺りは、都市の灯《あか》りに空が白く照らされていた。進入してくる飛行機の緑と赤の舷灯《げんとう》、その後ろにもう一機、白色灯が〇《れい》等星のように光っていた。

菊池は、ベランダで冷えたビールをゴクリと飲んだ。サッシ窓が開き、美紀が顔を出して、

「大丈夫？」

「何が？」

菊池は答えた。

「飛び降りそうに見えた?」と笑ったが、美紀は険しい表情をして、「まだ冗談には聞こえないわよ」

「もう第一線の医者としては働けないんじゃないか、と不安に感じて、それが怖かった。第一線医者の仕事でも、もっとのんびりとした職場があることはもちろん知っているが、第一線にこだわるプライドがあった」

「のんびりとした仕事を探して、違った生活スタイルで生きてみることにしたの?」

「違うよ。なあ、美紀、歴戦の臆病者はいるが歴戦の勇者などいないって、そうだよなと最近思えるようになった」

「なによ、それ。格言?」

「誰が言ったかは忘れたけど。戦いを続けるほど、臆病になるんだよな」

「でも、どうして、急にそんなこと?」

「だから、恐れるのが普通でいいのだなと思った」

「勇者になりたかった?」

「いや別に。ただ、そうあるべきとは思っていたかもしれない。だけど、さっきは勇者だっただろ」

菊池と美紀は、その夜、再会後、初めて愛し合っていた。

「確かに、その限りにおいては昔に戻っているようね。でも、自信を持った治りかけが危ないと、先生も言っていたじゃない」

　菊池は少しためらいがちにビールを口に運んだ。

「中に入らない？」

　美紀が声を掛け、二人はリビングのソファーに腰を下ろした。

「前にも言ったけど」と美紀が言う。「私の前でお酒を飲むのを、別に遠慮しないでいいよ。気になる時期はとっくに過ぎているから」

「わかったよ」

　冷蔵庫に冷えたジョッキを取りに行き、美紀にはノンカロリー・コークを持ってきた。ジョッキにビールを注ぐ。パクパクが美紀の膝に飛び乗った。

「こっち、おいで」

　菊池が命令するが無視をされる。

　最近は、悔しいことにどうやら美紀のほうに懐《なつ》いてきている。

「ただね、堅一。あなたも少しは飲酒を控えたほうがいいわ」

「それは承知しているんだが。止める自信がなくてね」

　規則正しい生活。運動をして、ペットの面倒を見て、彼女とのセックスも楽しめた。他に正すことといったら、酒の飲み方ぐらいだった。

「思っているほど、そんな難しくはないわ。ちょっとしたきっかけがあればできる。もっと深みにいた私ができたのだから、あなたにできないはずない」

だが、その夜も、ビールをウイスキーに替えて飲んでしまった。

軽い酔いを感じてきた菊池は、

「なあ、美紀。一緒に暮らさないか」

と、思い切って言ってみた。

「うーん。私もあなたに対する愛情が戻ってきつつあるわ。だから、抱かれて嬉しかった。でも、もう少しこれぐらいの距離で付き合ってから決めましょう」

「いいよ」

菊池は美紀を引き寄せて、唇を重ねた。

「だけど、今夜ぐらいは泊まっていけよ」

「それは了解するわ」

もう一度キスをした。

「あなたは、もう別れた時ぐらいのあなたには戻っているわ」

「どういうこと?」

「まだ、私が、べた惚れしていた菊池堅一ではないわ」

「その頃の僕はどうだった?」

「淡々とプロになる努力をしていて、ガッツがあったわ」

「それは若かっただけだよ。誰でも同じで、大人になっただけだよ」

「違うわ。それは自分らしく生きられなかった者の言いわけよ。あなたにまだ唯一欠けているのは、らしさ、よ」

美紀は、菊池を見つめて言った。

二

裁判の第一回目の公判が始まろうとしていた。二〇〇六年の年の瀬だった。

菊池は、中部希望会総合病院で、鍵屋定晴との打ち合わせを終えた。

川辺夕子に訊きたいことがあったので、医局秘書に連絡を取ってもらおうと頼むと、

「川辺先生は早退されています」

と教えられた。菊池は、迷惑かなと思いつつも、川辺の携帯電話に連絡を入れてみた。

「おう、久しぶりだな。何か用か」

「病院に来たものですから、先生にちょっと訊きたいことがあったのですが、でも用事で早退されたのですよね」

「いいよ。今、家にいるから茶でも飲みに来いよ」

「茶、ですか?」

「ばーか。ほんとに茶だよ」

川辺のマンションのドアホンを鳴らすと、冷えピタシートをおでこに張った川辺多恵が、ドアを開けてくれた。可愛いというより、大人びた美の素因を感じさせる女の子だった。

「上がれよ」

奥から言われてLDKに行くと、川辺が、お茶を入れていた。そして多恵に向かって、

「ちゃんと挨拶をしなさい」

「こんちは」

と、多恵がお辞儀をする。

「こんにちは、でしょう。このおっさんは、おまえを取り上げてくれた先生だぞ。多恵、憶えているか」

憶えているはずもない上に、おっさんは失礼だと、菊池は思った。

多恵は菊池の顔をまじまじと見て言った。

「知らねぇよ」

菊池は思わず苦笑をもらした。

「へへ、すみませんね、躾《しつけ》の行き届かないガキで」

「私のことをガキって言うな」

そう言って多恵がテレビの前に行く。

「お母さんは先生とお話があるから、お部屋で寝てなさい」

「うるせぇな」

多恵が反抗すると、川辺は飛んでいって、多恵の唇を強くつまんで、

「そういう口をきいていると、病院から針と糸を持ってきて、開かないように縫っちゃうからね」

半泣きになった多恵がおとなしく自分の部屋に入って行く。

「ったく。熱が出たから帰すって、学校から連絡があってよ。あんなピンピンしてんだから、熱など測るなってんだよ」

と川辺は言い、菊池の表情に気付いて、

「何をニヤニヤ笑っててんだよ」

「いや、血は争えないと思ってね。でも、もう小学生ですか。早いですね」

「ああ、早いな。その分、俺たちも歳をとったわけだよ。ところで話って何だ？」

「五十嵐るりさんのことです」

「何かと思ったら、またずいぶんと古いことを言い出したな」

「るりさんのご両親に、先生の暴言を教えたのは、先生自身ですよね」

「うん。何でわかった？」

「先生が産後仕事に復帰した時、話をしたでしょう。その時、先生はるりさんの彼氏のことで、そいつも黙っているのが辛かったのだろう、と言いましたよね。その時にそう思いました」

「するどいな。それで、それがどうした？」

「なぜそうしたのかを訊きたくて……」

「一生そのことを抱えていくより、正直に伝えたほうがいいかなと思ったからだよ。後で考えた時は、謝りに行けばよかったとも思ったが、あの時は、自分で密告をして裁きを下してもらいたかった」

「それで良かった、と思っていますか」

「まあな。でも、なんでそんなことを。まさか、自分の訴訟の件で、同情心から過失を認めるつもりではないだろうな」

「違います」

「それならいいけど。あれが過失になると認めたら、救急を受けている医療関係者への冒《ぼう》瀆《とく》だからな」

「冒瀆ですか」

「そうだよ。みんな血眼《ちまなこ》でやってんだから」

菊池は、相変わらずジレンマに陥っている自分を認識していた。白沢健太が補償を得られるようにしたいが、それは自分や仲間が真剣に行なっている行為を否定することになってしまうのだ。もし、あの時点に戻ったとしても、目の前の患者をやはり助けるであろう。正解など、まさに神のみぞ知るだ、と思った。

川辺が菊池にビールをすすめてきた。

「最近、なるべく酒を飲まないようにしているので。それにまだ日も高いし、車で来ていますから」

しかし、そんな言いわけを川辺が認めるわけもなく、ビールと焼酎を飲まされ、タクシーで帰宅をした。

マンションには合鍵を預けている美紀が来ていて、パクパクを抱いて出迎えてくれた。

「飲んできたの？」

「川辺先生にご馳走《ちそう》になっちゃって」

そう答えて、一瞬言わなければ良かったと後悔したが、美紀は気に留める様子もなかった。

「懐かしいな。川辺先生、相変わらずなの」

「そうだな。相変わらずの暴言魔で、おまけに子供も、それを受け継いでいるようだった」

「子供って、結婚したんだ」

「まあ、そうよね」

「未婚でも子供はできるよ」

と美紀は言った。

二〇〇七年の新年度になると、青野美紀は市民病院に常勤として復職をはたした。外科病棟に配属され、翌五月には夜勤のシフトにも入るようになっていた。そして、仕事のない時は、ほとんど菊池のマンションにいるようになった。

菊池はその頃から抗鬱剤の減量を指示された。順調に行けば二カ月で薬を打ち切る予定でいた。

菊池はジム通いを続けていた。

運動をした後は、スーパーマーケットに行く。火曜日には、特売市をしている少し離れたショッピング・センターに買い物に行くことにしていた。

車をバックでパーキングスペースに駐車させていた。ルームミラーには、後部座席のチャイルドシートから子供をベビーカーに乗せ替えている女性が映っていた。車のエンジンを切ってからも、菊池はミラーを見入っていた。

目を閉じて考えてから決心をした。車を降りると、女性に近づいて行った。

「白沢さん」

白沢みどりは困惑の表情を見せた。

「菊池先生……」

「すみません。本来、話しかけるべきではないことは、承知しているのですが……」

「構いません」

と、白沢みどりの表情が、いくらかおだやかになって、

「私が、先に気付いたら、お声をかけていたかもしれません」

白沢健太はベビーカーの中で少しのけ反るようにして左側を向き、両上肢を屈曲させていた。フィーディング・チューブを頰に固定するシールのイラストは象さんだった。

「健太君……大きくなりましたね」

「ええ」

それっきり会話が途切れて、次に口を開いたのは、白沢みどりだった。

「先生が、手術の後、病室に来られて健太の写真を持って謝られた時、私には抗議をする気持ちはなくなっていました。みなさんが、懸命にしてくれた結果を受け入れようと決めました。でも、一人になって健太を育てていこうと決めた時には、どうしても……」

「気になさらないでください。僕が白沢さんの立場なら、もっと早くに訴訟を起こしていたと思います」

「一つだけ」

白沢みどりが言った。

「はい」

「病院を辞められたそうですが、そのことは私の件と」

「いっさい関係のないことです」

「そうですか。それなら良かった。……では」

白沢みどりは一礼してから、ベビーカーを押して行った。

その場に立ち尽くしていたが、思いを決めてエレベーターホールに入っていく白沢親子の後を追った。

梅雨が明け、晴天が見られるようになった頃、美紀の勤める市民病院の産婦人科に暗雲が垂れ込めた。いや、いきなり嵐の中に放り込まれたのだった。

周囲の病院の産婦人科の閉鎖や分娩取り扱いの中止のあおりを受け、分娩が集中したのだ。対応できず分娩数の制限に踏み切ったが、それでも抗しきれず、波及するドミノ崩壊が起きようとしていた。

そもそも五人の産婦人科医で診療を行なっていたが、一人が開業するために退職。四人で踏み止まっていたが、ついに一人が過労で倒れ、それでもうこれ以上はできないと判断した二人が辞職を表明。残るは定年間近の部長一人となってしまう。二人の辞職までの猶予は二カ月余りだった。

「僕が行こうかな」

菊池が言うと、

「なんで火中の栗を拾うようなことを考えるの」

美紀は反対した。

「だけど、産婦人科部長が一人でも残るのだろ。僕が行けば少なくとも二人体制だ」

「堅一が行ったら、きっと部長も辞めるわよ。だから、そんな自爆テロみたいなことは考えないで」

と言われたが、菊池にはそのことを考えずにはいられなかった。

三

盛夏の酷暑日。冷房が追いつかないのか、法廷の空気は生暖かかった。

菊池は原告側弁護士の質問に答えていた。

「その患者を転送させることを考慮しなかったのですか」

「しました。その上で転送よりも緊急に手術をすべきと判断しました」

「陣痛室には分娩間近の原告の白沢みどりがいて、産婦人科医はあなた一人。無理だとは思いませんでしたか」

「以前にも、そういう事態は経験していたので、無理とは考えませんでした」

「わかりました。二人の患者が、ほぼ同時に緊急で帝王切開を行なうべき事態にも、あなた一人で対応ができたということですか」

「はい。病院には外科医が少なくとも一人は常にいます。重要な部分のみ私が行なって、閉腹作業などを外科医に任せることができるからです」

「しかし、あなたは今回、最初の手術から、すぐには離れられなかった。原告が手術室に運び込まれた後、何度か呼ばれたにもかかわらず、すぐには原告の帝王切開を行なわなかった、あるいは行なえなかった。なぜです？」

「裁判長、争点は、被告が原告の分娩進行中に、手術の必要な緊急患者を受け入れたことが過失にあたるかどうかであって」

鍵屋定晴が申し立てる。

「待ってください」と原告側弁護人がそれを遮《さえぎ》る。「原告が速やかに手術を受けられなかったことの原因を証明する必要があります。仮に救急患者の受け入れには問題がなかったとしても、そこが重要です」

争点をずらしてくる。

「証人は質問に答えてください」

裁判長が菊池に促した。

「弛緩出血を起こしていたからです」

「弛緩出血とは何ですか」

「胎盤娩出後に子宮筋層が収縮して、出血を止めるメカニズムが働かないために出血が続くことです」

「なぜ起こるのです？」

「いろいろな原因で発生します」

「この場合の原因として考えられるのは、何と思われますか」

「手術直前に投与したウテメリンの影響だと思います」

「なんだ、それは？」

背後で鍵屋の慌てる声がした。

「ウテメリンとはなんですか」

「子宮の収縮を抑制する薬剤です」

「なぜ、それを投与したのですか」

「ERで転送すべきか判断している段階で、子宮が収縮に伴い破裂する恐れがあったので、それを回避するために投与を指示しました」

「投与したのは、あなたですか」

「裁判長、本件の審理とは関係のない、他の患者に対する事実を原告側は追及しています」

鍵屋が申し立てる。

「あくまで、本件での手術のタイミングが遅れた原因を追及しているだけです」

「証人は質問に答えて」

「いいえ。指示をしたのは私ですが、投与したのは当直の研修医でした」

「なぜ、当直の研修医は、手術直前にウテメリンを投与したのですか」

「刻々と状況が変化していて、ERで出した指示を私が取り消さなかったためです」

「もし、弛緩出血が起こらず通常に手術が終わっていたら、白沢健太の出生は、もっと早い時間になった可能性はありますか？」

「あります」

「何分ぐらい」

「裁判長」

鍵屋が異議を申し立てようとする。

「少なくとも十分」

菊池は先に答えた。

「あくまで仮定に対する推測の答えです」

鍵屋は言うが、裁判長は、

「原告側弁護人は質問を続けて」

異議を認めない。

「出生時間が十分早かったら、原告に障害が残らなかった可能性はありますか」

「……………」

「可能性は？」

「ないとは言えません」

「あったということですね」

「そうなります」

閉廷すると、鍵屋はすごい剣幕で菊池に詰め寄った。

「なぜ、そういうことがあったと言わなかった？」

「てっきり知っていると思いました」

菊池は、とぼけて、

「尾張由里さんの件は、輸血の同意書の件で、そちらに話がいっていたのではないのですか」

「それは聞いていたが、弛緩出血の原因云々は知らない」

「僕もあまり考えてみなかった。でも、法廷で相手側に指摘されて答えていくうちに

「……」

「なら、どうして、十分で予後が違ったなどと」

「違ったなんて言っていません。可能性を問われたので、ないとは言い切れなかっただけです」

「もしかすると、その事実を相手に漏らしたのは君なのか?」

「まさか。僕には守秘義務がありますから、そんなことをするはずがない」

「尾張由里の輸血の件も訴訟になるぞ」

「仕方ないです。でも、良かったじゃないですか、相手方も救急を受け入れたことを攻めてこなかったのですから」

鍵屋は苦々《にがにが》しく菊池を見ていた。

地裁の玄関ホールには、公判を傍聴していた小幡良子が立っていた。

菊池は彼女に近づいていった。

「君だよね、ウテメリンの件を白沢さんに教えたのは」

「どうしてそう思うのですか?」

「偶然、白沢さんに会ってね。僕もそのことを伝えようかと思って話をしたら、すでに知っていたよ」

「だからといって、私が言ったとは限らないのではないですか」

「白沢さんは、僕が彼女の離婚のことを知っているように話していた。普通なら、離婚して一人になって、と言うはずのところを、一人になってと、理由は承知しているかのように話した。それを考えると、君以外にはいないだろ。他の患者情報を相手に漏らすのは秘密漏示罪だよ」

小幡は黙っていた。

玄関扉のガラス越しに車で走り去る白沢みどりが、菊池に気付き、軽く頭を下げていった。

「別にいい。秘密漏示などは。僕も教えようとしたのだしね。ただ、一つだけ聞いておきたいのは、君がそうしたのは、健太君のためだけ？　それとも僕に対する不満もあったの？」

「私には、先生が敵前逃亡したように思えました」

そう言うと、小幡は一度は言葉を飲んだ。

だが、わずかな間を置いてから、

「先生は、私の想いを無視していた」

そう告げたのだった。

「そう。正直に答えてくれてありがとう」

菊池は小幡を残して玄関を出た。

女性は難しい、と菊池は思った。いや、自分が鈍感過ぎた。仕事に没頭していくあまり、他のことはどうでも良くなっていた。小幡の想いに応えることはできなくとも、知らないうちに傷つけるよりは、ましな対応ができたかもしれない。

中部希望会総合病院の産婦人科の閉鎖は、現在の周産期医療を取り巻く環境を考えると致し方ないことかもしれない。

だが、チーム医療を口にしながら、チームメートたちへの適切な配慮が欠けていた自分にも責任はあった。前線の隊長は自分だったのだ。

四

菊池が前線に復帰する朝、その日も残暑が厳しくなりそうだった。

「もう一度考え直したほうがいいわ」

と、美紀が言った。

二人はエレベーターに乗った。

「三人抜けるところへあなた一人よ。老齢の部長と二人きりで、分娩数は中部希望会より多いのよ。給与も低いし。超売り手市場なのに、うちの病院などに来なくても」

玄関ロビーまで来る。

「もう一度確認よ」

美紀は菊池の歩みを止めて言う。

「あなたのしようとしていることは、前線で孤立している友軍のもとへ、一人で応援に行くようなものよ」

「戦《いくさ》そのものは、負けなわけだ」

「そうよ。みんな、撤退しているのよ」

「なら、見事に、撤退戦を応援してくる。まあ、僕たち一兵卒が前線を維持している間に、お偉い役人か誰かが戦略を立ててくれるだろう」

「無理ね。太平洋戦争のときの海軍と同じで、軍令部には前線の戦況を把握できている人材がいないのよ。前線復帰は無駄死になるわ」

マンションの玄関を出た。

「見ろよ。この空の色」

意外にも空には秋の気配があった。

「快晴ね。青いわ」

「ディープ・スカイ・ブルーだ。まさに紺碧《こんぺき》だ。最近こんな色の空を見たことがなかった」

「そうかな」

と、美紀が首をかしげて、

「ちょっと話をそらさないでよ。まだ、今回は止めます、で済むのよ。訴えられて、もしかしたら刑務所行きよ。ハイリスク・ローリターン。なぜ行くの。使命感？　義侠《ぎきょう》心？　酷《ひど》い目に遭うかもしれない。落ち込んで、また病気になるかもしれない」

「まだ、ネガティブなことはある？」

車に着いた。

「ないわ。それで決心は？」

「俺の決意は変わらない」

美紀は嬉しそうに微笑み、

「そうよ。私が惚れた菊池堅一は、自分のことを俺と言っていたわ」

そう言われれば、いつの間にかプライベートの時にまで「僕」を使うようになっていた、と菊池は思った。

「美紀、酷い目に遭ってくる、馬鹿な俺の生き様《ざま》を見ていてくれ」

「はい、私が見届けてあげます」

車で駐車場を出て行く。

ルームミラーには、彼女らしい笑顔で見送る美紀が映っていた。

これで戦える、と菊池は感じていた。

エピローグ

クリスマス・イブだというのに、中部希望会総合病院の待合室は混んでいた。寒い屋外から来ると、ボーッとするほど室内温がある。微妙な温度設定ができない古い空調システムのせいばかりではなく、人の熱気も影響しているようだ。

菊池と美紀は、冷気の通り道になっている階段を上がって、医局に向かった。

医局のソファーには守山新が、皺《しわ》の寄った手術着《スクラブ・スーツ》を着て、寝転がっていた。

「メリー・クリスマス。差し入れです」

菊池はテーブルの上にフライドチキンを置いて言った。

「おっ、菊ちゃん。元気そうだな。それに、連休の夜に仕事をしないで済む身分でいられるとは、うらやましいかぎりだ。市民病院のほうは暇か」

「いや、暇どころか、こいつと食事に出られたのは、今月に入って今夜がやっとです。正月も休みはなしです」

「そうか、どこも勤務医は似たようなものか。ところで、そちら、青野さん？」

「ご無沙汰《ぶさた》しています、守山先生」

美紀が言った。

「美紀も、菊池になったんです」

「ほーう。それはおめでとう。だけど、式に呼ばないとは失礼だな」

「いや、先月末に籍だけ入れました。いずれ式は、時間ができたらします。美紀も市民病院で働いていて、先生には挨拶にこようと思っていても、二人そろってというのが今日まで叶《かな》わなかったのです」

「そうか。なら、仕方ないか。で、挨拶の手土産がケンタかよ」

「実は、美紀と食事していて、急に思い立ったのです。でも、一時間近く待って買ったんですよ」

「まあ、いいか。川辺部長先生も当直だから、呼んでやる」

守山はPHSを掛けて、

「あっ、そう。だったら、終わったら、俺を呼んでと、伝えておいて」

と、通話を終えた。

「ERで処置中だとさ」

「川辺先生、部長になったのですか」

「そう。一〇月の人事で内科部長だよ。部長って呼ぶと照れるのが面白くて、そう呼んでやってるんだ」

　みんな、肩書きだけは立派になっていく。しかし、身を置くのは最前線。していることは変わらなかった。

「そうだ。例の先生の訴訟の件、院長からチラッと聞いたけど、救急を受けたことは過失とはならなかったそうだな。でも、手術が遅れたことは過失だって、そう、認めたわけ？よくわからない、どういうことだ」

　菊池は、すぐに白沢みどりの手術ができなかったのは、尾張由里の手術での止血作業に時間を取ったためだと説明を始めた。

「だけど、先生は適切に対処していたぜ。止血に時間がかかって、それが過失っていうのもな」

　守山は意見を言う。

「出血が多くなったのは、手術直前にウテメリンを投与したからだと」

「そうなの？」

「その可能性はあったと思います。ほんとのところはわかりませんけどね」

「なら、そう言えばよかったのではないか」

「まあ、いいじゃないですか」

「でも、前の患者のカルテまで証拠保全されていたのか。やるね、相手も。待てよ、もしかして、先生、自分が？」

「まさか、そんなことを相手方に教えたりしませんよ」

「そうか。でも、それでいいのかもな、あの子のためには。今後はどうなっていくの？」

「提訴を取り下げてもらって、和解になります。たぶん、要求の一億二〇〇〇万近くで折り合うのだと思います」

「大変な世の中に、俺たち、よく医者をやっているよな」

守山が言った時、医局の救急電話のモニターにスイッチが入った。

救急隊と医事課職員のやり取りが聞こえてくる。

「まったく、もう、朝から十台以上だぜ。まあ、愚痴をこぼしても始まらないか」

守山が腰を上げた。

「では、俺たちも帰ります」

「川辺部長を待っててやれよ」

「いえ、また来ます。どうせ近くですから」

三人が階段で一階まで下りた時に、救急車のサイレンが聞こえてきた。

「じゃあな」

守山が、ＥＲに走っていった。

菊池たちが外来の待合室の横を通ると、

「ここを、どこだと思っているのよ」

診察室から怒鳴り声が漏れてくる。

「川辺先生？」

美紀が言った。

「そうだね、川辺部長だ。相変わらずのようだ」

菊池は笑った。

まだ、気風《きっぷ》のいいヤツらが、そこにいた。

この物語は現在の日本の医療事情、とくに産科医療を背景にしていますが、登場する個人、団体等はすべて架空のものです。現実との相似は偶然の産物以外の何物でもありません。——著者

（本書は平成二十年七月、小社から四六判で刊行されたものです）

産声が消えていく

一〇〇字書評

切・り・取・り・線

購買動機（新聞、雑誌名を記入するか、あるいは○をつけてください）	
□（　　　　　　　　　　　　　）の広告を見て	
□（　　　　　　　　　　　　　）の書評を見て	
□ 知人のすすめで	□ タイトルに惹かれて
□ カバーが良かったから	□ 内容が面白そうだから
□ 好きな作家だから	□ 好きな分野の本だから

・最近、最も感銘を受けた作品名をお書き下さい

・あなたのお好きな作家名をお書き下さい

・その他、ご要望がありましたらお書き下さい

住所	〒				
氏名		職業		年齢	
Eメール	※携帯には配信できません	新刊情報等のメール配信を 希望する・しない			

この本の感想を、編集部までお寄せいただけたらありがたく存じます。今後の企画の参考にさせていただきます。Eメールでも結構です。

いただいた「一〇〇字書評」は、新聞・雑誌等に紹介させていただくことがあります。その場合はお礼として特製図書カードを差し上げます。

前ページの原稿用紙に書評をお書きの上、切り取り、左記までお送り下さい。宛先の住所は不要です。

なお、ご記入いただいたお名前、ご住所等は、書評紹介の事前了解、謝礼のお届けのためだけに利用し、そのほかの目的のために利用することはありません。

〒一〇一－八七〇一
祥伝社文庫編集長 坂口芳和
電話 〇三（三二六五）二〇八〇

祥伝社ホームページの「ブックレビュー」からも、書き込めます。

http://www.shodensha.co.jp/bookreview/

祥伝社文庫

産声《うぶごえ》が消《き》えていく　長編医療サスペンス

平成22年 3月20日　初版第1刷発行
平成30年11月30日　第5刷発行

著者　太《おお》田《た》靖《やす》之《ゆき》

発行者　辻　浩明

発行所　祥伝社《しょうでんしゃ》

東京都千代田区神田神保町3-3
〒101-8701
電話　03（3265）2081（販売部）
電話　03（3265）2080（編集部）
電話　03（3265）3622（業務部）
http://www.shodensha.co.jp/

印刷所　萩原印刷
製本所　ナショナル製本

本書の無断複写は著作権法上での例外を除き禁じられています。また、代行業者など購入者以外の第三者による電子データ化及び電子書籍化は、たとえ個人や家庭内での利用でも著作権法違反です。
造本には十分注意しておりますが、万一、落丁・乱丁などの不良品がありましたら、「業務部」あてにお送り下さい。送料小社負担にてお取り替えいたします。ただし、古書店で購入されたものについてはお取り替え出来ません。

Printed in Japan ©2010, Yasuyuki Ota ISBN978-4-396-33562-5 C0193

祥伝社文庫

太田蘭三　三人目の容疑者

錦鯉誘拐、焼死体、そして若い女性の全裸死体。北多摩署・蟹沢警部補は相馬刑事とともに犯人を追う！

太田蘭三　摩天崖《まてんがい》　警視庁北多摩署特別出動

他殺体そして失踪事件発生。離島隠岐へ緊急出動する蟹沢、相馬の刑事魂とは。警察小説の白眉！

太田蘭三　脱獄山脈

刑務所に服役中の元警察官一刀猛《いっとうたけし》の妹が殺された。妹の復讐と自らの無実を晴らすための、脱獄逃避行！

太田蘭三　緊急配備　顔のない刑事・隠密捜査

香月刑事、空前の難事件。中央高速道サービス・エリアで観光バスが消失し、捜査線上に元恋人が…。

太田蘭三　赤い雪崩《なだれ》

厳冬の北アルプスにて探偵・一刀猛は巨大な雪崩に遭遇。ところが同行していない人間の遺体が発見され…

太田蘭三　蛇の指輪《スネーク・リング》　顔のない刑事・迷宮捜査

拳銃を盗み失踪した巡査部長を探すため、暴力団へ潜入した香月功は、人混みの中で拳銃を突きつけられた…。

祥伝社文庫

岡崎大五　アジアン・ルーレット

混沌のアジアで欲望のルーレットが回り出す！　交錯する野心家たちの陰謀と裏切り…果たして最後に笑うのは？

香納諒一　冬の砦《とりで》

元警官と現職刑事の攻防と友情、さらに繊細な筆致で心の深淵を抉《えぐ》る異色の警察小説！

菊池幸見　泳げ、唐獅子牡丹

青年実業家・黒沢裕次郎は、ヤクザの組長にして、唐獅子牡丹を背負った元・水泳名選手だった!?

黒木　亮　トップ・レフト　都銀VS.米国投資銀行

欲望と失意が渦巻く国際金融ビジネス。巨大融資案件を巡る国際金融戦争に勝ち残るのは誰だ！

黒木　亮　アジアの隼（上）

真理《まり》戸潤《とじゅん》は、日系商社に請われ、巨大発電プロジェクトの入札に参加。企業連合が闘う金融戦争の行方

黒木　亮　アジアの隼（下）

巨大プロジェクトの入札をめぐり、邦銀ベトナム事務所の真理戸潤と日系商社の前に一人の男が立ちはだかる。

祥伝社文庫

近藤史恵　カナリヤは眠れない

整体師が感じた新妻の底知れぬ暗い影の正体とは？　蔓延する現代病理をミステリアスに描く傑作、誕生！

近藤史恵　茨姫《いばらひめ》はたたかう

ストーカーの影に怯《おび》える梨花子。対人関係に臆病な彼女の心を癒《いや》す、繊細で限りなく優しいミステリー。

近藤史恵　Shelter

心のシェルターを求めて出逢った恵といずみ。愛し合い傷つけ合う若者の心に染みいる異色のミステリー。

柴田哲孝　下山事件　最後の証言

日本冒険小説協会大賞・日本推理作家協会賞W受賞！　昭和史最大の謎に挑む！　新たな情報を加筆した完全版！

柴田哲孝　TENGU（てんぐ）

凄絶なミステリー。類い希な恋愛小説。群馬県の寒村を襲った連続殺人事件は、いったい何者の仕業だったのか？

新堂冬樹　黒い太陽（上）

「闇の世界を煌々《こうこう》と照らす、夜の太陽になれ」裏社会を描破する鬼才が、今、風俗産業の闇に挑む！

祥伝社文庫

新堂冬樹　黒い太陽(下)

「風俗王」の座を奪うべく渋谷《しぶや》に店を開く立花《たちばな》。連続ドラマ化された圧倒的興奮のエンターテインメント！

服部真澄　ディール・メイカー

米国の巨大メディア企業と乗っ取りを企てるハイテク企業の息詰まる攻防！はたして世紀の勝負の行方は？

横山秀夫　影踏み

かつてこれほど切ない犯罪小説があっただろうか。消せない〝傷〟を背負った三人の男女の魂の行き場は…

森村誠一　致死家庭

旧友の告白に甦《よみがえ》る三十数年前の秘められた殺人、ひりつくような衝動…。現代社会の病巣を抉《えぐ》る傑作！

森村誠一　完全犯罪の使者

不倫関係の昌子が絞殺され、笹村は重要参考人としてマークされる。新聞記者の清原と共に真相究明に乗り出すが…。

森村誠一　灯(ともしび)

あるバスに乗り合わせたことで、三つの家族の運命が狂い始めた。現代社会の病理と希望を模索する傑作推理。

祥伝社文庫の好評既刊

太田靖之
渡り医師犬童《けんどう》
奮闘する産科医の下に現われた〝助っ人〟医師の振る舞いに……。現代産科医療の現実を抉《えぐ》る医療サスペンス。

中山七里
ヒポクラテスの誓い
法医学教室に足を踏み入れた研修医の真琴《まこと》。偏屈者の法医学の権威、光崎《みつざき》とともに、死者の声なき声を聞く。

安東能明
侵食捜査
入水自殺と思われた女子短大生の遺体。彼女の胸には謎の文様が刻まれていた。疋田は美容整形外科の暗部に迫る――。

安達　瑶
黒い天使　悪漢刑事
病院で連続殺人事件⁉　その裏に潜む闇とは……。医療の盲点に巣食う〝悪〟を〝悪漢刑事〟が暴く！

天野頌子
恋する死体　警視庁幽霊係
探偵・新堂《しんどう》の幽霊に事情聴取を行う柏木。死の直前、担当医の医療詐欺《さぎ》を探っていた新堂の病死は偽装だった⁉

宇佐美まこと
愚者《ぐしゃ》の毒
緑深い武蔵野、灰色の廃坑集落で仕組まれた陰惨な殺し……。ラスト1行まで震えが止まらない、衝撃のミステリ。

単行本　一九七五年九月　新潮社刊
一次文庫　一九八一年七月　新潮文庫刊
文庫版あとがき、解説は、文春文庫への書き下ろしです。

本書の無断複写は著作権法上での例外を除き禁じられています。
また、私的使用以外のいかなる電子的複製行為も一切認められておりません。

文春文庫

空白《くうはく》の天気図《てんきず》

定価はカバーに表示してあります

2011年9月10日　第1刷
2023年11月15日　第4刷

著　者　柳田邦男《やなぎだくにお》

発行者　大沼貴之
発行所　株式会社　文藝春秋

東京都千代田区紀尾井町 3-23　〒102-8008
TEL　03・3265・1211㈹
文藝春秋ホームページ　http://www.bunshun.co.jp
落丁、乱丁本は、お手数ですが小社製作部宛お送り下さい。送料小社負担でお取替致します。

印刷・大日本印刷　製本・加藤製本　Printed in Japan
ISBN978-4-16-724020-2

徳間文庫の好評既刊

夏見正隆

スクランブル

復讐の戦闘機《フランカー》上下

秘密テロ組織〈亜細亜のあけぼの〉は、遂に日本壊滅の〈旭光作戦〉を発動する。狙われるのは日本海最大規模の浜高原発。日本の運命は……。今回も平和憲法を逆手に取り、空自防空網を翻弄する謎の男〈牙〉に、撃てない空自のF15は立ち向かえるのか!?

夏見正隆

スクランブル

亡命機ミグ29

日本国憲法の前文には、わが国の周囲には『平和を愛する諸国民』しか存在しない、と書いてある。だから軍隊は必要ないと。イーグルのパイロット風谷三尉はミグによる原発攻撃を阻止していながら、その事実を話してはならないといわれるのだった！

徳間文庫の好評既刊

夏見正隆

スクランブル
尖閣の守護天使

書下し

那覇基地で待機中の戦闘機パイロット・風谷修に緊急発進が下令された。搭乗した風谷は、レーダーで未確認戦闘機を追った。中国からの民間旅客機の腹の下に隠れ、日本領空に侵入した未確認機の目的とは!?　尖閣諸島・魚釣島上空での格闘戦は幕を開けた。

夏見正隆

スクランブル
イーグル生還せよ

書下し

空自のイーグルドライバー鏡黒羽は何者かにスタンガンで気絶させられた。目覚めると非政府組織〈平和の翼〉のチャーター機の中だった。「偉大なる首領様」への貢物として北朝鮮に拉致された黒羽は、日本の〈青少年平和訪問団〉の命を救い、脱出できるか!?